一笑

古龍自署

國際學術研討會

與

武俠小說

古龍武俠小說 領先時代半世紀

【記者賴素鈴／報導】江湖代有才人出，這廂古龍凋零二十載，那廂今朝懸賞百萬獎新秀，浪淘不盡，唯有武俠熱愛，不隨時間變易，在學術研討會上更見分明。以「一代鬼才：古龍與武俠小說」爲主題，淡江大學第九屆文學與美學國際學術研討會昨起在國家圖書館，展開爲期兩天的議程，紀念武俠小說家古龍逝世二十周年，新生代學者與古龍故舊齊聚一堂，以文論劍話武俠。

日前與淡大中文系教授林保淳共同發表《台灣武俠小說發展史》，武俠小說評論家葉洪生昨天在專題演講中，直批胡適1959年底發表「武俠小說下流論」是「胡說」，學界泰斗的不當發言以及隨即展開的「暴雨專案」，反而促成1960年起台灣武俠新秀的繁興，「武俠小說迷人的地方，恰恰在門道之上。」，葉洪生認定，武俠小說審美四原則在文筆、意構、雜學、原創性，他強調：「武俠小說，是一種『上流美』。」

集多年心血完成《台灣武俠小說發展史》，葉洪生認爲他已爲從十歲起迷上武俠小說的半世紀畫上完美句點，並且宣布他「以後決心退出武俠論壇，封劍退隱江湖」。

雖然葉洪生回顧武俠小說名家此起彼落，套太史公名言「固一世之雄也，而今安在哉？」，認爲這是值得深思的嚴肅課題，昨天意外現身研討會而備受矚目的溫世禮，則爲了紀念同是武俠迷的哥哥溫世仁，推出第一屆「溫世仁武俠小說百萬大賞」，即日起至今年10月3日截止收件，經兩階段評選後於明年12月7日公布首獎得主，預料將會是一場武林新秀的龍虎爭霸戰。

看明日誰領風騷？風雲時代出版社發行人陳曉林眼中的古龍，其實領先他的時代半世紀，以致如今雖然古龍逝世20年，陳曉林認爲大家對古龍的了解仍然有限，預言未來世代更能和古龍的後設風格共鳴。

昨天這場研討會，也凸顯武俠小說作爲一項文學研究門類，仍有待開發學習空間。多位與會者都指出，武俠小說的發表、出版方式和管道具考證難度，學術理論與論文格式的建立待加強。而武俠名家的版權之爭、市場競爭力，也增加出版推廣困難，古龍武俠小說的版權糾紛、司馬翎作品的版權官司也成爲研討會的場外話題。

第九屆文學與美
一代鬼才
古龍

古龍兄為人慷慨豪邁、跌蕩自如，變化多端，文如其人，且復多奇氣，惜英年早逝。余與古兄當年交好，且喜讀其書，今既不見其人，又無新作可讀，深自嘆惜。

金庸

一九九六．十．十一．香港

英雄無淚（全）

古龍精品集 70

英雄無淚（全）

目錄

言有盡而意無窮：

《英雄無淚》是古龍後期最重要的作品

著名文學評論家 陳曉林

眾所週知，古龍在其創作成熟時期推出了甚多膾炙人口的傑作，諸如《陸小鳳系列》《小李飛刀系列》《楚留香》《七種武器》等，均是風格獨特、且雅俗共賞的名篇，早已確立了他在武俠文學上堪與金庸分庭抗禮的大師級地位。然而，古龍從不以既有的成績為滿足，一直想要尋求進一步的突破，他這種不斷求新求變的「衝創意志」，有時對他自己不免構成相當沉重的心理壓力，其情其景，倘持以與約莫同時代的世界級文學名家如美國海明威、日本三島由紀夫、川端康成等人的遭際與命運並觀，實大有可供未來的文學史家咀嚼玩味之處。

後期的古龍，顯然不只以風格的凸現、審美的鋪陳或情節的轉折為重點，他意欲突破的，主要是在人性挖掘方面的深度和廣度；尤其，作為要在艱苦環境下自覺地扛起武俠文學大纛的作家，人性中的「俠義」究竟具有何等的意蘊和潛質，更是古龍念茲在茲、亟欲追究的核心價值。在《英雄無淚》中，他對這一核心價值作了堪稱是暢酣淋漓的探索和闡發。

權謀無盡，俠氣崢嶸

「一個沉默平凡的人，提著一口陳舊平凡的箱子，在滿天夕陽下，默默的走進了長安古城」。古龍起筆以這樣簡明扼要的場景揭開序幕，最終又以此人「默默的離開了長安古城」收尾，儼然完成了一個週而復始的循環。然而，紅塵裡的榮辱與哀樂、人世間的恩義與仇怨、無數的鬥爭與殺戮、無盡的掙扎與顛仆，以及男人與女人間永遠描述不盡的纏綿與怨懟、俠者與霸權間天生不能妥協的對立與衝撞，卻在這個狀似循環的輪迴中，展演了一幕幕扣人心弦的熾烈劇情。

古龍以「大鏢局」與「雄師堂」的對立爭霸爲背景，以少年劍客高漸飛（小高）的入世歷練爲軸線，抒寫的主要卻是梟雄與英雄的區別、俠氣與權謀的對照，以及詭譎莫名的命運、生死不渝的真情。心智與武功均屬一世梟雄的卓東來，爲了奠立「大鏢局」總鏢頭司馬超群的江湖霸業，不惜藏身幕後，事事以司馬的聲譽與利益優先，爲了凸顯司馬的英雄形象，他設計由司馬親手鬥垮「雄獅」朱猛。其步步設伏的心機與手段，委實匪夷所思，令人不寒而慄。

甫入江湖的小高偶遇朱猛，意氣相投，當即義結金蘭；而小高爲了成名，逕向號稱第一劍客的司馬超群挑戰，亦屬理所當然。但卓東來豈容任何高手有與司馬公平決鬥的機會？他巧妙安排了一位與小高氣味相投的美少女進入小高的生命，然後在決戰前夕讓少女無端消失；於是，心神大亂的小高在面對司馬超群時毫無抗衡之力，若非開場時那「一口箱子」的神秘主人蕭淚血突然出現施救，小高勢必死於司馬的劍下。

義無反顧，生死一搏

小高無法從蕭淚血口中得知蕭何以對他另眼相看的原因，心情寂寥之下，赴洛陽去找甫結識的義兄朱猛，卻發現「雄獅堂」已成一片瓦礫，而朱猛竟在卓東來的陰謀算計下陷入眾叛親離的絕境；更嚴重的是，由於心愛的女人被卓東來俘去，朱猛業已灰心喪志，奄奄一息。小高義憤塡膺，熱血上湧，孤身前往「雄獅堂」叛徒集中的絕地，捨死忘生，當衆刺殺叛徒首領。

其實，小高何嘗不知這是卓東來爲一網打盡朱猛的殘餘勢力而佈下的陷阱，但他義無反顧——這自是「俠氣」的表現。朱猛又何嘗不知自己才是卓東來刻意要狙殺的目標，但他怎能讓與這場江湖火併無關的小高爲他涉險；於是，朱猛與他身邊剩下的唯一親信「釘鞋」也趕往絕地赴死——這是小高的「俠氣」激發了朱猛的血氣。殺搏時，朱猛、小高固然屢仆屢起，「釘鞋」更是渾身浴血，英勇犧牲。正是「釘鞋」慨然赴死的壯烈行徑撼動了「雄獅堂」徒衆的良心與血性，他們奮身倒戈反擊卓東來派遣的殺手集團，重新與朱猛站在一起。然後，他們以「死士」的姿態與心情，隨同朱猛潛回長安，誓要與「大鏢局」決一死戰。

另一方面，司馬超群其實對卓東來爲協助自己建立霸權，動輒以陰謀詭計對付江湖同道，早已深惡痛絕；在朱猛與小高率八十六位「死士」反攻長安時，他卻隻身遄赴洛陽，意欲單挑朱猛，了結雙方的仇怨，雖死無憾。但在此時，卓東來爲欲查明司馬的行蹤，與司馬之妻吳婉發生衝突，後者竟攜二子自戕。至此，卓東來知道他與司馬已瀕臨決裂。神秘的蕭淚血忽然出現，成爲卓東來最頭痛的問題；但城府深沉的卓竟能臨機應變，反而制住蕭；甚且，由於蕭受制，卓已無所顧忌，故悍然殺死了他長期羈縻的一位睿智老人。表面上，這殆爲本書情節的一大逆轉，實際上，這是古龍留下的一個「活扣」，爲後來的再逆轉埋下伏筆。

卓東來面對朱猛、小高率「死士」們的攤牌行動，居然能一舉破解。原來，小高念念不忘的美少女，與朱猛魂縈夢繫的意中人，竟是同一人——蝶舞，而且被掌握在卓東來手中。攤牌時刻，卓命蝶舞在衆人面前翩翩起舞，畢生唯知追求美姿與真情，對世間權謀險詐一無所悉的美少女蝶舞，面對同樣爲她憔悴的朱猛與小高，又怎忍傷任何一者的心？她唯有以最婉約的舞姿酬謝兩位平生知己，然後引刀自斷雙腿。行文至此，古龍對蝶舞的腿作了如下的特寫：「多麼輕盈，多麼靈巧，多麼美」，若與蝶舞那無奈而淒愴的命運並觀，堪謂字字驚心動魄！

神秘元素，武俠新境

「釘鞋」的壯烈殉身、蝶舞的從容自殘，乃至八十六死士的求仁得仁，其實，都是俠義與俠氣的展現；比之朱猛與小高的意氣相投、生死與共，以及後來司馬與朱猛的惺惺相惜、臨危受命，更顯得難能可貴。而古龍抒寫這些令人熱血沸騰的情節時，表現得舉重若輕，直指本心，可見此時古龍對「俠」之意蘊與潛質的理解，已然提升到更高的境界，所以能夠信筆所之，皆有可資玩味的情節和意趣。

小高的劍名爲「淚痕」，據稱握有此劍者必會使最親近的人死於劍下。卓東來最終在蕭淚血的監視下與小高對決，他以爲小高是蕭淚血之子，故應會被「淚痕」所剋，詎料機關算盡的他卻反而被「淚痕」刺殺。然則，莫非卓東來才是蕭淚血的至親？但因那位原先爲卓東來所羈縻的那位睿智老人之死，這問題永遠得不到答案了。古龍在本書中之所以安排這些相關的情節與「活扣」，顯示他在後期創作中，除了對人性與命運的複雜關係深入挖掘之外，並開始重視神秘主義（mysticism）在小說情節可能發生的作用。

從《英雄無淚》中那些靈光一閃的神秘亮點來評估，倘若天假以年，古龍在這方面的探索與呈現，或亦可爲武俠文學另開一片柳暗花明的新境！

序幕

一座高山，一處低岩，一道新泉，一株古松，一爐紅火，一壺綠茶，一位老人，一個少年。

「天下最可怕的武器是什麼？」少年問老人：「是不是例不虛發的小李飛刀？」

「以前也許是，現在卻不是了。」

「爲什麼？」

「因爲自從小李探花仙去後，這種武器已成絕響。」老人黯然嘆息：「從今以後，世上再也不會有小李探花這種人；也不會再有小李飛刀這種武器了。」

少年仰望高山，山巓白雲悠悠。

「現在世上最可怕的武器是什麼？」少年又問老人：「是不是藍大先生的藍山古劍？」

「不是。」

「是不是南海神力王的大鐵椎？」

「不是。」

「是不是關東落日馬場馮大總管的白銀槍？」

「不是。」

「是不是三年前在邯鄲古道上，輕騎誅八寇的飛星引月刀？」

「不是。」

「我想起來了。」少年說得極有把握：「是楊錚的離別鉤；一定是楊錚的離別鉤！」

「也不是。」老人道：「你說的這些武器雖然都很可怕，卻不是最可怕的一種。」

「最可怕的一種是什麼？」

「是一口箱子。」

「一口箱子？」少年驚奇極了：「當今天下最可怕的武器是一口箱子？」

「是的。」

一口箱子

一個人，一口箱子。

一個沉默平凡的人，提著一口陳舊平凡的箱子，在滿天夕陽下，默然的走入了長安古城。

一

正月十五。

長安。

卓東來關上了門，把這長安古城中千年不變的風雪關在門外，脫下他那件以紫絨爲面作成的紫貂斗篷，掛在他左手一個用紫檀木枝做成的衣架上，轉過身時，右手已拿起一個紫銅火鉗，把前面一個紫銅火盆裡終日不滅的爐火撥得更旺些。

火盆旁就是一個上面鋪著紫貂皮毛的紫檀木椅，木椅旁紫檀木桌上的紫水晶瓶中，經常都滿盛著紫色的波斯葡萄酒。

他只要走兩步就可以坐下來，隨手就可以倒出一杯酒。

他喜歡紫色。

他喜歡名馬佳人華衣美酒，喜歡享受。

對每一件事他都非常講究挑剔，做的每一件事都經過精密計劃，絕不肯多浪費一分力氣，也不會有一點疏忽，就連這些生活上的細節都不例外。

這就是卓東來。

他能夠活到現在，也許就因爲他是這麼樣一個人。

卓東來坐下來，淺淺的啜了一口酒。

精緻華美而溫暖的屋子、甘香甜美的酒，已經把他身體的寒氣完全驅除。

他忽然覺得很疲倦。

爲了籌備今夜的大典，這兩天他已經把自己生活的規律完全搞亂了。

他絕不能讓這件事發生任何一點錯誤，任何一點微小的錯誤，都可能會造成永遠無法彌補的大錯，那時不但他自己必將悔恨終生，他的主人也要受到連累，甚至連江湖中的大局都會因此而改變。

更重要的是，他絕不能讓司馬超群如日中天的事業和聲名，受到一點打擊和損害。

一個已漸漸成爲江湖豪傑心目中偶像的人，無論做任何事都只許成功，不許失敗。

卓東來這一生中最不能忍受的兩件事，就是「錯誤」和「失敗」。

司馬超群的確已經不能敗了。

他從十八歲崛起江湖，身經大小三十三戰，至今從未敗過一次。

他高大強壯英俊，威武豪爽，一張輪廓分明的臉上，總是帶著爽朗的笑容，就連他的仇敵都不能不承認他是條少見的男子漢，絕不會缺少美女陪伴。

可是他對他的妻子兒女和對他的朋友，都同樣忠實，從來沒有一點醜聞牽連到他身上。

這些還不是他值得驕傲之處。

在他這一生中，最值得驕傲的一件事，是他在兩年之內，以他的武功、智慧和做人做事的明快作風，說服了自河朔中原到關東這條線上，最重要的三十九路綠林豪傑，從黑道走上白道，組織成一個江湖中空前未有的超級大鏢局，收合理的費用，保護這條路線上所有行商客旅的安全。

在他們那桿以紫緞鑲邊的「大」字鏢旗保護下，從未有任何一趟鏢出過一點差錯。

這是江湖中空前未有的一次輝煌成就，這種成就絕不是只憑「鐵」與「血」就可以做得到的。

現在司馬超群才三十六歲，就已經漸漸成爲江湖豪傑心目中的偶像——永遠不敗的英雄偶像。

只有他自己和卓東來心裡知道這種地位是怎麼造成的。

二

喝完了第一杯酒時，卓東來已經把策劃今夜這次大典的前後經過從頭又想了一遍。

他的酒一向喝得很慢，思想卻極快。

今天是司馬超群第一次開山門收徒弟，無論從哪方面來說，都可以算是件轟動江湖的大事。

最使人震驚的一點是，司馬超群收的這位弟子，赫然竟是一個月前才叛出「中州雄獅堂」的楊堅。

雄獅堂是北面道上四十路綠林好漢中，唯一沒有參加司馬超群盟約的一個組織，也是其中規模最龐大、最有勢力的一個組織。

楊堅本來是雄獅堂朱堂主麾下的四大愛將之一。

江湖中人從來也沒想到楊堅也會叛出雄獅堂，可是每個人都知道，楊堅出走後的第二天，「雄獅」朱猛就已遍灑武林帖，表明他的態度。

——無論是哪一門哪一幫哪一派，只要有人收容楊堅，就是雄獅堂的死敵，必將受到雄獅堂不擇一切手段的殘酷報復。

現在司馬超群不但收容了楊堅，而且大開香堂，收他為開山門的徒弟。

雄獅堂雖然沒有投效司馬的「大鏢局」，可是也沒有正面和他們作對過，更沒有動過他們的鏢旗。

「雄獅」朱猛陰鷙沉猛，冷酷無情，是個極不好惹的人，而且言出必行，如果他說他要不擇手段去對付一個人，那麼無論什麼樣的手段他都會用得出來。

爲了達到目的，就算要他拿雄獅堂屬下子弟的三千八百顆頭顱去換，他也在所不惜。

他平生最鍾愛的一個女人叫花舞。

花舞不但人美，舞姿更美。

天下最懂得欣賞女人的世襲一等侯狄青麟，還沒有死於離別鉤之下的時候，在看到花舞一舞時，居然變得什麼話都說不出了，別人問他的感覺如何，過了很久很久之後，他才嘆息著說道：「我沒有話說，我從來沒有想到凡人身上會有這麼樣一雙腿，我也從來沒有看到過。」

江湖中每個人都絕對相信，這一次朱猛不管在任何情況下，都絕對不會放過楊堅的。

卓東來的想法卻不一樣。

他相信這一次不管在任何情況下，朱猛都休想動楊堅一根毫髮。

他有把握。

這一次大典是完全公開的，收到請柬的人固然可以登堂入室，做司馬超群的嘉賓，沒有收到請柬的人，也可到大廳外的院子裡來看看熱鬧。

雄獅堂門下的弟子中，有很多都是身經百戰殺人無算的好手。

江湖中待價而沽的刺客殺手中，能在重重警衛中殺人於瞬息間的也不知有多少。這些人今天晚上都可能會趕到這裡來，混入人群裡，等待刺殺楊堅的機會。

在大典進行的過程中，這種機會當然不少。

但是卓東來相信大典還是會順利完成，楊堅還是不會受到毫髮之傷。

因爲他已經把每一種可能會發生的情況都計算過，每一個有可能會刺殺楊堅的人，都已在他的嚴密監視下。

爲了這件事，他已經出動了「北道三十九路大鏢局」旗下的一百八十六位一級好手，每一位都可以對付二十七八條大漢的好手。

卓東來把他們分成了八組，每一組都絕對可以獨當一面。

可是其中經過特別挑選的一組，卻只不過爲了要去對付三個人。

「是哪三個人？」

今天早上司馬超群曾經問過卓東來：「爲什麼要用一組人對付他們？」

卓東來只說出兩個人的名字就已解答了這個問題。

「因爲這三個人中有一個是韓章，還有一個是木雞。」

這時候司馬超群正在吃早飯。

他是個非常強壯的人，需要極豐富的食物才能維持他充沛的體力。

今天他的早飯是一大塊至少有三斤重的小牛腰肉，再配上十個蛋，和大量水果蔬菜。

牛肉是用木炭文火烤成的，上面塗滿了口味極重的醬汁和香料，烤得極嫩。

這是他最喜愛的食物之一，可是聽到卓東來說出的兩個名字後，他就放下了他割肉用的波斯彎刀，用一雙刀鋒般的銳眼盯著卓東來。

「韓章和木雞都來了？」

「是的。」

「你以前見過這兩個人？」

「我沒有。」卓東來淡淡的說：「我相信這裡沒有人見過他們。」

他們的名字江湖中大多數的人都知道，卻很少有人見過他們。

韓章和楊堅一樣，都是「雄獅」的愛將，是他身邊最親信的人，也是他手下最危險的人。

朱猛一向很少讓他們離開自己的身邊。

木雞遠比韓章更危險。

他沒有家，沒有固定的住處，也沒有固定的生活方式，所以誰也找不到他。

可是如果有人需要他，他也認爲自己需要這個人，那麼他就會忽然在這個人面前出現了。

他需要的通常都是別人的珠寶、黃金和數目極大的鉅額銀票。

別人需要他的，通常都是他的絞索、飛鏢和他永遠不離手邊的兩把刀。

一把長刀，一把短刀。

他用刀割斷一個人的咽喉時，就好像農夫用鐮刀割草般輕鬆純熟。

他用絞索殺人時，就好像一個溫柔多情的花花公子，把一條珠鍊掛上情人的脖子。

他做這種事當然是需要代價的，如果你付出的代價不能讓他滿意，就算跪下來求他，他也不會爲你去踏死一隻螞蟻。

無論誰要他去做這種事，都一定要先付出一筆能夠讓他滿意的代價，只有一個人是例外，因爲他一生中只欠這一個人的情。

這個人就是朱猛。

刀環上鑲滿碧玉的彎刀，已經擺在盛物的木盤裡，刀鋒上還留著濃濃的肉汁。

司馬超群用一塊柔軟的絲巾把刀鋒擦得雪亮，然後才問卓東來。

「你沒有見過他們，怎麼知道他們來了？」

「我知道。」卓東來淡淡的說：「因爲我知道，所以我就知道。」

這算是什麼回答？這種回答根本就不能算是回答，誰也不會覺得滿意的。

司馬超群卻已經很滿意了。

因爲這是卓東來說出來的，他相信卓東來的判斷力，正如他相信木盤裡這把刀是可以割肉的一樣。

但是他眼睛裡卻忽然露出種很奇怪的表情，忽然說出句很奇怪的話。

「錯了！」他說，「這次朱猛錯了！」

「爲什麼？」

司馬超群自問：「現在韓章和木雞是不是已經來到這裡？」

「是的。」

「他們還能不能活著回去？」

「不能。」

「他們對朱猛是不是很有用？」

「是的。」

「讓兩個對自己這麼有用的人去送死，這種事我會不會做？」司馬問卓東來：「你會不會做？」

「不會！」

司馬大笑：「所以朱猛錯了，他很少錯，可是這次錯了。」

卓東來沒有笑，等司馬笑完了，才慢慢的說：「朱猛沒有錯！」

「哦？」

「他要他們到這裡來，並不是要他們來送死的。」卓東來說。

「他要他們來幹什麼？」

「來做幌子。」卓東來說：「韓章和木雞都只不過是個幌子而已。」

「爲什麼？」

「因爲真正要出手刺殺楊堅的並不是他們，而是另外一個人。」卓東來說：「如果我們單只防備他們，第三個人出手時就容易了。」

「這個人是誰？」

「是個年輕人，穿一身粗衫，帶著一口劍，住在一家最便宜的小客棧裡，每頓只吃一碗用白菜煮的清湯麵。」卓東來說：「他已經來了三天，可是除了出來吃麵的時候外，從來沒有出過房門。」

「他把自己關在那幢除了臭蟲外，什麼都沒有的小屋子裡幹什麼？」

「我不知道。」

「他從哪裡來的？」

「我不知道。」

「他學的是什麼劍法？劍法高不高？」

「我不知道。」

司馬超群的瞳孔忽然收縮。

他和卓東來相交已有二十年，從貧窮困苦的泥沼中爬到今天的地位，沒有人比卓東來更瞭解他，也沒有人比他更瞭解卓東來。

他從未想到「不知道」這三個字，也會從卓東來嘴裡說出來。

卓東來如果要調查一個人，最多只要三、五個時辰，就可以把這個人的出身、家世、背景、習慣、嗜好、武功門派，自何處來，往何處去，全部調查出來。

做這一類的事，他不但極有經驗，而且有方法，很多種特別的方法，每一種都絕對有效。

這些方法司馬超群也知道。

「他住的是便宜客棧，穿的是粗布衣裳，吃的是白菜煮麵，」司馬超群說：「從這幾件事上，你至少已經應該看出來他絕不會是個很成功的人，出身一定也不太好。」

「本來應該是這樣子的。」卓東來說：「這個少年卻是例外。」

「為什麼？」

「因為他的氣度。」卓東來說：「我看見他的時候，他雖然是在一家擠滿了苦力車伕的小飯舖裡吃白菜煮麵，可是他的樣子看起來卻好像是位新科狀元，坐在太華殿裡吃瓊林宴，雖然只穿著那件粗布衣裳，卻好像是件價值千金的貂裘。」

「也許他是在故意裝腔作態。」

「這種事是裝不出來的，只有一個對自己絕對有信心的人，才會有這種氣度。」卓東來說：「我從未見過像他那麼有自信的人。」

司馬超群眼睛裡發出了光，對這個少年也漸漸有興趣了。

他從未見過卓東來這麼樣看重一個人。

卓東來說：「他在那家客棧裡用的名字叫李輝成，只不過這個名字一定是假的。」

「你怎麼知道一定是假的？」

「因爲我看見過他櫃台上留的名字，是他自己寫的，字寫得不錯，卻寫得很生硬。」卓東來說：「一個會寫字的人絕不會把自己的名字寫得那麼呆板生硬。」

「他說話是什麼口音？」

「我沒有聽過他說話，可是我問過那家客棧的掌櫃。」

「他怎麼說？」

「他以前是家鏢局裡的趟子手，走過很多地方，會說七八個省份的話。」卓東來說：「可是他也聽不出這位姓李的客人是哪裡的人。」

「爲什麼？」

「因爲這位李先生也會說七八個省份的話，每一種都說得比他好。」

「他穿的衣裳呢？」

從一個人穿的衣服上，也可以看出很多事。

衣服料子不同，同樣是粗布，也有很多種，每個地方染織的方法都不一樣，棉紗的產地也不一樣。

鑑別這一類的事，卓東來也是專家。

「我相信你一定看過他的衣服。」司馬超群問：「你看出了什麼？」

「我什麼都看不出。」卓東來道：「我從來沒有看過那種粗布，甚至連他縫衣服用的那種線，我都從來沒有見過。」

卓東來說：「我相信一定是他自己紡的紗，自己織的布，自己縫的衣服，連棉花都是他自己在一個很特別的地方種出來的。」他說：「那個地方你我大概都沒有去過。」

他們同時出道，闖遍天下。

司馬超群苦笑：「連我們都沒有去過的地方，去過的人大概也不會太多了。」

「我也沒有看到他的劍。」

卓東來道：「他的劍始終用布包著，始終帶在身邊。」

「他用來包劍的布是不是也跟他做衣服的布一樣？」

「完全一樣。」

司馬超群忽然又笑了：「看起來這位李先生倒真的是個怪人，如果他真的是來殺我的，那麼今天晚上就很好玩了。」

三

黃昏。

小飯舖裡充滿了豬油炒菜的香氣、苦力車伕身上的汗臭，和烈酒、辣椒、大蔥、大蒜混合成一種難以形容的奇怪味道。

小高喜歡這種味道。

他喜歡高山上那種飄浮在白雲和冷風中的木葉清香，可是他也喜歡這種味道。

他喜歡高貴優雅的高人名士，可是他也喜歡這些流著汗、用大餅捲大蔥、就著蒜頭吃肥肉喝劣酒的人。

他喜歡人。

因爲他已孤獨了太久，除了青山白雲流水古松外，他一直都很少見到人。

直到三個月前，他才回到人的世界裡來，三個月他已經殺了四個人。

四個聲名顯赫雄霸一方的人，四個本來雖然該死卻不會死的人。

他喜歡人，可是他要殺人。

他並不喜歡殺人，可是他要殺人。

世界上有很多事都是這樣子的，使你根本沒有選擇的餘地。

長安，古老的長安，雄偉的城堞，充滿了悠久歷史和無數傳奇故事的動人風情。

小高卻不是爲了這些事來的。

小高是爲了一個人來的——永遠不敗的英雄司馬超群。

他帶著他的劍來，他的劍就在他的手邊，永遠都在他的手邊。

一柄用粗布緊緊包住的劍。

很少有人能看到這柄劍，從這柄劍出爐以來，就很少有人能看到。

這柄劍不是給人看的。

小高知道已經有人在注意他了。

到這裡來的第二天，他就發現有個人在注意他，一個身材很瘦小，衣著很華貴，一雙冷冷淡淡好像永遠不會有什麼表情的眼睛，看起來彷彿是灰色的。

他看見過這種眼睛。

十一歲的時候，他幾乎死在一頭豹子的利爪下，這個人的眼睛就跟那頭豹子一樣。

這個人一出現，小飯舖裡很多人好像連呼吸都停頓了。

後來他才知道這個人就是總管「北道三十九路大鏢局」的大龍頭司馬超群身邊最得力的幫手——卓東來。

小高慢慢的吃著一碗用白菜煮的清湯麵，心裡覺得很愉快。

因爲他知道卓東來和司馬超群一定會懷疑他、談論他，猜測他是個什麼樣的人。

他相信他們一定不會知道他是什麼人的。

他這個人就和他的劍一樣，至今還很少有人看見過。

四

天色已經漸漸暗了，屋子裡雖然沒有點燈，外面的燈火卻越來越輝煌明亮。

寒風從窗縫裡吹進來，已經隱約可以聽見前面大院裡傳來的人聲和笑聲。

司馬超群知道他請來觀禮的嘉賓和他沒有請的人都已經來了不少。

他也知道每個人都在等著他露面，等著看他。

但是他卻坐在椅子上，連動都沒有動，甚至連他的妻子進來時他都沒有動。

他煩透了。

開香堂，收弟子，大張筵席，接見賓客，對所有的這些事他都覺得煩透了。

他只想安安靜靜的坐在這裡喝杯酒。

吳婉瞭解他的想法。

沒有人比吳婉更瞭解司馬超群，他們結合已經有十一年，已經有了一個九歲的孩子。

她是來催他快點出去的。

可是她悄悄的推門進來，又悄悄的掩門出去，並沒有驚動他。

出去的時候，她的眼淚忽然流了下來。

司馬又倒了一杯酒。

這已經不是第一杯了，是第二十七杯。

他喝的不是卓東來喝的那種波斯葡萄酒，他喝的是燒刀子，雖然無色無味，喝下去時肚子裡卻好像有火燄在燃燒。

他沒有把這杯酒喝下。

門又悄悄的推開了，這次進來的不是吳婉，是卓東來。

司馬垂下手，把這杯還沒有喝的酒放到椅下，看著站在門口陰影中的卓東來。

「我是不是已經應該出去了？」

「是的。」

五

大院裡燈火輝煌，人聲喧嘩。

小高擠在人叢裡，因爲他不是司馬超群請來的貴賓，不能進入那個燈火更輝煌明亮的大廳。

大廳裡的人也有不少，當然都是些名人，有身分、有地位、有權勢的名人。

除了這些名人外，還有一些穿一色青緞面羊皮褂的壯漢在接待賓客，每個人的動作都很矯健敏捷，每個人的眼睛都很亮，絕不會錯過任何一件不該發生的小事。

人聲忽然安靜下來。

總管北道三十九路大鏢局的大龍頭，當今武林中的第一強人，永遠不敗的司馬超群終於出現了。

司馬超群出現的時候，穿一身以黑白兩色爲主，經過特別設計和精心剪裁的衣裳，使得他的身材看來更威武高大，也使得他年紀看來比他的實際年齡還要年輕得多。

他用明朗誠懇的態度招呼賓客，還特地走到廳前的石階上，向院子裡的人群揮手。

在震耳的歡呼聲中，小高注意的並不是司馬超群，而是另外兩個人。

這兩個人的裝束、容貌都很平凡，但是眼睛裡卻充滿一種冷酷而可怕的殺機。

他們並沒有站在一起，也沒有互相看過一眼，但是他們每個人的附近，各有八九個人在偷偷的盯著他們，一直都跟他們保持著一段適當的距離。

小高微笑。

他看得出這兩個人是爲了楊堅來的，都是朱猛派出來的一級殺手。

他也看得出司馬和卓東來一定也把他當作他們一路的人，因爲他早已發現他身邊附近也有人在盯著他。甚至比他們盯在身邊的人加起來還多。

卓東來無疑已經把他當作最危險的人物。

「可是卓東來這次錯了！」小高在心裡微笑：「他派人來盯著我，實在是浪費了人力。」

大廳中央的大案上，兩根巨大的紅燭已燃起。

司馬超群已經坐到案前一張鋪著虎皮的紫檀木椅上。

椅前已經鋪起紅氈，擺好了紫緞拜墊。

大典已將開始。

那兩個眼中帶著殺機的人，已經在漸漸向前移動，盯著他們的人當然也跟著他們移動，每個人的手都已伸入懷裡。

懷裡藏著的，當然是致命的武器。

只要這兩個人一有動作，這些人的手都必將在刹那間把一件武器從懷裡伸出來，在刹那間把他們格殺於大廳前。

小高確信這兩個人絕不會得手的。

——一定還有第三個人，這個人才是朱猛派來刺殺楊堅的主力。

小高的想法居然也跟卓東來一樣，唯一不同的是，他知道這個人並不是他。

——這個人是誰呢？

小高的瞳孔忽然收縮。

他忽然看見一個絕不會引起任何人注意的人，在人叢中閃身而過。

小高注意到這個人，只因爲這個人提著一口箱子。

一口陳舊平凡，絕不會引起任何人注意的箱子。

他想看這個人的臉，可是這個人一直沒有正面對著他。

他想擠過去，可是人群也在往前擠，因爲這次大典的中心人物已經走入了大廳。

楊堅的臉色顯得有點蒼白虛弱，但是臉上仍然帶著微笑。

他是被六個人圍擁著走進來的。

小高不認得這六個人，可是只要在江湖中經常走動的人，不認得他們的就很少了，其中非但有鏢局業中成名已久的高手，甚至連昔年橫行關洛道上的大盜雲滿天赫然也在其中。

在這麼樣六位高手的保護下，還有誰能傷楊堅的毫髮？

楊堅已經走上紅氈，走到那個特地選來爲他拜師用的緞墊前。

就在這一刹那間，院子裡已經有了行動！已經有二十多個人倒了下去，流著血，慘呼著倒了下去，倒在人叢中掙扎呼喊。

倒下去的人，並不完全是卓東來的屬下，大多數都是無辜的人。

這是韓章和木雞商議好了的計劃。

他們當然也知道有人在盯著他們，所以他們在出手前，一定要先造成混亂，用無辜者的鮮血來造成混亂。

混亂中，他們的身子已飛撲而起，撲向楊堅。

小高連看都沒有去看他們。

他相信他們不管用什麼方法都不會得手的，他注意的是個提著箱子的人。

但是這個人已經不見了。

司馬超群還是端坐在紫檀木椅上，聲色不動，神情也沒有變。

行刺的殺手已經被隔離在大廳前。

楊堅已經在六位高手的保護下，走出了大廳後面的一扇門。

小高早已看準這扇門的方向。

一直在盯著他的那些人，注意力已然分散，小高忽然閃身竄入大廳，用一種沒有人能形容的奇特身法，沿著牆壁滑過去，滑出了一扇窗戶。

這扇窗戶和那道門當然是同一方向的。

六

窗外的後院裡充滿了梅香和松香，混合成一種非常令人愉快的香氣，陰森的長廊中，密佈著腰懸長刀的青衣警衛。

長廊的盡頭，也有一扇門。

小高掠出窗外的時候，正好看到雲滿天他們擁著楊堅閃入了這扇門。門立刻被關上。

青衣警衛們腰上的長刀已出鞘，刀光閃動間，已有十二個人向小高撲過來。

他們沒有問小高是誰？也沒有問他來幹什麼？

他們接到的命令是：只要有陌生人進入這個院子，立刻格殺勿論！

小高也沒有解釋他爲什麼要到這裡來，現在的情況，已經到了沒有任何言語能夠解釋的時候。

現在他唯一能做的事，就是先擊倒這些人——用最快的方法擊倒這些人。

他一定要盡快衝入長廊盡頭那間屋子。

刀光已匹練般飛來，小高的劍仍在粗布包袱裡。

他沒有拔出他的劍，就用這個粗布包袱，他已擊飛了三把刀，擊倒了四個人。

在他衝入長廊的那一瞬間，又有七八個人被擊倒，這些人倒下時，他已衝到那扇門外面。

卓東來已經在門外。

他一向是個隱藏在幕後的人，可是只要一旦有非常的變化發生，他立刻就會及時出現。

小高看著他，忽然長長嘆息：「本來也許還來得及的，可惜現在一定來不及了。」

後面的刀光又劈來，小高沒有回頭，卓東來卻揮了揮手，凌空劈下的刀光立刻停頓。

「你來幹什麼？」卓東來冷冷的問：「你要來幹什麼？」

「我只不過想來看一個人。」

「看什麼人？」

「殺人的人。」

卓東來冷笑：「沒有人能在這裡殺人。」

「有，」小高說：「有一個。」

卓東來的臉色忽然改變，因爲他已經嗅到一股淡淡的血腥氣。

血腥氣竟赫然真的是從門後傳來的。

卓東來回身撞開了這扇門，就在他回身撞開門的這一瞬間，他的人彷彿已落入了地獄。

七

門後本來是一間極爲精緻華美的屋子，可是現在已變成了地獄。

地獄裡永遠沒有活人的，這屋子裡也沒有。

剛才還活生生走進來的七個人，現在都已經永遠不能活著走出去，有的人咽喉已被割斷，有的人心臟已被刺穿，從前胸刺入，後背穿出。

最慘的是楊堅。

楊堅的頭顱已經不見了，身邊多了張拜帖，上面有八個字：

「這就是叛徒的下場！」

屋子裡有四扇窗戶，窗戶都是關著的。

殺人的人呢？

推開窗戶，窗外星月在天，遠處鑼鼓聲喧，今夜本來就是金吾不禁的上元夜。

卓東來迎著撲面的寒風，默立了很久，居然沒有派人去追索兇手，卻轉過身，盯著小高。

「你知道有人要到這裡來殺人？」

「不但我知道，你也應該知道。」小高嘆息：「我早就想見這個人一面了。」

「但是殺人的絕不止一個人。」

割斷咽喉用的是一把鋒刃極薄的快刀，刺穿心臟用的是一柄鋒尖極利的槍矛。

楊堅的頭顱卻像是被一把斧頭砍下來的。

卓東來的態度已經冷靜了下來，鎮定而冷靜。

「你應該看得出來至少有三個人。」他說：「沒有人能同時使用這三種形狀、份量、招式都完全不同的武器殺人。」

「有。」小高的回答充滿自信：「有一個。」

「你認爲世上真有這麼樣一個人，能同時使用這三種武器，在一瞬間刺殺七位高手？」

「是的！」小高說得極有把握：「也許世上再也沒有第二個這麼樣的人，可是絕對有一個。」

「這個人是誰？」

「我不知道。」

小高又在嘆息：「如果你剛才沒有擋住我，也許我就能看見他了。」

卓東來盯著他，已經可以感覺到自己掌心沁出的冷汗。

「但是我本來並不知道他已經到了長安。」小高說：「我也想不到他會爲朱猛殺人。」

卓東來又盯著他看了很久，看他的眼神，看他的態度，看他站立的方式，看他手裡那柄用粗布包著的劍，忽然說：「我相信你，如果你要走，現在就可以走了。」

聽到這句話的人都很驚訝，因爲這絕對不是卓東來平日的作風，他從未如此輕易放過一個人。

只有卓東來自己知道爲什麼這樣做。他已看出小高也是個非常危險的人，在這種情況下，他不想再惹麻煩。

小高卻笑了笑。

「我也知道我要走的時候隨時都可以走。」他說：「可惜我還不想走。」

「爲什麼？」

「因爲我還有件事沒有告訴你。」

「什麼事？」

「我不姓李，也不叫李輝成。」小高說：「我也不是爲楊堅而來的。」

「我知道。」卓東來說：「就因爲我知道，所以才讓你走。」

「可惜還有很多事你都不知道。」小高微笑：「就因爲你不知道，所以我還不能走。」

卓東來的手掌握緊。

他忽然發覺這個少年有一種別人很難察覺到的野性，就像是一隻剛從深山中竄出來的野獸，對任何人、任何事都毫無所懼。

「我姓高，我是爲一個人來的。」

「爲了誰？」

「爲了司馬超群。」小高說：「永遠不敗的司馬超群。」

卓東來握緊的手掌中，忽然又有了冷汗。

「你就是高漸飛？」他問小高：「就是那位在三個月裡，刺殺了崑崙、華山、崆峒三大劍派門下四大高手的少年劍客高漸飛？」

「是的。」小高說：「我就是。」

夜更暗，風更緊。

「我從不在暗中殺人！」小高說：「所以我要你們選一個時候，選一個地方，讓我看看司馬超群是不是真的永遠不敗。」

卓東來忽然笑了：「我保證他一定會讓你知道的，只不過我希望你還是永遠不要知道的好。」

八

長街上金吾不禁，花市花燈燈如畫。

各式各樣的花燈，各式各樣的人，小高都好像全都沒有看見。

卓東來已經答應他，在一個月內就會給他答覆，並且保證讓他和司馬超群作一次公平的決鬥。

他本來就是爲此而來的，可是現在好像也不太關心這件事了。

現在他心裡想到的只有一個人，一口箱子。

——這個人究竟是個什麼樣的人？這口箱子究竟是種多麼可怕的武器？

九

這時候正有一個人，提著一口箱子，在暗夜冷風中，默默的走出了長安古城。

二　大好頭顱

一

正月十六。

紅花集。

風雪滿天。

一騎快馬冒著風雪，衝入了長安城西南一百六十里外的紅花集。

元宵夜已經過了，歡樂的日子已結束。

一盞殘破的花燈，在寒風中滾落積雪的街道，滾入無邊無際的風雪裡，雖然還帶著昨夜的殘妝，卻已再也沒有人會去看它一眼了，就像是個只得寵了一夜，就被拋棄的女人一樣。

馬上騎士在市集外就停下，把馬匹繫在一棵枯樹上，脫下了身上一件質料很好，價值昂貴的防風斗篷，露出了裡面一身藍布棉襖，從馬鞍旁的一個麻布袋子裡，拿出了一柄油紙傘，一雙釘鞋。

他穿上釘鞋，撐起油紙傘，解下那個麻布袋提在手裡，看起來就和別的鄉下人完全沒什麼不同了。

然後他才深一腳，淺一腳的踏著雪走入紅花集。

他的麻袋裡裝著的是一個足以震動天下的大秘密，他的心裡也藏著一個足以震動天下的大秘密，天下只有他一個人知道的秘密。

他到這裡來，只因爲他要即時將麻袋裡的東西送到紅花集上的一家妓院去，交給一個人。

——他這麻袋裡裝著的是什麼？要去交給什麼人？

如果有人知道這秘密，不出片刻他這個人就會被亂刀分屍，他的父母妻子兒女親戚，也必將在三日內慘死於亂刀下，死得乾乾淨淨。

幸好這秘密是永遠不會洩露的。他自己絕不會洩露，別人也絕對查不出來。

因爲誰也想不到「雄獅」朱猛竟會在這種時候，輕騎遠離他警衛森嚴的洛陽總舵，單人匹馬闖入司馬超群的地盤。

就連算無遺策的卓東來，也想不到他敢冒這種險。

二

淳樸的小鎮，簡陋的妓院。

朱猛赤著膊，穿著一條犢鼻褲，箕踞在一張大炕上，用一隻大海碗和這裡酒量最好的七八個姑娘拚酒，只要有人喝一碗，他就喝一碗。

他喝的是汾酒，已經連喝了四十三大碗，還是面不改色。

看的人都嚇呆了。

這條滿臉鬍子的大漢，簡直就像是鐵打的，連腸胃都像是鐵打的。

「這一碗輪到誰了？」朱猛又滿滿倒了一碗酒：「誰來跟我拚？」

誰也不敢再跟他拚，連一個外號叫做大海缸的山東大妞都不敢再開口。

喝醉的客人出手總是比較大方些，灌客人的酒，本來是這些姑娘們的拿手本事。

「可是這個人……」大酒缸後來對別人說：「他簡直不是個人，是個酒桶，沒有底的酒桶。」

朱猛仰面大笑，自己一口氣又喝了三大碗，忽然用力將這個粗瓷大海碗往地上一摔，摔得粉碎，一雙銅鈴般的大眼裡，忽然暴射出刀鋒般的光，盯著剛走進門就已經被嚇得兩腿發軟的龜奴。

「外面是不是有人來了？」

「是。」

「是不是來找我的？」

「是。」龜奴說話的聲音已經在發抖：「是個名字很怪的人。」

「他叫什麼名字？」

「叫做釘鞋。」

朱猛用力一拍巴掌：「好小子，總算趕來了，快叫他給我滾進來。」

「釘鞋」脫下了腳上的釘鞋，才提著麻布袋走進這個大炕已被馬糞燒得溫暖如春的上房。

他剛走進門，手裡的麻袋就被人一把奪了過去，麻袋一抖，就有樣東西從裡面滾出來，骨碌碌的滾在大炕上，赫然竟是顆人頭。

姑娘們嚇慘了，龜奴的褲襠已濕透。

朱猛卻又大笑。

「好小子，我總算沒有看錯你，你還真能替你老子辦點事，回去賞你兩個小老婆。」

他的笑聲忽又停頓，盯著釘鞋沉聲問：「他有沒有交代你什麼話？」

「沒有。」釘鞋道：「我只看見他手裡好像提著口箱子，連他的臉都沒有看清楚。」

朱猛銳眼中忽然露出種很奇怪的表情，忽然輕輕嘆了口氣，嘴裡喃喃的說：「現在你已經不欠我什麼了，我只希望你以後還會想到來看看我，陪我喝幾杯酒。」

這些話他當然不是對釘鞋說的，嘆氣也不是他常有的習慣。

所以他立刻又大笑：「卓東來，卓東來，別人都說你他娘的是個諸葛亮，你有沒有想到老子已經在你們的狗窩邊上喝了一夜酒？」

「堂主做事一向神出鬼沒，姓卓的怎麼能料得到？」釘鞋垂著手說：「可是他一定算準了我們要把楊堅的人頭送回洛陽的必經之路，所以他一定早就在這裡下了樁佈了卡。」

「那有個屁用？」朱猛瞪眼道：「他既然想不到老子在這裡，會不會把主力都調到這裡來？」

「不會。」

「他跟司馬會不會？」

「也不會。」

「所以他派來的人，最多也不過是他身邊那兩個連鬍子都長不出的小兔崽子而已。」朱猛斷然道：「我料定他派來的不是郭莊，就是孫通。」

「是。」釘鞋垂首道：「一定是的。」

他垂下頭，因爲他不願讓朱猛看到他眼中露出的畏懼之色。

他忽然發現這個滿臉鬍子滿嘴粗話，看起來像是個大老粗的人，不但遠比別人想像中聰明得多，也遠比任何人想像中可怕得多。

朱猛忽然一躍而起，金剛般站在大炕上，大聲問那些已被嚇得連路都走不動的姑娘和龜奴：「現在你們是不是已經知道我是誰了？」

沒有人敢回答，沒有人敢開口。

「我就是朱大太爺。」朱猛用大拇指指著自己的鼻子說：「就是司馬超群的死對頭。」

他忽然衝出去，從外面的櫃台上拿了一大碗墨汁、一支禿筆進來，用禿筆蘸飽濃墨，在最近剛粉刷過的白堊牆上，一口氣寫下了十個比頭顱還大的字。

「洛陽大俠朱猛到此一遊。」

白粉牆上墨汁淋漓，朱猛擲筆大笑。

「老子已經來過，現在要回去了。」他用力一拍釘鞋的肩：「咱們一路殺回去，看誰能擋得住！」

三

孫通其實不應該叫孫通的。

他應該叫孫擋。

因爲卓東來曾經在很多人面前稱讚過他：「孫通的年紀雖然不大，可是無論什麼人來了，他都可以擋一擋，無論什麼事發生，他也可以擋一擋，而且一定可以擋得住。」

紅花集外的官道旁，有家茶館，如果坐在茶館門口的位子上，就可以把官道上來往的每一個人都看得清清楚楚。

孫通就坐在這個位子上。

道路兩旁的屋簷下，只要是可以擋得住風雪的地方，都站著一兩個青衣人，這些人的年紀都比他大得多，在鏢局裡的年資也比他老得多，卻都是他的屬下。

這些人雖然也都是經過特別挑選，眼光極銳利，經驗極豐富的好手，可是孫通無論在哪方面都比他們優秀得多，連他們自己都口服心服。

他們被派到這裡來，就因爲孫通要利用他們的眼光和經驗，檢查每一個從紅花集走出來的人。

無論任何人，只要有一點可疑之處，手裡只要提著個可以裝得下頭顱的包袱，車轎上只要有個可以藏得住頭顱的地方，都要受到他們徹底搜查。

他們的搜查有時雖然會令人難堪，也沒有人敢拒絕。因爲每個人都知道，從「大鏢局」出來的人，是絕對不能得罪的。

孫通也不怕得罪任何人。

他已經接到卓東來的命令，無論在任何情況下，都絕不能讓楊堅的頭顱被帶出長安府境。他執行卓東來的命令時，一向徹底而有效。

小高從紅花集走出來的時候，孫通並沒有特別注意。

因爲小高全身上下絕對沒有任何地方可以藏得住一個頭顱。

可是小高卻走到他面前來了，而且在他對面的椅子上坐下，甚至還對他笑了笑，居然還問他：「貴姓？大名？」

他沒有笑，可是也沒有拒絕回答：「姓孫，孫通。」

「你好。」

「雖然不太好，也不能算太壞。」孫通淡淡的說：「最少我的人頭還在脖子上。」

小高大笑。

「知道自己的人頭還在自己的脖子上，的確是件很愉快的事。」他說：「如果還能夠知道楊堅的人頭在哪裡，那就更愉快了。」

「你知道？」

「我只知道卓先生一定很不願意看到楊堅的頭顱落入朱猛手裡，讓他提著它到江湖朋友面前去耀武揚威。」小高說：「所以你們才會在這裡。」

「你知道的好像很不少。」

「只可惜我還是不太明白，」小高說：「要到洛陽去的人，並不一定要走官道的，連我這個外鄉人都知道另外最少還有兩三條小路。」

「我只管大路，不管小路。」

「爲什麼？」

「走小路的人，膽子也不會太大，還用不著要我去對付。」

「說得好！好極了！」

小高從孫通的茶壺裡倒了杯茶，忽然又壓低了聲音問：「你有沒有發現什麼可疑的人？」

「只發現了一個。」

「誰？」

「你！」

小高又大笑：「如果真的是我，那就很不愉快了。」

「誰不愉快？」

「你！」

小高看著孫通：「如果我要帶著楊堅的頭顱闖這一關，那麼閣下也許就會忽然發現閣下的大好頭顱已經不在閣下的脖子上了。」

他居然還要解釋：「『閣下』的意思就是你。」

孫通沒有發怒，臉色也沒有變，連眼睛也都沒有眨一下。

「我也看得出你沒有帶楊堅的人頭！」孫通說：「可是我看得出你帶了一口劍。」

「你沒有看錯。」

「你爲什麼不拔出你的劍來試一試？」

「試什麼？」

「試試看究竟是誰的頭顱會從脖子上落下。」孫通說。

小高輕撫著他那個永遠不離手邊的粗布包袱，微笑搖頭。「我不能試。」他說：「絕對不能試。」

「你不敢！」

「不是不敢，是不能。」

「爲什麼？」

「因爲我這把劍不是用來對付你的。」小高用一種非常客氣的態度說：「因爲你還不配。」

孫通的臉色還是沒有變，可是眼睛裡卻忽然佈滿了血絲。

有很多人在殺人之前都會變成這樣子。

他的手已經垂下，握住了放在凳子上的劍柄。

小高卻已經站起來，轉過身，準備走了。如果他想要出手時，沒有人能阻止他，如果他不想出手，也沒有人能勉強。

但是他還沒有走出去，就已聽見一陣奔雷般的馬蹄聲。

蹄聲中還夾雜著一種很奇怪的腳步聲，只有穿著釘鞋在冰雪上奔跑時才會發出這種腳步聲。

他剛分辨出這兩種不同的聲音，就已經看到一騎快馬飛奔而來。

馬上的騎士滿面虯髯，反穿一件羊皮大襖，衣襟卻是散開的，讓風雪刀鋒般颳在他赤裸的胸膛上，他一點都不在乎。

後面還有一個人，腳上穿著雙油布釘鞋，一雙手拉住馬尾，另外一隻手裡卻挑著根竹竿，把一個麻布袋高高挑在竹竿上，跟著健馬飛奔，嘴裡還大聲呼喊著：「楊堅的人頭就在這裡，這就是叛徒的下場。」

馬上人縱聲大笑，笑聲如獅吼，震得屋簷上的積雪一大片一大片的落下來。

小高當然不走了。

他從未見過朱猛，可是他一眼就看出這個人必定就是朱猛。

除了「雄獅」朱猛外，誰有這樣的威風？

他也想不到朱猛怎麼會忽然在這裡出現，但是他希望孫通讓他們過去。

因爲他已經看見了朱猛手裡倒提著的一柄金背大砍刀。

四尺九寸長的金背大砍刀，刀背比屠夫的砧板還厚，刀鋒卻薄如紙。

孫通還年輕。

小高實在不想看見這麼樣一個年輕人，被這麼樣一把刀斬殺在馬蹄前。

可惜孫通已經出去了，帶著一片雪亮的劍光，從桌子後面飛躍而起，飛鳥般掠出去，劍光如飛虹，直取馬上朱猛的咽喉。

這一擊就像是賭徒的最後一道孤注，已經把自己的身家性命全都押了出去。

這一擊是必然致命的，不是對方的命，就是自己的命。

朱猛狂笑：「好小子，真有種。」

笑聲中，四尺九寸長的大砍刀已高高揚起，刀背上的金光與刀鋒上的寒光，在雪光反映中亮得像尖針一樣刺眼。

小高只看見刀光一閃，忽然間就變成了一片腥紅。

無數點鮮紅的血花，就像是燄火般忽然從刀光中飛濺而出，和一片銀白的雪色交織出一幅令人永遠忘不了的圖畫。

沒有人能形容這種美，美得如此淒豔，如此殘酷，如此慘烈。

在這一瞬間，人世間所有的萬事萬物萬種生機都似已被這種美所震懾而停止。

小高只覺得自己連心跳呼吸都似已停止。

這雖然只不過是一瞬間的事，可是這一瞬間卻彷彿就是永恆。

天地間本來就只有「死」才是永恆的。

奔馬飛馳未停，釘鞋仍在奔跑，跑出去二十餘丈後，孫通的屍體才落了下來，落在他們的人和馬後面，落在像那柄大砍刀的刀鋒一樣冷酷無情的冰雪上。

然後那千百點血花，才隨著一點點雪花落下來。

血花鮮紅，雪花瑩白。

奔馬長嘶，人立而起，穿釘鞋的人也飄飄飛起。

朱猛勒馬，掉轉馬頭小步奔回，釘鞋就像是一隻紙鳶般掛在馬尾上。

道路兩旁的青衣人，雖然已經拔出了腰刀，他們的刀鋒雖然也和朱猛的刀鋒一樣亮，可是他們的臉色和眼色卻已變成死灰色。

朱猛又大笑。

「你們看清楚，老子就是朱猛。」他大笑道：「老子留下你們的腦袋，只因爲老子要你們用眼睛把老夫看清楚，用嘴巴回去告訴司馬和卓東來，老子已經來過了，現在又要走了，就算這裡是龍潭虎穴，老子也一樣要來就來，要走就走。」

他大喝一聲：「你們還不快滾？」

青衣人本來已經在往後退，聽見這一聲大喝，立刻全都跑了，跑得比馬還快。

朱猛本來又想笑的，卻還沒有笑出來，因爲他忽然聽見一個人嘆著氣說：「現在我才知道，這個世界上像孫通那麼不怕死的人實在不多。」

四

小高已經坐下，就坐在孫通剛才坐的位子上，而且還把孫通剛才拔劍時跌落的劍鞘撿起來，放在桌上，和他自己那柄用粗布包住的劍放在一起。

他沒有用正眼去看朱猛，可是他知道朱猛的臉色已經變了。

然後他就發現朱猛已經到了面前，高高的騎在馬上，用一雙銅鈴般的銳眼瞪著他。

小高好像沒有看見。

他在喝茶。

杯子裡的茶已涼了，他潑掉，再從壺裡倒了一杯，又潑掉，因爲壺裡的茶也是冷的，可是他居然還要再倒一杯。

朱猛一直瞪著他，忽然大聲問：「你在幹什麼？」

「我在喝茶。」小高說：「我口渴，想喝茶。」

「可是你沒有喝。」

「因爲茶已經冷了，」小高說：「我一向不喜歡喝冷茶。」

他嘆了口氣：「喝酒我不在乎，什麼樣的酒我都喝，可是，喝茶我一向很講究，冷茶是萬萬喝不得的，要我喝冷茶，我寧可喝毒酒。」

「難道你還想從這個茶壺裡倒杯熱茶出來？」朱猛問小高。

「我本來就在這麼想。」

「你知不知道這壺茶已經完全冷了？」

「我知道。」小高說：「我當然知道。」

朱猛看著他，就好像看著個怪物一樣：「你知道這壺茶已經冷了，可是你還想從這壺茶裡倒杯熱的出來？」

「不但要熱的，而且還要燙。」小高說：「又滾又熱的茶才好喝。」

朱猛忽然又笑了，回頭告訴釘鞋：

「我本來想把這小子的腦袋砍下來的，可是我現在不能砍了。」朱猛大笑道：「這小子是個瘋子，老子從來不砍瘋子的腦袋。」

釘鞋沒有笑，因爲他看見了一件怪事。

他看見小高居然真的從那壺冷茶裡，倒了一杯熱的出來，滾燙的熱茶，燙得冒煙。

朱猛的笑聲也很快停頓，因爲他也看見了這件事。

看見這種事之後還能夠笑得出來的人並不多，能夠用掌心的內力和熱力，把一壺冷茶變成熱茶的人也不多。

朱猛忽然又回頭問釘鞋：「這小子是不是瘋子？」

「好像不是。」

「這小子是不是好像還有他娘的一點真功夫？」

「好像是的。」

「想不到這小子還真是好小子。」朱猛說：「老子居然差一點看走眼了。」

說完了這句話，他就做出件任何人都想不到他會做出來的事。

他忽然下了馬，把手裡的大砍刀往地上一插，走到小高面前，一本正經的抱拳行了禮，一本正經的說：「你不是瘋子，你是條好漢，只要你肯認我做兄弟，肯陪我回去痛痛快快的喝幾天酒，我馬上就跪下來跟你磕三個響頭。」

「雄獅堂」好手如雲，雄獅朱猛威震河洛，以他的身分，怎麼會如此巴結一個無名的落拓少年？可是看他的樣子，卻一點不像是假的。

小高好像已經怔住了，怔了半天，才嘆口氣，苦笑道：「現在我才相信江湖中人說的不假，雄獅朱猛果然是個了不起的角色，難怪有那麼多人服你，肯爲你去賣命了。」

「你呢？」朱猛立刻問：「你肯不肯交我朱猛這個朋友？」

小高忽然用力一拍桌子，大聲說：「他奶奶的，交朋友就交朋友，交個朋友有什麼了不起？」他的聲音比朱猛還大：「我高漸飛在江湖中混了幾個月，還沒有遇到過一個像你這麼樣看得起我的人，我爲什麼不能交你這個朋友？」

朱猛仰面大笑：「好！說得好！」

「只不過磕頭這件事千萬要免掉。」小高說：「你跟我跪下來，我也不能站著，若是兩個人全跪在地上磕頭，你磕過來，我磕過去，豈非變成一對磕頭蟲了？」

他大聲說：「這種事我是絕不做的。」

朱猛立刻同意！

「你說不做，咱們就不做。」

「我也不能陪你回去喝酒。」小高說：「我在長安還有個死約會。」

「那麼咱們就在這裡喝，喝他個痛快。」

「就在這裡喝？」小高皺眉：「你不怕司馬趕來？」

朱猛忽然也用力一拍桌子。

「他奶奶的，就算他來了又有什麼了不起？老子最多也只不過把這條命去跟他拚掉而已，他還能把老子怎麼樣？」朱猛大聲道：「可是咱們這酒卻是非喝不可的，不喝比死還難受。」

「好！喝就喝。」小高說：「要是你不怕，我怕個鳥！」

茶館裡非但沒有客人，連伙計都溜了。

幸好酒罈子不會溜。

朱猛小高喝酒，釘鞋倒酒，倒的還沒有喝的快，一罈酒沒有喝完，遠處已有馬蹄聲傳來。

蹄聲密如緊鼓，來的馬至少也有六七十匹。

紅花集本來就在司馬超群的勢力範圍之內，如果有人說只要司馬一聲令下，片刻間就可以把這地方踩為平地，那也不能算太誇張。

但是朱猛卻連眼睛都沒有眨，手裡拿著滿滿的一大碗酒，也沒有一滴潑出來。

「我再敬你三大碗。」他對小高說：「祝你多福多壽，身子健康。」

「好！我喝。」

他喝得雖快，馬蹄聲的來勢更快，這三碗酒喝完，蹄聲聽來已如雷鳴。

釘鞋捧著酒罈子的手已經有點發軟了，朱猛卻還是面不改色。

「這次輪到你敬我了。」他對小高說：「你最少也得敬我三大碗。」

釘鞋忽然插嘴：「報告堂主，這三碗恐怕是不能再喝了。」

朱猛暴怒：「為什麼？為什麼不能喝？」

「報告堂主，再喝下去，這位高少爺的性命恐怕也要陪堂主一起拚掉。」

朱猛怒氣忽然消失，忽然長長嘆息：「他說的也有理，我的性命拚掉無妨，為什麼要連累你？」

他正想一躍而起，小高卻按住了他的肩，輕描淡寫的說：「我的命又不比你值錢，你能拚命，我爲什麼不能？何況我們也未必就拚不過他們。」

朱猛又大笑：「有理，你說得更有理。」

小高說：「所以我也要敬你三大碗，也祝你多福多壽，身子康健。」

兩個人同時大笑，笑聲還未停，奔雷般的馬蹄聲已繞過這家茶館，在片刻間就把茶館包圍。

蹄聲驟然停頓，幾聲斷續的馬嘶聲過後，所有的聲音都沒有了。

天地間忽然變得像死一般靜寂，這間茶館就是個墳墓。

釘鞋忽然也坐下來，苦笑道：「報告堂主，現在我也想喝點酒了。」

五

刀無聲，劍無聲，人無聲，馬也無聲。

因爲每一個人、每一匹馬都已經過多年嚴格的訓練，在必要時絕不會發出一點不必要的聲音來，就算頭顱被砍下，也不會發出一點聲音來。

死一般的靜寂中，一個人戴紫玉冠，著紫貂裘，背負著雙手，走入了這家茶館。

「紫氣東來」卓東來已經來了。

他的態度極沉靜，一種只有在一個人已經知道自己絕對掌握住優勢的時候，才能表現出的沉靜。

茶館裡這三個人三條命無疑已被他掌握在手裡。

可是小高和朱猛連看都沒有看他一眼。

「我還要再敬你三大碗。」小高說：「這三碗祝你長命富貴，多子多孫。」

他還沒有倒酒，卓東來已經到了他們面前，淡淡的說：「這三碗應該由我來敬了。」

「爲什麼？」

「朱堂主遠來，我們居然完全沒有盡到一點地主之誼，這三碗當然應該由我來敬。」

朱猛居然連話都不說就喝了三大碗，卓東來喝得居然也不比他慢。

「我也還要再敬朱堂主三大碗。」卓東來說：「這三碗酒我也是非喝不可的。」

「爲什麼？」

「因爲喝過這三碗酒之後，我就有件事想請教朱堂主了。」

「什麼事？」

卓東來先喝了三碗酒：「朱堂主行蹤飄忽，神出鬼沒，把這裡視若無人之地。」他嘆了口氣：「如果朱堂主剛才就走了，我們也實在無能爲力。」

他抬起頭，冷冷的看著朱猛：「可是朱堂主剛才爲什麼不走呢？」

「你想不到？」

「我實在想不到！」

「其實我本來也沒有想到，因爲那時我還沒有交到這個朋友。」朱猛拍著小高的肩：「現在我既然已經交了這個朋友，我當然要陪他喝幾杯，他既然不能跟我回去，我也只好留在這裡陪他。」

朱猛又大笑：「這道理其實簡單得很，只可惜你們這樣的人絕對不會明白而已。」

卓東來忽然不說話了，不響不動不嘆氣不喝酒不說話。

在這段時間，他這個人就好像忽然變成了個木頭人，甚至連眼睛裡都沒有一點表情。外面也沒有舉動，沒有得到卓東來的命令，誰也不敢有任何舉動。

這時間並不短。

在這段時間裡，小高和朱猛在幹什麼？卓東來既不知道，也不在乎。

在這段時間裡，只有小高一個人的表情最奇怪。

從他臉上的表情看起來，就好像他明明看到有七八隻蠍子，十幾個臭蟲，鑽到他衣裳裡去了，卻偏偏還要忍住不動。

他確實看到了一件別人都沒有看到的事，因爲他坐的方向，正好對著左後方的一個窗戶，這個窗戶恰巧是開著的。

這個窗子外面，當然也有卓東來帶來的人馬，可是從小高坐的這個角度看過去，剛好能從人馬刀箭的空隙中看到一棵樹。

一棵已經枯死了的大白楊樹，樹下站著一個人。

從小高坐的這個位子上看過去，剛好可以看見這個人。

一個沉默平凡的人，手裡提著一口陳舊平凡的箱子。

小高想衝出去，有好幾次都想衝出去，可是他沒有動。

因爲他知道現在已經到了決定性的時候，所有人的生死命運，都將要在這一瞬間決定，他做的任何一件事，都可能會傷害到他的朋友。

所以他不能動。

他只希望那個提著口箱子，站在樹下的人也不要走。

也不知過了多久，他忽然又看見一件非常奇怪的事。

他忽然看到卓東來笑了。

直到這一瞬間他才發現，卓東來笑起來的時候也是很迷人的。

他看見卓東來微笑著站起來，用一種無比優雅的姿態向朱猛微笑鞠躬。

「朱堂主，我不再敬你酒了。」卓東來說：「此去洛陽，路途仍遠，喝得太多總是不太好的。」

小高怔住，朱猛也怔住。

「你讓他走？」小高問：「你真的肯讓他走？」

卓東來淡淡的笑了笑：「他能交你這個朋友，我爲什麼不能？他能冒險陪你在這裡喝酒，我爲什麼不能爲你讓他走？」

他居然還親自把朱猛的馬牽過來：「朱堂主，從此一別，後會有期，恕我不能遠送了。」

六

煙塵滾滾，一匹馬，一條馬尾，一雙釘鞋，和兩個人都已絕塵而去。

小高目送他們遠去，才回過頭面對卓東來，又忍不住嘆息：「現在我才相信江湖中人說的不假，『紫氣東來』卓東來果然是個了不起的人物。」

卓東來也嘆了口氣：「可惜我知道你不會交我這個朋友的，因爲你一心只想成名，一心只想要司馬超群死在你的劍下。」

小高沉默，沉默了很久才說：「死的也許不是他，是我。」

「是的，死的很可能是你。」卓東來淡淡的說：「如果有人要跟我打賭，我願意用十去搏一，賭你死。」

他看著小高：「如果你要跟我賭，我也願意。」

「我不願意。」

「爲什麼？」

「因爲我輸不起。」

說完了這句話，小高就衝了出去，因爲他忽然發現剛才還站在樹下的那個人，忽然間又不見了。

這一次小高決心要追上他。

三 奇襲

一

正月十七。

長安。

清晨，酷寒。

卓東來起床時，司馬超群已在小廳等著，就坐在那鋪著紫貂皮的椅子上，用水晶杯喝他的葡萄酒。

只有司馬超群一個人可以這麼做，有一天有一個自己認爲卓東來已經離不開她的少女，剛坐上這張椅子，就被赤裸裸的拋在門外的積雪裡。

卓東來所有的一切，都絕不容人侵犯，只有司馬超群是例外。

但是卓東來還是讓他在外面等了很久，才披上件寬袍赤著腳走出臥房，第一句話就問司馬：「這麼早你就來了，是不是急著要問我昨天爲什麼放走朱猛？」

「是的。」司馬說：「我知道你一定有很多理由，可惜我連一點都想不出。」

卓東來也坐了下去，坐在一疊柔軟的紫貂皮上，平時，他在司馬面前，永遠都是衣冠整肅，態度恭謹，從未與司馬平起平坐。

因爲他要讓別人感覺到司馬超群永遠都是高高在上的。

可是現在屋子裡只有他們兩個人。

「我不能殺朱猛，」卓東來說：「第一，因爲我不想殺他，第二，因爲我沒有把握。」

「你爲什麼不想殺他？」

「他單人匹馬，闖入了我們的腹地，從容揮刀把我們的大將斬殺於馬前，本來還可以揚長而去的，只因爲要陪一個朋友喝酒，所以才留下。」

他淡淡的說：「那時我若是殺了他，日後江湖中人一定會說『雄獅』朱猛的確不愧是條好漢，夠朋友，講義氣，有膽量。」卓東來冷笑：「我殺了他豈非反而成全了他？」

司馬超群凝視著水晶杯裡的酒，過了很久才冷冷的說：「我知道你一定有理由的，但我卻想不通你怎麼會沒有把握？」他問卓東來：「你帶去的好手不少，還對付不了他們三個人？」

「不是三個人，是四個。」

「第四個人是誰？」

「我沒有看見，但是我能感覺出他就站在我後面的一扇窗戶外。」卓東來說：「他雖然遠遠站在窗外，但是在我的感覺中卻好像緊貼在我背後一樣。」

「爲什麼？」

「因爲他的殺氣。」卓東來說：「我平生從未遇到過那麼可怕的殺氣。」

「你沒有回頭去看他？」

「我沒有。因爲我知道他一直在盯著我，好像特意在警告我，只要我有一點動作，無論什麼動作，他都可能會出手。」

卓東來又說：「我雖然沒有看到他，可是高漸飛一定看到他了。」

「你怎麼知道？」

「那時高漸飛就坐在我對面，正好對著那個窗口，我感覺到那股殺氣時，高漸飛的臉色也變了，就好像忽然看見了鬼魂一樣。」

卓東來說：「高漸飛絕對可以算是近年來後起劍客中的第一高手，如果沒有特別緣故，爲什麼會對一個陌生人如此畏懼？」

司馬超群忽然笑了，大笑。

「所以你也有點害怕了！」他的笑聲中竟似充滿譏誚：「想不到紫氣東來卓東來也有害怕的時候，怕的竟是一個連看都沒有看到過的人。」

卓東來冷冷的看著他，等他笑完了，才平平靜靜的說：「我雖然沒有看見他，可是卻已經知道他是誰了。」

「他是誰？」司馬的笑聲停頓：「難道你認爲他就是那個刺殺了楊堅的人？」

「是的。」卓東來說：「一定是。」

他說：「這個人一定極少在江湖中走動，一定和朱猛有種特別的關係，但卻絕不是朱猛的手下。」卓東來說：「這個人用的一定是種從未有人見到過的極可怕的武器，可以同時發出很多種不同武器的威力。」

「還有呢？」司馬問。

「沒有了。」

「你知道的就只有這麼多？」

「到現在爲止，我知道的就只有這麼多。甚至連那種武器是什麼形狀我都想像不出。」

卓東來淡淡的說：「可是我相信，我知道的這些已經比任何人都多了。」

司馬想笑，卻沒有笑出來。

卓東來是他的朋友，曾經共過生死患難的好朋友，卓東來也是他最得力的好幫手。

可是誰也不知道爲了什麼，當他們兩人單獨相處時，他總是要和卓東來針鋒相對，總好像要想盡方法去刺傷他。

卓東來卻總是完全不抵抗，甚至連一點反應都沒有。

又喝了一杯葡萄酒之後，司馬忽然又問卓東來：

「現在孫通已經死了，郭莊呢？」

「郭莊也不在。」

「昨天早上我還看見他的，爲什麼今天早上就不在了？」

「因爲昨天早上我已經叫他趕到洛陽去。」卓東來說：「一聽到朱猛已經到了紅花集的消息，我就叫他去了。」

卓東來說：「我要他每過五百里就換馬一次，晝夜兼程的趕去，一定要在朱猛回家的前一天趕到洛陽。」

司馬超群的眼睛裡忽然發出光，忽然問：「他一定能及時趕去？」

「一定能。」

「如果他趕不到呢？」

卓東來淡淡的說：「那麼我就叫他死在洛陽，不必再回來。」

司馬超群並沒有問卓東來，爲什麼要令郭莊趕到洛陽去？去幹什麼？

他不必問。

卓東來的計劃和行動他已完全瞭解。

——朱猛輕騎遠出，手下的大將既然沒有跟來，也一定會在路上接應，在朱猛趕回去之前，「雄獅堂」內部的防守必定要比平時弱得多，正是他們趕去突襲的好機會。

——只要能把握住最好的機會，一次奇襲遠比十次苦戰更有效。

這正是卓東來最常用的戰略。

這一次計劃的確精確狠辣與大膽，也正是卓東來的一貫作風。

司馬超群只問卓東來：「你只派了郭莊一個人去？」

「我們在洛陽也有人手。」卓東來說：「郭莊也不是一個人去的。」

「還有誰？」

「還有木雞。」

「木雞？」司馬動容：「你沒有殺他？」

「他一向是非常有用的人，對我們也一樣有用，我爲什麼要殺他？」

「他是朱猛派來殺楊堅的，不怕他出賣我們？」

「現在他要殺的已經不是楊堅，而是朱猛。」

「爲什麼？」

「因爲他已經知道朱猛只不過想利用他來做幌子而已，而且是存心要他來送死的，因爲朱猛早就算準他絕不能得手。」卓東來說：「他不怕被人利用，可是他受不了這種侮辱。」

卓東來又說：「何況我付給他的遠比朱猛還多得多。」

司馬看著他，眼裡又露出種充滿譏誚的笑意。

「現在我才知道你爲什麼不殺朱猛了。」司馬說：「你要他活著回去，你要他親眼看到你給了他一個什麼樣的慘痛教訓，要他知道你的厲害。」

他看著卓東來微笑：「你一向是這樣子的，總是要讓別人又恨你又怕你。」

「不錯，我是要朱猛害怕，要他害怕而做出不可原諒的錯事和笨事來。」卓東來說：「只不過我並不是要他怕我，而是要他怕你。」

他的聲音很柔和：「除了我們自己之外，沒有人知道這次行動是誰主持的。」

司馬卻跳了起來，額上已有一根根青筋凸起。

「可是我知道。」他大聲說：「要做這種大事，你爲什麼連問都不來問我一聲？爲什麼要等到你做過了之後才告訴我？」

卓東來的態度還是很平靜，用一種平靜而溫柔的眼光凝視著司馬超群。

「因爲我要你做的不是這種事。」他說：「我要你做的是大事，要你成爲江湖中空前未有的英雄，完成武林中空前未有的霸業。」

司馬緊握雙拳，瞪著他看了很久，忽然長長嘆了口氣，握緊的雙拳也放鬆了。

可是他的人已站了起來，慢慢的向外走。

卓東來忽然又問他：「高漸飛還在長安附近，等著你給他回音，你準備什麼時候跟他交手？」

司馬超群連頭都沒有回。

「隨便你。」他的聲音忽然變得很冷淡：「這一類的事，你一定早已計劃好了，反正不管是在什麼時候交手，他都連一點機會都沒有，因爲你絕不會給他一點機會的。」

司馬淡淡的說：「所以這一類的事你以後也不必回來問我。」

二

高漸飛醒來時，手腳都已經快要被凍僵了。

這間廉價客棧的斗室裡，本來還有一個小小的火盆，可是現在火盆裡的一點木炭早已燒光了。

他跳起來，在床上做了六七十種奇怪的姿勢，他的身體就好像一根麵條般可以隨著他的思想任意彎動扭曲，做到第十一個姿勢時，他全身上下都已開始溫暖，等他停下來的時候，只覺得自己精神振奮，容光煥發，心情也愉快極了。

他相信自己今天一定可以見到那個提著一口箱子的人。

昨天離開那家茶館後，他又見到過這個人三次，一次是在一條結了冰的小河邊，一次是在山腳下，一次是在長安城裡的一條陋巷裡。

他看得很清楚。

雖然他直到現在還沒有看清這個人的臉，但是那身灰樸的棉袍和那口暗褐色的牛皮箱子，都是絕對不會看錯的。

只可惜他每次趕過去時，那個人都已經像空氣般忽然消失。

他決定不再繼續追下去了，決定先回來好好的睡一覺再說。

因爲他已經發現那個人並不是不想見他，否則也就不會故意在他面前出現三次了。

他一定是在試探他，試探他的武功，試探他對他是否有惡意。

小高相信如果自己不再去找他，他遲早還是會露面的。

雪雖然已經停了，天氣卻更冷，小高決定先去吃一碗熱呼呼的熱湯麵。

一到了他常去的那家小麵館，小高果然就看見了那個人和他的那口箱子。

現在還沒有到吃午飯的時候，小麵館裡的客人還不多。

這個人就坐在小高常坐的一個角落裡，默默的吃著一碗麵，吃的也是小高常吃的那種白菜湯麵。

他的箱子就擺在他的手邊。扁扁的一口箱子，有一尺多寬，兩尺多長。

——這口箱子裡裝的究竟是什麼？這麼平凡的一口箱子，怎麼會是天下最可怕的武器？

小高實在很想衝過去，把這口箱子搶過來，打開看看。

可是他忍住了這種衝動。

不管怎麼樣，這次他總算看清楚這個人的臉了。

一張蠟黃色的臉，一雙黯淡無神的眼睛，一副有氣無力的樣子，就好像是個生了十七八年重病，已經病得快死了的人。

麵館雖然還有很多空位，小高卻還是硬著頭皮走過去，在這個人對面坐下來，先叫了一碗麵，然後就立刻對這個人說：「我姓高，高山流水的高。」他告訴這個人：「我叫高漸飛，就是漸漸快要飛起來的意思。」

這個人完全沒有反應，就好像根本沒看見對面已經有個人坐下來。

那口暗褐色的牛皮箱子就擺在桌旁，小高一伸手就可以拿到。

如果他伸手拿起這口箱子轉身就跑，會發生什麼樣的後果？

小高不敢試。

他的膽子一向不小，天下好像沒有幾件他不敢去做的事。

可是這個看起來好像已經病得快要死了的人，卻好像有著某種令人無法解釋而且不可思議的神秘力量，足以使得任何人都不敢對他生出絲毫冒瀆侵犯之意。

小高又盯著他看了半天，忽然壓低聲音，用只能讓他一個人聽到的聲音說：「我知道是你。」小高說：「我知道殺死楊堅的人就是你。」

這個人終於抬起頭，看了他一眼，那雙黯淡無神的眼睛裡，忽然有寒光一閃，就好像灰暗天空中，忽然打下來的一道閃電一樣。

可是閃電之後並沒有雷聲。

這個人立刻又恢復了他那種有氣無力的樣子，默默摸出幾文錢放在桌上，默默的提起了箱子，默默的走了出去。

小高立刻就跟著追出去。

這一次這個人居然沒有像以前那三次一樣，忽然自空氣中消失。

他一直都在前面走，而且走得很慢，好像生怕小高追不上他。

走了半天後，小高忽然發現他又走到昨天曾經見過他的那條陋巷裡。

陋巷無人，是條走不出去的死巷子。

小高的心跳了起來。

——他是不是因爲我已知道了他的秘密，所以才把我帶到這裡，要用他那口神秘的箱子把我殺了滅口？

小高根本不知道這口箱子究竟是種什麼樣的武器，也不知道自己是不是能用掌中的劍招架抵抗。

就因爲不知道，所以他心裡竟忽然有種從來未曾有過的恐懼。

但是這個人看起來卻不像要殺人的樣子，也不像能夠殺人的樣子。

現在他已轉過身，面對小高，過了很久之後，才用一種平和而嘶啞的聲音問小高：「你知不知道我是誰？」

「不知道。」

「正月十五之前你有沒有見過我？」

「沒有。」

「我看來像不像是個會殺人的人？」

「不像。」

「你有沒有看過我殺人？」

「沒有。」

「那麼你爲什麼要說我殺了楊堅？」

「因爲你這口箱子。」小高說：「我知道這口箱子是種非常神秘的武器，而且非常可怕。」

這個人凝視著小高。

小高的眼色、神態、站著的姿勢、呼吸的頻率、衣服的質料，和手裡的粗布包袱，全身上下每一個地方他都沒有放過。

他看得好像遠比卓東來還仔細，他那雙灰黯無神的眼睛裡竟好像隱藏著某種特地製造出用來觀察別人的精密暗器。

然後又用同樣平和的聲音問小高：「你說你的名字叫高漸飛？」

「是。」

「你是從哪裡來的？」

「從山上。」

「是不是一座很高的山？」他問小高：「你住的地方是不是有一道清泉、一株古松？」

「是。」

「你身上穿的這身衣服，是不是用山後所產的棉麻自己紡出來的？」

「是。」

小高已經開始覺得很驚奇，這個人對他的事知道得竟比任何人都多得多。

「那座山上是不是有個很喜歡喝茶的老人？」他又問小高：「他是不是經常坐在那棵古松下，用那裡的泉水烹茶？」

「是。」小高說：「有關你這口箱子的事，就是他告訴我的。」

「他有沒有告訴你有關我這個人的事？」

「沒有。」

這個人盯著小高，灰黯的眼裡又有寒光一閃：「他從來也沒有提起過我？連一點有關我的事都沒有提起過？」

「絕對沒有。」小高說：「他老人家只不過告訴我，世上最可怕的武器是一口箱子。」

「你有沒有告訴過別人？」

「沒有。」

「有沒有人知道你的來歷？」

「沒有。」

小高說：「卓東來曾經檢查過我的衣物，想從我衣服的質料上看出我是從什麼地方來的，可惜他什麼都沒有看出來。」

棉麻是他自己種的，布是他自己織的，衣裳是他自己縫的，那座山是座不知名的高山，除了他們之外，還沒有凡人的足跡踏上去過。

小高微笑：「卓東來就算有天大的本事，也休想查出我的來歷。」

「你的劍呢？」這個人問：「有沒有人看過你的劍？」

「有幾個。」

「幾個什麼人？」

「幾個死人。」小高說：「看過我這柄劍的人，都已死在我的劍下。」

「你這柄劍有沒有什麼特別的地方？」

「有的。」

「有什麼特別？」

「這柄劍的劍脊上有一道很奇怪的痕跡，看起來就好像是淚痕一樣。」

提著箱子的這個人，眼中忽然露出種任何人都無法解釋的表情，彷彿很悲傷，又彷彿很歡愉。

「淚痕，淚痕，原來世上真的有這麼一柄劍。」他喃喃的說：「殺人的劍上爲什麼會有淚痕？世上爲什麼要有這麼樣一柄劍？」

小高無法回答。

這本來就是個很奇妙的問題，也許根本就沒有人能回答。

小高終於忍不住問他：「現在你是不是已經可以告訴我，你究竟是什麼人？我的事你怎麼會知道得這麼多？」

這個人閉著嘴，什麼話都不說，卻忽然以拇指彈中指，發出清脆的一聲響。

小高立刻就聽到了一陣車輪滾動和馬蹄踏地的聲音。

他轉過頭去看的時候，已經有一輛黑漆馬車停在這條陋巷外。

提著箱子的人已經提著他的箱子走過去，打開車門，坐入車廂，然後才問小高：「你上不上來？」

——這輛馬車是從哪裡來的？

小高不知道。

——這輛馬車要往哪裡去？

小高也不知道。

可是他上去了，就算他明知這輛馬車是從地獄裡來的，要載他回地獄，他也一樣會上去。

三

車廂裡寬敞舒服而華麗，車子走得極快極穩，拉車的四匹馬和趕車的車伕無疑都受過良好的訓練，車軛、車輪和車廂也無疑是特別設計出來的，就算在王公鉅富的車房和馬廄裡，也未必有這麼好的車馬。

這個布衣粗食容貌平凡的人，怎麼會擁有這麼樣一輛華貴的馬車？

小高有很多問題想問他，但是他一上了車就閉起眼睛，一閉上眼就睡著了。

那口神秘的箱子，就擺在他身邊的座位上。

小高的心又動了。

——如果我偷偷的打開來看看，不知道他會怎麼樣？我只不過看看而已，就算被他發現，大概也沒什麼關係。

這個誘惑實在太大，大得令人難以抗拒。

小高終於忍不住伸出了手。

他的手極爲靈巧，而且受到過極嚴格的訓練，曾經在一次試驗中，連續不停的打開了分別由十一位名匠打造的三十把好鎖。

那些鎖別人就算有鑰匙也很難打開，他用的卻只不過是一根鐵絲。

箱子上的機簧，很快就被他找到，只聽「格」的一聲輕響，機簧已被撥開。

箱子的主人仍在沉睡。

——箱子裡究竟有些什麼東西？爲什麼會是世上最可怕的武器？

這個秘密終於要揭露了，小高的心跳得更快。

他輕輕的、慢慢的掀起蓋子，箱子裡裝著的好像只不過是一些形狀奇特的鐵管和鐵件而已。大概有十三四件，每一件的形式和大小都不相同。

可惜小高並沒有看清楚。

箱子一打開，他就忽然嗅到一種淡淡的好像梔子花一樣的香氣。

然後他就暈了過去。

四　奇人奇地奇事

一

正月十八日。

一個任何人都不知道是什麼地方的地方。

一件形狀既不規則也不完整的鐵件，怎麼會是這個世界上最可怕的武器？

小高還沒完全清醒，可是這個問題卻一直像是條毒蛇般盤據在他心裡。

等他完全清醒時，他就立刻被眼前看到的景象嚇呆了。

他忽然發現自己已經來到了一個只有在最荒唐離奇的夢境中才會出現的地方。

這地方彷彿是山腹裡的一個洞窟，小高絕對可以保證，無論誰到了這裡，都會像他一樣，被這個洞窟迷住。

他從未看到過任何一個地方有過這麼令人驚奇迷惑的東西。

從波斯來的水晶燈，高高吊在一些光怪陸離色彩斑斕的巨大鐘乳間，地上鋪滿了手工精細圖案奇美的地毯，四壁的木架上陳列著各式各樣的奇門武器，有幾種小高非但沒有見過，連聽都沒有聽過。

除此之外，還有丈餘高的珊瑚、幾尺長的象牙、用無瑕美玉雕成的白馬、用碧綠翡翠和赤紅瑪瑙塑成的花木和果菜、用暹邏黃金鑄成的巨大佛像，佛像上還掛滿了一串串晶瑩圓潤大如龍眼般的珍珠。

另外一張大案上擺滿了各式各樣的金樽玉爵和水晶瓶，滿盛著產自天下各地的美酒。四五個身穿蟬翼般薄紗的絕色美女，正站在小高躺著的軟榻邊，看著小高吃吃的笑，其中有一個金髮碧眼，皮膚比雪還白的女孩子，笑得最天真，另外一個皮膚卻是深褐色的，就像是褐色的緞子一樣，柔軟光滑，瑩瑩生光。

小高已經完全被迷住了。

這些武器，這些珍寶，這些美人，都不是凡人所能見到的。

難道這個地方已不在人間？

如果這裡就是地獄，那麼這個世界也不知道有多少人願意下地獄了。

二

——你們是什麼人？這裡是什麼地方？

女孩子們只笑，不說話。

小高想站起來，卻已經被一個小巧如香扇墜的女孩子按住了他的肩。

他不敢碰這個女孩子。

他知道自己並不是一個經常都能夠抗拒誘惑的人。

最讓人受不了的是，那個金髮碧眼的女孩子，居然捧住了他的臉，對著他耳朵輕輕吹氣。

小高知道自己的身體已經快要有變化了，很不雅觀的變化。

他的身子忽然彎曲，從一個任何人都想不到的部位，往一個任何人都想不到的方向彎了過去。

按住他肩、捧住他臉的兩個女孩子，只覺得手一滑，被她們按住捧住的人已經不見了，再回頭去找時，才發現他已經躲到很遠的一個黃金佛像後面。

「你們千萬不要過來。」小高大聲道：「我這個人並不是個好人，你們如果真敢過來，我就真的要不客氣了。」

他真的有點怕這些女孩子，但是她們如果真的過去了，他也不會覺得太難過的，也不會被嚇死。

可惜她們都沒有過去，連一個都沒有過去。

因爲就在這時候，這個地方的主人已經出現了。

一個英挺瘦削，身材很高的人，隨隨便便的穿著件黑得發亮的黑絲長袍，讓一頭漆黑的長髮隨隨便便的披散在肩膀上。

他的穿著雖然隨便，可是他這個人看起來卻如同帝王。

尤其是他的臉。

他的臉輪廓極分明，線條極明顯。

他的臉色蒼白，完全沒有一點血色，就像是用一塊雪白的大理石雕出來的，帶著種無法形容的冷漠和高貴。

看見這個人，女孩子們立刻全都盈盈拜倒，小高大聲道：「我知道你一定就是這裡的主人。」

「我本來就是。」

「我既不認得你，你也不認得我，你把我弄到這裡來幹什麼？」

「我也不知道。」

「你也不知道？」小高叫了起來：「你怎麼會不知道？」

「因爲我根本就沒有要你來，是你自己要跟著我來的。」

小高怔住，怔了半天才開口。

「是我自己要跟著你來的？難道你就是那個提著口箱子的人？」

「我本來就是。」

小高用手抱住頭，好像馬上就要暈過去了。

一個布衣粗食容貌平凡的人，竟忽然奇蹟般變成了一位帝王。

這種事本來只有在神話中才會發生的，卻偏偏被小高在無意間遇到。

「你究竟是個什麼樣的人？」小高從佛像後走出來：「是個鋒芒不露提著口箱子流浪天涯的刺客？還是個遠避紅塵富逾王侯的隱士？」

小高問他：「這兩種人是完全不同的，究竟哪一種才是你的真面目？」
「你呢？你究竟是個什麼樣的人？」他反問小高：「是個對人世間每件事都覺得好奇的熱血少年？還是個視人命如草芥的無情劍客？」
「我是個學劍的人，一個人如果要學劍，就應該獻身於劍，雖死無憾。」小高又問他：「你呢？你殺人是爲了什麼？是爲了錢財？還是因爲你殺人時覺得很愉快？」
小高凝視著他：「一個人知道自己能主宰別人的生死時，是不是會覺得很愉快？」
黑袍人忽然轉過身，走到大案前，從一個水晶樽裡倒了杯酒，慢慢的喝了下去。
然後他才淡淡的說：「對我來說，這已經不是愉快的事了，只可惜我也像這世上大多數人一樣，也會去做一些自己本來並不想做的事。」
「這一次你爲什麼要殺楊堅？」
「爲了朱猛，因爲我欠他一條命。」
「誰的命？」
「我的。」
「朱猛救過你？」
「每個人都難免會有危險困難的時候，我也不例外。」黑衣人淡淡的說：「將來你也會有這種時候的，可是你永遠都無法預料那時是誰會去救你，就正如現在你也不知道將來會有些什麼人要死在你手裡一樣。」
「不是死在我的手裡，是死在我的劍下。」小高說：「死在我劍下的人，都早已把性命獻身於劍，就像我一樣，如果我死在他們的劍下，我死而無怨。」

黑衣人忽然從壁架上取下一柄形式奇古的長劍，冷冷的看著小高：「如果現在我就用這柄劍殺了你呢？」

「那麼我就會覺得很遺憾了。」小高說：「因爲現在我連你是誰都不知道。」

「你知道的已經夠多了，已經多得足夠讓我殺了你。」

「哦？」

「你已經知道我殺了楊堅，已經偷偷的看過了我那口箱子。」

「可是我什麼都沒有看出來。」小高說：「我還是想不通那怎麼會是天下最可怕的武器？」

「你想知道？」

「非常想。」

黑衣人忽然拔劍，冷森森的劍氣立刻逼人眉睫而來，閃動的劍光竟是碧綠色的。

「這柄劍叫綠柳，是巴山顧道人的遺物。」黑衣人輕撫劍鋒：「昔年顧道人以七七四十九手迴風舞柳劍縱橫天下，死在這柄劍下的成名劍客，也不知多少了。」

他放下長劍，又從架上拿起一柄宣花大斧。

「這是昔年黃山隱俠武陵樵用的斧頭，淨重七十三斤。」他說：「他用的招式雖然只有十一招，可是每一招都是極霸道的殺手，據說當時江湖中從來都沒有人能在他手下走過七招。」

宣花斧旁擺的是柄又像是槍又不是槍的武器，因爲槍頭上裝的不是槍尖，是柄鐮刀，還用條鐵鍊子掛住。

「鐵鍊飛鐮殺人如割草。」黑衣人道：「這件武器據說是來自東瀛的，招式詭秘，中土未見。」

他又指著架上一對判官筆、一雙蛾眉刺、一柄跨虎藍、一把吳鉤劍、一支鉤鐮槍、一筒七星針、一把波斯彎刀，和一根白臘大竿子說：「這些武器昔年也都是屬於當代絕頂高手所有，每件武器都有它獨特的招式，每件武器都不知附著有多少武林高手的英魂。」

小高忍不住說：「我問的是你那口箱子，不是這些武器。」

黑衣人淡淡的說：「但是我那口箱子，就是這些武器的精華。」

「我不懂。」小高問他：「一口箱子怎麼會是十三種武器的精華？我看那口箱子裡只不過是些支離破碎的鐵塊鐵管和鐵片而已。」

「那其中的奧秘，你當然不會看得出來。」黑衣人說：「但是你也應該知道，世上所有的武器本來都只不過是一些零碎的鐵件，一定要拼湊在一起之後，才會成爲一種武器。」

他又解釋：「就算是一把刀，也要有刀身、刀鍔、刀柄、刀環、刀衣，也要用五種不同的東西拼湊在一起，才能成爲一把刀。」

小高好像已經有點懂了。

「你的意思是不是說，你可以用你那口箱子裡的那些鐵件，拼湊出一種武器？」

「不是一種武器，是十三種武器，十三種不同的武器。」

小高怔住。

「用十三種不同的方法，拼湊出十三種不同形式的武器來，可是每一種型式都和常見的武器不同，因爲每一種型式至少都有兩三種武器的功用。」黑衣人說：「這些武器所有的招式變化精華所在，全都在我那口箱子裡。」

他問小高：「現在你是不是已經明白了？」

小高已經聽得完全怔住。

現在他雖然已經明白，楊堅和雲滿天他們七個人，爲什麼看起來會像是同時死在三四種不同的武器之下，出手的卻只有一個人。

這一點小高雖然想過了，卻還是不能完全相信。

如果沒有親眼看見，有誰會相信世上真的有這麼樣一件構造如此精巧精確精密複雜的武器存在？

但是小高不能不信。

所以他忍不住長長嘆息：「能鑄造出這麼樣一件武器來的人，一定是位了不起的天才。」

「是的。」

黑衣人蒼白尊貴冷漠的臉上，忽然露出種很奇怪的表情，就像是一個最虔誠的信徒，忽然提到了他最崇信的神祇。

「沒有人能比得上他。」黑衣人道：「他的劍術、他的智慧、他的思想、他的仁心，和他煉鐵煉劍的方法，都沒有人比得上。」

「他是誰？」

「他就是鑄造你那柄『淚痕』的人。」

小高又怔住。

他忽然有了種很奇妙的感覺，覺得他自己和這個神秘的黑衣人之間，彷彿有某種極微妙的關係。

這種感覺使得他又驚奇、又興奮、又恐懼。

他還想再多知道一點，有關這口箱子、這柄劍，和這個了不起的人與事，他都想多知道一點，但是黑衣人卻好像不願他知道得太多，已經改變了話題：「這口箱子固然是空前未有的傑出武器，要使用它也不容易。」他說：「如果沒有一個傑出的人來使用它，也不能發揮出它的威力。」

他並不是在誇耀自己，也沒有自負之意，只不過是敘述一件事實而已：「這個人不但要精通這十三種武器的招式變化，對每件武器的構造都要瞭解得極清楚，而且還要有一雙極靈巧的手，才能在最短的時間裡，把箱子裡的鐵件拼湊起來。」

黑衣人又說：「除此之外，他還要有極豐富的經驗、極靈敏的反應，和極正確的判斷力。」

「爲什麼？」

「因爲對手不同，所用的武器和招式也不同，所以你一定要在最短的時間裡，判斷出要用什麼形式的武器才能克制住你的對手。」黑衣人說：「在對方還沒有出手前，你就要算準，應該用哪幾件東西拼成一種什麼樣的武器，而且還要在對方出手前將它完成，只要慢了一步，就可能死在對方手下。」

小高苦笑。

「看來這實在不是件容易事，像這樣的人找遍天下恐怕也找不出幾個。」

黑衣人靜靜的看著他，過了很久才冷冷的說：「要打開我那口箱子，也不是容易事，可是你很快就打開了。」他說：「你的手已經足夠靈巧。」

「好像是的。」

「你的武功已經很有根基，而且好像還練過傳自天竺密宗，聖母之水高峰上的瑜珈術。」

「好像是的。」

「傳給你這柄『淚痕』的老人，和我這口箱子本來就有點關係。」黑衣人淡淡的說：「所以直到現在你還沒有死。」

「難道你本來想殺了我的？」小高問：「你爲什麼沒有殺？」

「因爲我要你留在這裡。」黑衣人說：「我要你繼承我的武功，繼承我的箱子，繼承這裡所有的一切。」

他說的是件別人連做夢都夢想不到的幸運。

——富可敵國的財富，玄秘之極的武器，天下最可怕的武器。

一個一無所有的年輕人，忽然間就要擁有這所有的一切，他一生中的命運忽然間就已在這一瞬間改變。

這個年輕人心裡會有什麼樣的感覺？

小高居然連一點反應都沒有，就好像在聽別人說一件和他完全無關的事。

黑衣人又說：「我唯一的條件就是在你還沒有把我的武功練成之前，絕不能離開此地一步。」

這個條件並不苛刻，而且非常合理。

「只可惜你忘了問我一件事，」小高說：「你忘了問我是不是肯留在這裡？」

這個問題其實不必問的，這樣的條件只有瘋子和白癡才會拒絕。

小高不是瘋子，也不是白癡，黑衣人卻還是問了他一句：「你肯不肯？」

「我不肯。」小高連想都不想就回答：「我也不願意。」

黑衣人的瞳孔忽然變了，由一個凡人的瞳孔變成了一根針的尖，一柄劍的鋒，一隻蜜蜂的刺，直刺著小高的眼睛。

小高的眼睛連眨都沒有眨，又過了很久，黑衣人才問他：「你爲什麼不肯？」

「其實也不爲什麼！」小高說：「也許只不過是因爲這裡太悶了，而我卻一向過慣了自由自在的日子。」

他凝視著這個神秘而可怕的人，淡淡的說：「也許只不過因爲我不想做像你這樣的人。」

「你知道我是個什麼樣的人？」

「我不知道。」小高說：「可是我總覺得你這個人好像一直都是活在陰影裡的，不管你用哪種面目出現，好像都只有在陰影中出現。」

他嘆了口氣：「你雖然有富可敵國的財富、天下無雙的武功，可是有時候我卻覺得你的日子過得還沒有我愉快，有時候我甚至會覺得很同情你。」

黑衣人看著他，瞳孔裡的寒光忽然散開，散成了一團朦朦朧朧的光影，散成了一片虛無。

「每個人都有權選擇自己生活的方式，我也有權選擇我的。」小高說：「我要活在太陽下，就算我要殺人，我也會堂堂正正的去向他挑戰，跟他公公平平的爭一個勝負。」

黑衣人忽然冷笑。

「你以爲司馬超群真的會跟你公平決鬥？」

「我光明正大的向他挑戰，大家以一對一，怎麼會不公平？」

「現在你當然不會懂的。」黑衣人又嘆了一口氣：「等到你懂的時候，只怕已經太遲了。」

「不管怎麼樣，我還是要去。」小高說：「現在我的肚子餓得要命，我只希望你留我好好的吃一頓飯，然後就讓我走。」

他又顯得高興起來：「我看得出你不是個小氣的人，我這個要求大概也不算太過分。」

「的確不算太過分。」黑衣人冷冷的說：「只可惜你也忘了問我一件事。」

「什麼事？」

「到了這地方來的人，從來沒有一個能活著出去。」

小高居然還在笑：「我相信你的話，幸好每件事都有例外的。」他笑得居然還很愉快：「我相信你一定會爲我破例一次。」

「我爲什麼要爲你破例？」

「因爲我們是朋友，不是仇敵，我從來也沒有得罪過你。」

「你錯了。」黑衣人說：「你不是我的朋友，也不配做我的朋友。」

他眼中忽然又露出種奇特的光影：「如果我肯爲你破例一次，只不過爲了一點原因。」

「什麼原因？」

「因爲你同情我。」黑衣人說。

他眼中的光影忽然間彷彿又變成了一種又苦澀又辛酸的譏誚之意：「這個世界上只有人恨

我、怕我，卻從來也沒有人同情過我，只因爲這一點，我就不妨給你一次機會。」

「什麼樣的機會？」

黑衣人站起來，從大案上隨便拿起了兩個水晶樽，要小高選一瓶喝下去。

「爲什麼要我選？」小高問：「這兩瓶酒好像是完全一樣的，連瓶子都是一樣的。」

「只有一點不一樣。」

「哪一點？」

「這兩瓶酒有一瓶是毒酒。」黑衣人說：「穿腸奪命的毒酒。」

其實這兩瓶酒還有一點是不一樣的，其中有一瓶酒比另外一瓶少了一點。

因爲這瓶酒已經被黑衣人倒出來一點，而且已經喝了下去。

現在他還活著。

這一點小高應該看得出來，但是他選的卻是另外一瓶。

黑衣人冷冷的看著他，冷冷的問：「你選定了？」

「我選定了，而且絕不會改變主意。」

「你有沒有看到我剛才喝過一杯酒？」

「我看見了。」

「你知不知道我喝的是哪一瓶？」

「我知道。」

「你爲什麼不選我喝過的那一瓶？」

瓶。」

「因爲我還不想死。」

小高微笑，笑得更愉快：「你知道我不是瞎子，也不算太笨，一定能看得出這兩瓶酒裡有一瓶是你喝過的，可是你還要讓我選，因爲大多數人在這種情況下，都會選你喝過的那一瓶。」

這是事實。

「幸好我不是大多數人，你也不會把我當作那些人。」小高說：「你喝過的那瓶酒裡如果真的沒有毒，你就不會用這種方法來試我了。」

他說：「你要對付我，當然要用比較困難一點的法子。」

這種選擇實在很不容易。

有些人就算有智慧，能想到毒酒很可能就是黑衣人自己喝過的那一瓶，也未必有膽量把另外一瓶喝掉。

「毒酒是你的，你當然有解藥，就算喝個十瓶八瓶也沒問題，可是我就喝不下去了。」小高說：「所以我只有選這一瓶。」

黑衣人用一種很奇怪的眼色看著小高，用一種很奇怪的聲音問他：「如果你選錯了呢？」

「那麼我也只有死了算了。」

說完了這句話，小高就把他自己選的一瓶酒一口氣喝了下去。

然後他的人也倒了下去。

五　奇逢奇遇

一

正月二十五。

長安。

高漸飛並沒有死。

他的判斷完全正確，他的膽子也夠大，所以他還沒有死。

唯一遺憾的是，他完全不知道自己是怎麼離開那個地方的，也不知道那個奇秘的洞窟究竟在哪裡。

喝下那瓶酒之後，他立刻就暈迷倒地，不省人事，然後他就發現自己已經回到那家廉價的小客棧，睡在那間小屋裡的木板床上。

他是怎麼回去的？是在什麼時候回去的？他自己一點都不知道。

別人也不知道。

沒有人知道這兩天他到哪裡去了，也沒有人關心他到哪裡去了。

幸好還有樣東西能證明這兩天他經歷過的事並不是在做夢。

——一口箱子，一口暗褐色的牛皮箱子。

小高醒來時，就發現了這口箱子。

箱子就擺在他床邊的小桌上，顏色形狀都和他曾經打開過的那一口完全一樣，甚至連箱子上裝的機簧鎖鈕都一樣。

——如果這口箱子真的就是那件空前未有、獨一無二的武器，他怎麼會留下來給我？

小高雖然不信，卻還是未免有點動心，又忍不住想要打開來看看。

幸好他還沒有忘記上一次的教訓。

如果一個人每次打開一口箱子來的時候，都要被迷倒一次，那就很不好玩了。

所以箱子一打開，小高的人就已經到了窗外，冷風刀颼般的吹進窗戶，颼進屋子裡，不管什麼樣的迷香，都應該已經被颼得乾乾淨淨。

這時候小高才慢吞吞的從外面兜了個圈子，從房門走了進來。

看到了箱子裡的東西後，他居然覺得失望。

因爲箱子裡裝著的只不過是些珠寶翡翠和一大疊金葉子而已。

只不過是足足可以把一整條街都買下來，可以讓一城人都爲它去拚命的珠寶翡翠和黃金而已。

這已經是三天前的事了。

這三天他出門的時候，雖然總是帶著這口箱子出去，但是他的生活一點都沒有改變。

他還是住在那家最便宜的小客棧裡，吃最便宜的白菜煮麵。

他好像完全不知道這箱東西是可以用來做很多事的，也不知道自己已經變成了個大富翁。

因為他根本沒有去想過，根本不想知道。

對於金錢的價值，他根本完全沒有觀念。他絕不讓自己的生活因為任何事而改變。

可是在正月二十五這一天，他的生活還是改變了。改變得很奇怪。

二

這一天是晴天，在那家小麵館裡吃過麵之後，他又準備回去蒙頭大睡。

司馬超群和卓東來那邊至今還是沒有消息，也不知道究竟準備在哪一天跟他交手。

可是他一點都不著急。

那個神秘的黑衣人，無緣無故的送了他這麼大一筆財富之後，也音訊全無。

他隨時都準備把這箱東西還給他，所以才隨身帶著，但是他們今後卻恐怕永遠無法再見了，這箱東西反而變成了他的一個累贅。

可是小高也沒有因此而煩惱。

這個世界上好像沒有任何事能影響到他的心情。

別人要他等兩天，他就等兩天，要他等兩個月，他就等兩個月，反正遲早總有一天會等到消息的，又何必煩躁著急？

他已經下定決心，在這次決戰之前，什麼事他都不做。

他一定要使自己的體力始終保持在巔峰狀況中，而且一定要讓自己的心情保持平衡。

這天中午他沿著積雪的長街走回去時，就發現後面有個人在盯他的梢，小高用不著回頭去看，就已經猜出這個人是誰。

昨天晚上吃飯時，他就發現這個人在盯著他了，就好像一頭貓盯著隻老鼠一樣。

這個人穿得很破爛，戴著頂破氈帽；身材雖然不高大，卻長著一臉大鬍子，走路的腳步聲很輕，顯然是練過功夫的。

小高從來沒有見過這個人，也不知道這個人為什麼要盯著他。

他覺得自己並沒有什麼可以讓人發生興趣的地方。

走了一段路之後，後面的腳步聲忽然聽不見了，小高剛鬆了口氣，旁邊的一條橫巷裡忽然有條繩子飛了出來。

一條很粗的繩子，用活結打了個繩圈，一下子就套住了高漸飛的脖子，套得奇準。

一個人的脖子如果被這種繩圈套住，眼珠隨時都會凸出來，舌頭隨時都會吐出來，隨時都可能會斷氣。

小高很明白這一點。

所以繩子一拉動，他就飛了起來，就像是個風箏一樣飛了起來。

在橫巷中拉繩子的人，果然就是那個大鬍子。

他還在用力的拉，可惜繩子已經斷了，被他繩子套住頭的人已經向他撲了過去。

大鬍子掉頭就跑，跑出了一段路，就覺得有點奇怪了。

因爲小高居然沒有去追他。

大鬍子又跑了兩步，忽然停下，後面還是沒有人追過來。

他忍不住轉過身，吃驚的看著小高，居然還要問小高：「你爲什麼不來追我？」

這句話真是問得絕透了，可是小高更絕，居然還反問：「我爲什麼要追你？」

大鬍子怔了怔：「難道你不知道我剛才想用那條繩子勒死你？」

「我知道。」

「你既然知道，爲什麼要這樣放過了我？」

「因爲我沒有被你勒死。」

「可是你最少也該問問我，究竟是什麼人，爲什麼要勒死你？」

「我不想問。」

「爲什麼？」

「因爲我根本不想知道。」這句話說完，小高居然就轉身走了，連頭都不回。

大鬍子又怔住。

像小高這樣的人，他這一輩子都沒有看到過一個。

可是像他這樣的人，小高也沒有看到過，小高不去追他，他反而來追小高了，而且居然又從身上拿出根繩子，很快的結了個繩圈，往小高的脖子上套過去。

他套得真準，小高又被他套住了。

唯一遺憾的是，他雖然套住了，還是連一點用都沒有。

不管他怎麼用力往後拉，小高都還是好好的站在那裡，非但脖子沒有被他勒斷，連動都沒有動。

大鬍子居然又問他：「你這個人是怎麼回事？爲什麼我總是勒不死你？」

「因爲我這個人除了脖子外，還有手指頭。」

繩圈套上小高脖子的時候，他就用一根手指把繩子勾住了，在咽喉前面勾住了。

他的手指一用力，大鬍子就被他一下子拉了過來，他剛轉過身，大鬍子就一頭撞在他懷裡。

「你的繩子玩得不好。」小高說：「除了玩繩子外，你還會玩什麼？」

「我還會玩刀。」大鬍子說。

他的人還沒有站穩，手裡已經抽出一把短刀，一刀往小高的軟脅上刺了過去。

只可惜他的刀也不夠快，小高用一根手指在他手腕一敲，他的刀就被敲飛了。

「我看你還是放過我吧。」小高嘆著氣搖頭：「不管你玩什麼，對我都沒有用的。」

大鬍子本來已經快倒在地上，忽然一個「鯉魚打挺」，身子忽然倒翻起來，兩條腿忽然像扭麻花的凌空一絞，絞住了小高的頭。

這一著連小高都沒有想到。

這個大鬍子的兩條腿非但輕捷靈活，而且結實有力，小高差一點連氣都透不過來，這雙腿上穿的一條破褲子味道也很不好嗅。

小高實在受不了，身子忽然用一種很奇特的方法一擰一扭一轉一甩，大鬍子的人就被甩了出去，人跌在地上，褲子也裂開，露出了一雙腿。

他的褲子本來就已經快破了，一破就破到了底，幾乎把兩條腿全部露了出來。

這一次是小高怔住了，就好像忽然看到一堆爛泥中長出了一朵鮮花一樣。

每個人都有腿的，可是小高從來也沒有看見過這麼好看的一雙腿。

不但小高沒有看見過，這個世界上大多數人恐怕都沒有看見過。

這個世界上能看見這麼一雙腿的人恐怕還沒有幾個。

這雙腿修長而結實，線條均勻柔美，肌肉充滿了彈性，皮膚是乳白色的，就像是剛從一條母牛身上擠出來的新鮮牛奶的顏色一樣。

小高做夢也想不到這個又髒又臭的大鬍子，居然會有這麼一雙腿。

讓他更想不到的是，這個又想用繩子勒死他，又想用刀殺死他的大鬍子居然哭了，居然坐在地上，用手摀著臉，像小孩一樣哭了起來，哭得好傷心好傷心。

小高本來應該走的，就像剛才那樣子頭也不回的走掉，可惜他偏偏又忍不住要問：「你哭什麼？」

「我喜歡哭，我高興哭，我願意哭，你管不著。」

這個長著一臉大鬍子的大男人，說起話來居然像是個小女孩一樣不講理，連說話的聲音都變得好像是個小女孩的聲音，像這麼樣一個怪物，怎麼能再跟他糾纏下去？

小高決心不再理他，決心要走了，大鬍子卻又叫住了他：「你站住。」

「我爲什麼要站住?」

「這麼樣你就想走?天下有這麼便宜的事?」

「我爲什麼不能走?」小高說:「你又要勒死我,又要用刀殺我,我這麼樣走掉,已經很對得起你了,你還想怎麼樣?」

「我只想要你把你的眼珠子挖出來。」這個大鬍子說:「把你兩個眼睛裡的眼珠子都挖出來。」

小高又想笑,又笑不出:「我又沒有瘋,爲什麼要把自己的眼珠子挖出來?」

「因爲你看見了我的腿。」大鬍子說:「我這雙腿又不是隨便就可以給別人看的。」

小高也不能不承認他的這雙腿長得實在很特別,特別的好看。

可是他又不是故意要看的,兩條腿被別人看見,也不能算是什麼不得了的事。

「要是你覺得不服氣的話,我也可以把我的兩條腿讓你看看,」小高說:「隨便你要看多久都沒關係。」

「放你的狗屁!」

「我不是狗,我也沒有放屁。」

「你當然不是狗,因爲你比狗還笨。」大鬍子說:「天下所有的狗都比你聰明得多,不管是大狗小狗公狗母狗都比你聰明一百倍,因爲你是條豬。」

這個大鬍子越說越生氣,忽然跳起來:「你這條豬,難道你還看不出我是個女人?」

「你怎麼會是個女人?我不信。」

小高呆呆的說:「女人怎會有鬍子?」

大鬍子好像已經氣得快瘋了，忽然用力將自己臉上的那一大把大鬍子全都撕了下來，往小高臉上擲了過去。

她的身子也跟著飛了過去，腰肢一擰一扭，兩條腿又把小高絞住了。

兩條光溜溜的腿，上面連一根綿紗都沒有。

這次小高真的連動都不敢動了，只有看著她苦笑：「我跟你既沒有冤，又沒有仇，你爲什麼要這樣子對我？」

「因爲我看中了你。」

小高又嚇呆了，幸好這個已經沒有大鬍子的大鬍子很快就接著說：「你不必自我陶醉，我看中的並不是你這個人。」

「你看中的是什麼？」

「是你手裡的這口箱子。」這個沒有大鬍子的大姑娘說：「只要你把這口箱子給我，我以後絕不再來找你麻煩，你也永遠再也看不到我了。」

「你知道我這口箱子裡有什麼嗎？」

「我當然知道，」這位大姑娘說：「你這口箱子裡最少有價值八十萬兩以上的黃金珠寶。」

「你怎麼知道的？」

小高當然覺得很詫異，因爲他從來也沒有在別人面前打開過這口箱子。

她非但不回答，反而問小高：「你知不知道我的父親是什麼人？」

「我不知道。」

「他是個神偷，妙手神偷，偷遍天下，從來也沒有失手過一次。」

「好，好本領。」

「可是他比起我祖父來又差得多了。」她問小高：「你知不知道我的祖父是什麼人？」

「不知道。」

「他老人家是位大盜，見人盜人，見鬼盜鬼。」

小高嘆了口氣：「原來你們家上下三代都是幹這一行的。」

「你總算明白了。」大鬍子姑娘說：「一個上下三代都幹這行的人，怎麼會看不出這口箱子裡有些什麼東西？」

「我也聽說過，這一行的好手都有這種本事，從一個人走路的樣子上，都能看得出這個人身上是不是帶著值錢的東西。」

「一點也不錯。」大姑娘說：「可是我卻看不出你是個什麼樣的人。」

「哦！」

「你手裡提著一箱子黃金珠寶，每天吃的卻是三五文錢一碗的白菜煮麵。」大姑娘問小高：「你究竟是個小氣鬼？還是大怪物？」

「我手裡雖然提著一箱子黃金珠寶，只可惜全都不是我的，所以就算我想送給你，也不能送給你。」小高說：「我也可以保證，就算你的本事再大十倍，也休想把這口箱子從我手裡搶走。」

大姑娘忽然嘆了口氣。

「我也知道這是搶不走的。」她說：「可是不管怎樣我都要試試，就算拚了這條命，我也要跟你死纏到底。」

「爲什麼？」

「因爲我如果不能在三天內籌足五萬兩銀子，也一樣是死定了。」她的眼珠子轉了轉，眼淚又流了下來：「你想想，除了從你身上想辦法之外，我到哪裡去找五萬兩銀子？」

她的眼淚就像雨點般不停的往下掉：「我看得出你是好心人，你一定要救救我，我這一輩子都感激你。」

小高的心已經有點軟了：「你爲什麼一定要在三天裡籌足五萬兩銀子？」

「因爲司馬超群的大鏢局，一定要我付出五萬兩銀子，才肯把我護送回家去。」她說：「我的家在關東，如果沒有他們護送，這一路上我隨時都可能死在道路旁，連收屍的人都沒有。」

小高冷笑：「送一個人出關就要五萬兩，他們的心未免太黑了一點。」

「可是我不怪他們，要把我送回去實在很不容易。」大姑娘說：「如果我是司馬超群，我開出來的價錢也許更高。」

「爲什麼？」

「因爲要殺我的那些人實在太兇惡太可怕了，誰都不願意跟他們作對的。」大姑娘說：「我相信你永遠都想不到天下會有他們那麼兇暴殘忍的人。」

她的身子已經開始發抖，她的臉上顯然好像抹著煙灰，可是現在也一樣能看得出她的臉已因驚駭恐懼而扭曲。

她真的怕得要命。

小高忍不住問：「他們是誰？」

大姑娘好像已經聽不見他在問什麼了，不停的流著淚說：「我知道他們絕不會放過我的，我知道他們隨時隨地都會趕來殺了我。」

她好像已經有了某種兇惡不祥的預感，一種就好像一隻野獸已經感覺到有陷阱在前，有獵人將要捕殺牠時的預感。

這種預感雖然無法解釋，可是通常都很靈驗。

就在這時候，窄巷兩邊的短牆上已經分別有暗器暴射而出，左面是一蓬銀雨，右面是幾點寒星。

高漸飛的反應一向極快。

他以右手提著的箱子和包袱擋住了左面射來的一蓬銀雨。

他的人已帶著用兩條腿絞住他的大姑娘，往右面斜斜飛起。

但他卻還是聽到她發出了一聲嘆息般的呻吟，還是感覺到她結實有力的兩條腿，忽然軟了下去，從半空中掉落在地上。

小高沒有被她拖下去，反而又向上拔起，以右腳墊左腳，藉力使力，又向上拔起丈餘，就看見窄巷兩邊的短牆後，都有一個人分別向左右兩方竄出，身手都極矯健，輕功都不弱。

他們竄上數丈外的屋脊時，小高也落在牆頭，兩個人忽然全都轉過身來盯著他，臉上都戴著猙獰的面具，眼裡都充滿了兇暴殘酷惡毒的表情，其中一個人用嘶啞的聲音冷冷的說：「朋友，你的功夫很不錯，要練成『梯雲縱』這一類的輕功也很不容易，如果年紀輕輕的就死了，實在很可惜。」

小高微笑：「幸好我暫時還不想死，也死不了。」

「那麼你最好就聽我良言相勸，這件事你是管不得的。」

「爲什麼管不得？」

「惹上了我們，就好像被魔鬼纏上了身。」這個人說：「不管你是在吃飯也好，睡覺也好。不管你在幹什麼，隨時都可能會發現有件你從未見過的兵刃暗器，已經到了你的咽喉眉睫間，你一覺睡醒，也可能會發現有個人正在用一把割肉刀，慢慢的割你的脖子。」

他陰惻惻的說：「不管誰遇到了這種事，心情都不會愉快的。」

小高也嘆了口氣。

「這種事的確很不好玩，只可惜我這個人天生有種怪脾氣。」

「哦？」

「別人越不要我管的，我越想去管一管。」

另外一個人忽然冷笑：「那麼你就回去等死吧。」

兩個人又同時翻身躍起，向後竄出。

他們的身法雖快，小高最少還是可以追上一個，只可惜地上還躺著一個人，一跌到地上去之後，就連動也沒有動過，一雙光滑結實修長的腿，已經快要被凍成紫色了。

其實這個人和小高連一點關係都沒有，可是要小高就這樣看著她光著兩條腿死在積雪的窄巷，這種事小高也絕對做不出的。

她的傷在肩後，很小很小的一個傷口，卻已經腫了起來，而且還在發燙。

——暗器有毒，一定有毒。

幸好她遇見了高漸飛，一個從小就住在到處都有毒蟲毒蟻毒蛇的荒山中的人，身上當然不會沒有解毒的藥。

所以她沒有死，而且很快就醒了過來。

三

她醒來時已經躺在小高客棧裡那張木板床上，傷口已經敷上藥，用一條粗布纏住。

她看見了小高，看了半天，忽然輕輕的問：「你死了沒有？」

「大概還沒有死。」

「那麼我是不是也沒有死？」

「大概是的。」

「我怎麼會還沒有死？」她好像覺得很意外：「他們已經追來了，我怎麼會沒有死？」

「因爲你的運氣不錯，遇到了我。」

這位臉上已經沒有鬍子的大姑娘忽然生氣了：「我已經被人逼得無路可走，每天像野狗一般東奔西竄，東藏西躲，又中了別人的毒藥暗器，你居然還說我運氣不錯？」

她瞪著小高：「我倒要聽你說說看，要怎麼樣才算運氣不好？」

小高苦笑，只有苦笑。

這位大姑娘又瞪了他半天，忽然嘆了口氣。

「我知道你是絕不肯把箱子給我的，所以你最好也不要再管我的事了。」

「爲什麼？」

「這件事你是管不得的，我的死活也跟你沒關係。」她說：「我跟你本來就連一點關係都沒有。」

「本來連一點關係都沒有，可是現在卻好像有點關係了。」

「放你的狗屁！」大姑娘忽然叫了起來：「你說，我跟你有什麼關係，你說出來？」

小高說不出來。

他從未遇到過這樣的人，以前沒有，以後也不會有。

可是他現在卻偏偏遇到了一個。

「這裡是什麼地方？」大姑娘又問他：「你爲什麼要把我帶到這麼樣一個狗窩裡來？」

「因爲這裡不是狗窩，」小高說：「這裡是我住的地方。」

這位大姑娘忽然又睜大了眼睛瞪住他。

「你這條豬，你真的是條豬，」她大聲說：「滿街的人都知道你住在這裡，你居然還要把我帶到這裡來，你是不是一定要看到我死在他們手裡才高興，是不是一定要等到他們找來，把我一塊塊切碎了才開心？」

小高笑了。

這麼不講理的人並不是時常都能遇得到的。

大姑娘更生氣。

「你還笑，有什麼好笑的？」

「你要我怎麼樣？」小高說：「要我哭？」

「你這條豬，豬怎麼會哭？你幾時看見過一條豬會哭？」

「這倒是真的。」小高像忽然發現了一個大道理：「豬好像真是不會哭，可是豬好像也不會笑。」

大姑娘卻好像已經快要被氣瘋了，嘆著氣道：「你說得對，你不是豬，你是人，是個好人，我只求你把我送回去，趕快送回去，越快越好。」

「你要我把你送到哪裡去？」

「送回我住的地方，」大姑娘說：「那個地方他們是絕對找不到的。」

「他們找不到，我也找不到。」

「你有沒有想到過這裡一定有個人是能找得到的？」

「這個人是誰？」

大姑娘又叫了起來：「這個人就是我！」

四

一個並不算太大的四合院，卻住著十六家人。

這十六家人當然都不是很有辦法的人，只要有一點辦法的人就不會住在這裡了。

如果你想不通一家八口怎麼能擠在一間鴿子籠一樣的小屋裡過日子，那麼你就應該到這個大雜院裡來看看，看看這個世界上某一些人過的是種什麼樣的日子。

最近這個大雜院裡住的人家又由十六戶變成了十七戶，因爲這裡的二房東又把後院裡一間用木板搭成的柴房，隔成了兩間，租給了一個外地人。

一個總是戴著頂破氈帽，長著一臉大鬍子的人。

看到這個現在已經沒有大鬍子的大姑娘所住的這個地方，小高又笑了。

「閣下住的這個公館，好像也不比我那個狗窩好多少。」

現在他已經把她送了回來。

如果是在白天，這個大雜院裡雞飛狗跳貓叫人吵夫妻相罵妯娌鬥嘴老頭吐痰孩子撒尿，就算有隻蒼蠅飛進來，也會被人發現。

幸好現在天已黑了，而且他們是從後面跳牆進來的。

如果一個人要躲起來，再想找一個比這裡更難找的地方就很難了。

這位大姑娘怎麼能找到這麼樣一個地方？連小高都不能不佩服。

讓他想不到的是，她剛才神智明明已經很清醒，身子裡的毒好像已經被他的藥完全拔了出來，可是現在卻又暈迷了過去，而且比上一次暈迷得更久。

小高本來一直認爲自己的解藥絕對有效，現在卻有點懷疑了。

是她中的毒太深，已經侵入了她的骨髓血脈？還是他的解藥力量不夠？

不管是爲了什麼，小高都已經沒法子就這麼樣一走了之。

因爲她的情況一直都很不穩定，有時候暈迷，有時清醒，暈迷的時候就會流著冷汗，說一些可怕的夢囈，清醒的時候總是用一雙虛弱無神的眼睛看著小高，好像生怕小高棄她而去。

小高只有陪著她，連每天都要去吃的白菜煮麵都放棄了。餓的時候就到後門外去買幾個饅頭烙餅充飢，累的時候就靠在椅子上睡一陣子。

他也不知道自己爲什麼會這樣做，居然會爲了一個陌生的女人，完全改變了自己從未改變過的生活規律。

她無疑是個極美的女人。

小高第一次用濕布把她臉上的煤灰和冷汗都擦乾淨了的時候，就發現她不但有一雙極美的腿，容貌也極美。

可是如果有人說小高已經在喜歡她了，所以才會留下來，小高是死也不會承認的。

他的心目中從來也沒有想到過女人，他一直認爲女人在他心裡的地位，只不過好像是一粒稗子在一大鍋白飯裡的地位一樣。

那麼他是爲了什麼呢？

是爲了她處境的悲慘？還是爲了那一雙雖然默默無言，卻充滿了感激和懇求的眼睛？

人與人之間的情感，豈非本來就是第三者永遠無法瞭解，也無法解釋的？

日子好像已經過了兩三天，小高雖然覺得自己又髒又累，可是一點都不後悔。

如果同樣的事再發生一次，他還是會這麼做的。

這兩天來，她雖然連一句話都沒有對他說過，可是看她的眼神就可以看出，她已經把他當做這個世界上最親近的人，當作了這個世界上唯一的依靠。

這種感覺是種什麼樣的感覺？

小高自己也不知道心裡是什麼滋味，他這一生中從來也沒有人這麼樣倚賴過他。

有一天他醒來時，就發現她又在默默的看著他，默默的看了很久，忽然說：「你累了，你也應該躺下來睡一下。」

她的聲音輕柔平淡，小高也毫不考慮就躺了下去，躺在她讓出來的半邊空床上。兩個人好像都覺得這是件很自然的事，就好像春風吹遍大地時花朵一定會開放那麼自然。

小高一躺下去就睡著了。

他實在太累，所以一睡就睡得很熟，也不知道睡了多久，醒來時已經快到黃昏了。

睡在他身旁的人已經起來梳洗過，換了身衣裳，用一根絲帶束住了滿頭流水般柔滑的長髮，坐在他床頭默默的看著他。

窗外的天色已經漸漸暗了，呼嘯的寒風已經漸漸停了。

天地間一片平靜溫柔，她忽然輕輕的問他：

「你知不知道我叫什麼名字？」

「我不知道。」

「你連我名字都不知道，爲什麼要對我這麼好？」

「我也不知道。」小高說。

他真的不知道？

他只知道他已經遇到了這麼樣一個女人，已經做出了這麼一件事。

別的他全都不知道了。

她忽然輕輕的嘆了口氣：「其實我也不知道你是個什麼樣的人，也不知道你的名字。」

她輕撫著他的臉：「可是我知道你一定也會讓出個地方來讓我躺一躺。」

他讓出個地方，她就躺了下去，躺在他身邊，躺在他的懷抱裡。

所有一切事的發生都那麼自然，就好像春雨滋潤大地時，萬物都一定會生長那麼自然。

那麼自然，那麼美，美得讓人心醉。

五

靜靜的寒夜，靜靜的長街。

他們手挽著手，踏著滿街的積雪，找到了一個擺在屋簷下的小攤子，吃了碗又香又辣又燙的羊肉泡饃。

他們沒有喝酒。

他們已經不需要用酒來激發他們的熱情。

然後他們又手挽著手，走回小高住的那家小客棧，因爲小高還有些東西留在那裡。

剛轉過那條街的街口，他們就發現一件很奇怪的事。

她已經被他掌心溫熱了的手，忽然變得冰冷。

客棧的門已經關了，可是在客棧門外，那盞昏黃的燈籠下卻站著一個人。

一個像木頭人一樣的人，動也不動的站在冬夜的寒風裡，一張臉已被凍得發紫，但態度卻是很沉靜。

小高握緊她冰冷的手，輕輕的說：「你放心，這個人不是來找你的。」

「你怎麼知道？」

「他是大鏢局裡的人，正月十五那天我見過他一次。」

「只要見過一面的人你就不會忘記？」

「大概不會。」

他們還沒有走過去，這個人已經恭恭敬敬的對小高躬身行禮。

「小人孫達，拜見高大俠。」

「你怎麼知道我是誰？」

「正月十五那一天，小人曾經見過高大俠一面，」孫達沉穩的說：「就在楊堅被刺的那間密室外見到的。」

「難道見過一面的人你就不會忘記？」

「不會。」

小高笑了：「我也記得你，你是那天唯一沒有被我擊倒的人。」

「那是高大俠手下留情。」

「你站在這裡幹什麼？是不是在等我？」

「是的。」孫達說：「小人已經在這裡等了兩天一夜。」

「一直都這麼樣站在這裡等？」

「這兩天高大俠行蹤不定，小人生怕錯過，所以寸步都不敢離開。」

「如果我還不回來呢？」

「那麼小人就只有在這裡等下去。」

「如果我還要再過三天三夜才回來，你就這麼樣站在這裡再等我三天三夜？」

「就算高大俠還要再過三個月才會回來，小人也一樣會站在這裡等的。」孫達平平靜靜的說。

「是誰要你這麼做的？」小高問他：「是不是卓東來？」

「是。」

「難道他要你去做什麼，你都會去做？」

「卓先生一向令出如山，至今還沒有人敢違抗過一次。」

「你們爲什麼要這麼樣聽他的話？」

「小人不知道。」孫達說：「小人只知道服從命令，從未想到過是爲了什麼。」

高漸飛嘆了口氣：「這個人實在是個了不起的人，不但有膽識、有謀略、有眼光，而且有大將之才。」小高說：「所以我一直不明白，你們這個大鏢局的大龍頭爲什麼不是他？」

孫達完全沒有反應，好像根本沒有聽到這些話，卻從衣襟裡拿出一張大紅拜帖，恭恭敬敬的用雙手奉上。

「這就是卓先生特地要小人來交給高大俠的。」

「你在這裡站了兩天一夜，就爲了要把這張帖子交給我？」

「是。」

「你有沒有想到過，如果你把它留在櫃台，我也一樣能看得到？」

「小人沒有去想，」孫達說：「有很多事小人都從來沒有去想過，想得太多並不是件好事。」

小高又笑了。

「對，你說得對。」他接過拜帖：「以後我一定也要學學你。」

高漸飛用不著打開這張拜帖，就已經知道它並不是一張拜帖，而是一封戰書。

一封簡單而明瞭的戰書。

二月初一，凌晨。

李莊，慈恩寺，大雁塔。

司馬超群

「二月初一，」小高問孫達：「今天是什麼日子？」

「今天是正月卅日。」

「他訂的日子就是明天？」

「是的。」

孫達又恭恭敬敬的行禮：「小人告辭。」

他轉身走出了一段路，小高忽然又把他叫住。

「你叫孫達？」他問這個堅毅沉穩的年輕人：「你是不是孫通的兄弟？」

「是的。」

孫達的腳步停了一下，卻沒有回頭：「小人是孫通的兄弟。」

寒夜，寒如刀鋒。

看著孫達在雪光反映的道上漸漸去遠，小高忽然問一直默默依偎在他身旁的女人：「你有沒有注意到一件事？」

「什麼事？」

「你是個非常好看的女人，男人的眼睛生來就是爲了要看你這種女人的。」小高說：「可是孫達始終都沒有看過你一眼。」

「我爲什麼要他看？你爲什麼要他看我？」她好像有點生氣了：「難道你一定要別的男人死盯著我看你才高興？你這是什麼意思？」

小高不讓她生氣。

一個女人被她的情人緊緊抱住的時候，是什麼氣都生不出來的。

「其實我早就知道你是什麼意思了。」她柔聲說：「你只不過想告訴我，孫達這個人也不是個簡單的人。」

她的聲音更溫柔：「可是我並不想要你告訴我這些事，我也不想知道這些事。」

「你想知道什麼？」

「我只想知道，司馬超群爲什麼要約你明天到大雁塔去。」

「其實也不是他約我的，是我約了他。」小高說：「正月十五那一天，我已經約了他。」

「爲什麼要約他？」

「因爲我也想知道一件事。」小高說：「我一直都想知道，永遠不敗的司馬超群，是不是真的永遠都不會被人擊敗？」

他還沒有說完這句話，就已經發覺她的手忽然又變得冰冷。

他本來以爲她會要求他，求他明天不要去，免得她害怕擔心。

想不到她卻告訴他：「明天你當然一定要去，而且一定會擊敗他。」她說：「可是你也要答應我一件事。」

「什麼事？」

「今天晚上不許你碰我，從現在開始，就不許碰我。」她已經把小高推開了：「我要你現在就跟我回去，好好的睡一覺。」

六

小高沒睡好。並不是因爲他身旁有雙修長結實美麗的腿，也不是因爲他對明晨那一戰的緊張焦慮。

他本來已經睡著。

他對自己有信心，對他身邊的人也有信心。

「我知道你一定會等我回來的。」小高對她說：「也許你還沒有睡醒我就已經回來了。」

但是她卻問他：「我爲什麼要等你回來?爲什麼不能跟你去?」

「因爲你是個女人，女人通常都比較容易緊張。」小高說：「我和司馬超群交手，生死勝負只不過是一瞬間的事，你看到一定會緊張。」

他說：「你緊張，我就會緊張，我緊張，我就會死。」

「你能不能找一個不會緊張的人陪你去，也好在旁邊照顧你?」

「不能。」

「爲什麼?」

「因爲我找不到。」

「難道你沒有朋友?」

「本來連一個都沒有的，現在總算有了一個。」小高說：「只可惜他的人在洛陽。」

「洛陽?」

「如果你也到洛陽去過，就一定聽到過他的名字，」小高說：「他姓朱，叫朱猛。」

她沒有再說什麼，連一個字都沒有再說，小高也沒有注意到她的神色有什麼改變。

他又開始在練習那些奇秘而怪異的動作。

這種練習不但能使他的肌肉靈活，精力充沛，還能澄清他的思想，安定他的情緒。

所以他很快就睡著了，睡得很沉。通常都可以一覺睡到天亮。

但是今天晚上他睡到半夜就忽然驚醒，被一種很奇怪的感覺所驚醒。

這時正是天地間最安靜的時候，甚至連雪花輕輕飄落在屋脊上的聲音都能聽得到。

這種聲音是絕不會吵醒任何人的。

本來小高還在奇怪，不明白自己爲什麼會忽然醒過來。

但是他很快就明白了。

——屋子裡已經只剩下他一個人，睡在他身邊的人已經不在了。

一個人忽然從萬丈高樓上落下去時是什麼感覺？

現在小高心裡就是這種感覺。

他只覺得頭腦忽然一陣暈眩，全身都已虛脫，然後就忍不住彎下腰去開始嘔吐。

因爲就在這一瞬間，他已經感覺到她這一去就永遠不會再回到他身邊來。

她爲什麼要走？

爲什麼連一個字一句話都沒有留下，就這麼樣悄悄的走了？

小高想不通，因爲他根本就無法思想。

在這個靜寂的寒夜中，最寒冷寂靜的一段時間裡，他只想到了一件事。

——他甚至連她叫做什麼名字都不知道。

六　七級浮屠

一

二月初一。

李莊，慈恩寺。

凌晨。

從昨夜開始下的雪，直到現在還沒有停，把這個積雪剛被打掃乾淨的禪院，又鋪上一層銀白。

晨鐘已響過，寒風中隱隱傳來一陣陣梵唱，傳入了右面的一間禪房。

司馬超群靜靜坐在一張禪床上聽著，靜靜的在喝一瓶昨夜他自己帶來的冷酒。冷得像冰，喝下去卻好像有火燄在燃燒一樣的白酒。

卓東來已經進來了，一直在冷冷的看著他。

司馬超群卻裝作不知道。

卓東來終於忍不住開口：「現在就開始喝酒是不是嫌太早了一點？」他冷冷的問司馬：

「今天你就算要喝酒，是不是也應該等到晚一點的時候再喝？」

「爲什麼？」

「因爲你馬上就要遇到一個很強的對手，很可能比我們想像中還要強得多。」

「哦？」

「所以就算一定要喝酒，最少也應該等到和他交過手之後再喝。」

司馬忽然笑了。

「我爲什麼要等到那時候，你難道忘了我是永遠不敗的司馬超群？」

他的笑容中帶著種說不出的譏誚。

「我反正不會敗的，就算喝得爛醉如泥，也絕不會敗，因爲你一定早就安排好了，把什麼事都安排好了。」司馬超群大笑：「那個叫高漸飛的小子，反正已非敗不可，非死不可。」

卓東來沒有笑，沒有承認，也沒有否認，臉上根本就沒有表情。

司馬超群看著他：「這一次你能不能告訴我，你究竟是怎麼安排的？」

卓東來又沉默了很久，才淡淡的說：「有些事本來就隨時會發生的，用不著我安排也一樣。」

「你只不過讓高漸飛很偶然的遇到了一兩件這樣的事而已。」

「每個人都難免會偶然遇到一些這樣的事。」卓東來說：「不管誰遇到，都同樣無可奈何。」

他忽然走過去，拿起禪床矮几上的那瓶白酒，倒了一點在一杯清水裡。

酒與水立刻溶化在一起，溶爲一體。

「這是不是很自然的事？」卓東來問司馬。

「是。」

「有些人也一樣。」卓東來說：「有些人相遇之後，也會像酒和水般相溶。」

「可是酒水相溶之後，酒就會變得淡了，水也會變了質。」

「人也一樣。」卓東來說：「完全一樣。」

「哦？」

「有些人相遇之後也會變的。」卓東來說：「有些人遇到某一個人之後，就會變得軟弱一點。」

「就像是羼了水的酒？」

「是。」

「所以你就讓高漸飛偶然遇到了這麼樣一個像水一樣的人？」

「是的。」

卓東來說：「偶然間相遇，偶然間別離，誰也無可奈何。」他的聲音還是那麼冷淡：「天地間本來就有很多事都是這樣子的。」

司馬又大笑。

「你爲什麼要對我這麼好？」他問：「爲什麼要把我的每件事都安排得這麼好？」

「因爲你是司馬超群。」卓東來的回答很簡單：「因爲司馬超群是永遠不能敗的。」

二

唐朝時，高宗為其母文德皇后築大雁塔，名僧玄奘曾在此譯經，初建五層，倣西域浮屠祠，後加建為七級，是為七級浮屠。

現在高漸飛就站在大雁塔下。

塔下沒有陰影，因為今天沒有太陽，沒有陽光就沒有陰影。

小高心裡也沒有陰影，他心裡已經是一片空白，什麼都沒有了。

可是他的手裡還有劍，一柄用粗布包著的劍，一柄很少被人看到過的劍。

只有劍，沒有箱子。

箱子並沒有被她帶走，她不該走的，可是她走了，她本來應該把箱子帶走的，可是她沒有帶走。

箱子被小高留在那間小屋裡了。

應該留下的既然不能留下來，不應該留下的為什麼留下？

他也不知道自己已經來了多久，也不知道自己是什麼時候來的。

他只知道他已經來了，因為他已經看見了卓東來和司馬超群。

穿一身黑白分明的衣裳，有一雙黑白分明的眼睛，白的雪白，黑的漆黑。

司馬超群無論在什麼時候出現，給人的感覺都是這樣子的。

——明顯、強烈、黑白分明。

在這一瞬間，在這一片銀白的世界中，所有的榮耀光芒都是屬於他一個人的，卓東來只不過是他光芒照耀下的一個陰影而已。

卓東來自己好像也很明白這一點，所以永遠都默默的站在一邊，永遠不會擋住他的光亮。

小高第一眼就看見了司馬超群那雙靈亮的眼睛和漆黑的眸子。

如果他能走近一點，看得仔細一點，也許就會看見這雙眼睛裡已經有了紅絲，就好像一絲絲被火燄從心裡燃燒起來的鮮血。

可惜他看不見。

除了卓東來之外，沒有人能接近司馬超群。

「你就是高漸飛？」

「我就是。」

司馬超群也在看著小高，看著他的眼神，看著他的臉色，看著他的樣子。

大雁塔下雖然沒有陰影，可是他整個人都好像被籠罩在陰影裡。

司馬超群靜靜的看了他半天，忽然轉過身，頭也不回的走了。

卓東來沒有阻攔他，卓東來連動都沒有動，連眼睛都沒有霎。

高漸飛卻撲過去攔住了他。

「你為什麼走？」

「因為我不想殺你。」司馬說：「在我的劍下，敗就是死。」

他的冷靜完全不像喝過酒的樣子：「其實現在你自己也應該知道你已經敗了，因為你這個人已經是個空的人，就好像一口裝米的麻袋，已經被人把袋子裡的米倒空了一樣。」

一個空的人和一口空麻袋都是站不起來的，如果連站都站不起來，怎麼能勝？

這道理無論誰都應該明白的。

只有小高不明白。

因為他已經是空的，一個空的人還會明白什麼道理？

所以他已經開始在解他的包袱，這個包袱不是空的。

這個包袱裡有劍，可以在瞬息間取人性命的劍，也同樣可以讓別人有足夠的理由在瞬息間取他的性命。

司馬超群的腳步雖然已停下，目光卻到了遠方。

他沒有再看高漸飛，因為他知道這個年輕人要拔劍時，是誰也無法阻止的。

他也沒有去看卓東來，因為他知道卓東來對這種事絕不會有什麼反應。

可是他自己眼裡卻已露出種淡淡的哀傷。

——如此值得珍惜的生命，一到了某種情況下，為什麼就會變得如此被人輕賤？

他的手也已握住了他的劍，因為他在這種情況下，也已沒有選擇的餘地。

「啵」的一聲響，長劍吞口上的崩簧已彈開，可是司馬超群的劍並沒有拔出來。

因為就在這時候，大雁塔上忽然流星般墜下一條人影。

從塔上墜下的，當然並不是一個人的影子，而是一個人，可是這個人的速度實在太快，連司馬超群都看不清他是個什麼樣的人，只看見一條淡灰色的影子落下，帶起了高漸飛。

於是高漸飛也飛了起來，不是漸漸飛起來的，而是忽然間就已飛鳥般躍起，轉瞬間就已到了大雁塔的第三層上。

再一轉眼，兩條人影都已飛上了這座浮屠高塔的第七級。

然後兩個人就全都看不見。

司馬超群本來想追上去，卻聽見卓東來淡淡的說：「你既然本來就不想殺他，又何必再去追？」

三

雪已經停了，老僧來奉茶後又退下。

有時來，有時去，有時落，有時停，無情的雪花和忘情的老僧都如是。人呢？

人又何嘗不是這樣？

司馬超群卻還是靜靜的坐在那張禪床上，喝他那瓶還沒有喝完的冷酒，過了很久才忽然問卓東來：「那個人是誰？」

「哪個人？」

司馬冷笑：「你應該知道我說的是誰，你不讓我去追，就因爲你怕他。」

卓東來站起來，走到窗口，打開窗子，又關上，然後才轉身面對司馬。

「武林中高手輩出，各有絕技，高手對決時，勝負之分通常都要靠他們當時的情況和機遇。」卓東來說：「自從小李飛刀退隱後，真正能夠無敵於天下的高手，幾乎已經沒有了。」

「是幾乎沒有？還是絕對沒有？」

「我也不能確定。」卓東來的聲音彷彿有些嘶啞：「只不過有人告訴過我，在這個世界上，某一個不知名的地方，有一個這麼樣的人。」

「誰？」司馬超群聳然動容：「你說的這個人是誰？」

「他姓蕭，易水蕭蕭的蕭，」卓東來說：「他的名字叫蕭淚血。」

四

「森森劍氣，蕭蕭易水；

英雄無淚，化作碧血。」

高漸飛好像又睡著了，就在他要解衣拔劍的時候，忽然就睡著了，而且忽然在睡夢中輕飄飄的飛了起來。

其實他根本分不清這究竟是夢是真？一個人被別人用很輕而且很妙的手法，拂過睡穴時，通常都會變成這樣子的。

他清醒的時候，就聽到有人在低歌，低低的歌聲中，彷彿也帶著種森森的劍氣和一種說不出的蒼涼蕭索。

「浪子三唱，只唱英雄；
浪子無根，英雄無淚。」

歌聲戛然斷絕，歌者慢慢的轉身，一張黃蠟般的臉，一雙疲倦無神的眼神，一身灰樸樸的衣服。

一個沉默平凡的人，手裡提著口陳舊平凡的箱子。

五

「蕭淚血！」

冷酒火燄般滾過司馬超群的血脈心臟，他的心卻還是沒有因此熱起來，「他是個什麼樣的人？你有沒有看到過他？」

「我沒有，誰也沒有看見過他。」卓東來說：「就算看見過他的人，也不會知道他是誰。」

六

風急而冷，很急，極冷。

因爲他們是在高處，在七級浮屠高塔的最上層。

「是你，又是你，」小高茫然四顧：「你究竟是什麼人？爲什麼忽然又把我弄到這麼樣一個見鬼的地方來？」

「這個地方見不到鬼的，可是不把你弄到這地方來，我就要見到一個鬼了。」他淡淡的說：「一個新死的鬼。」

「這個新死的鬼就是我？」

「大概是的。」

「你怎麼知道我一定會死？」

「因爲你的劍。」

這個人疲倦無神的眼睛裡，彷彿忽然有了一點星光，就像是極北的天邊那顆永恆的大星一樣，那麼遙遠，那麼神秘，那麼明亮。

「往事蒿萊，昔日的名劍已沉埋，你的這柄劍已經是當今天下無雙的利器，近五百年來沒有任何一柄劍可以比得上它。」

「哦？」

「鑄造它的人，是歐冶子之後第一位大師，也是當時的第一位劍客，可是終他的一生，從來也沒有用過這柄劍，甚至沒有拔出鞘來給人看過。」

「爲什麼？」

「因爲這柄劍太凶，只要一出鞘，必飲人血。」

他的臉上沒有表情，因爲他臉上有一層類似黃蠟的易容藥物，可是他眼裡卻忽然又露出種說不出的悲傷。

「此劍出爐時，那位大師就已看出劍上的凶兆，一種無法可解的凶兆，所以他忍不住流下淚來，滴落在這柄劍上，化做了淚痕。」

「劍鋒上的淚痕就是這麼樣來的？」

「是。」

「那位大師既然已看出它的凶煞，爲什麼不索性毀了它？」

「因爲這柄劍鑄造得實在太完美。」他問小高：「有誰能忍心下得了手，把自己一生心血化成的精粹毀於一旦？」

他又說：「何況劍已出爐，已成神器，就算能毀了它的形，也毀不了它的神了，遲早總有一天，它的預兆，還是會靈驗。」

小高居然明白他的意思：「天地間本來就有些事是永遠無法消滅的。」

「所以今天你只要拔出了這柄劍，就必將死在這柄劍下。」這個人說：「因爲你今天絕對不是司馬超群的對手。」

他凝視小高說：「現在你總該已經明白，就算是公平的決鬥，也不是完全公平的。」

「哦？」

「一個人到達了某種地步，有了某種勢力後，就能夠製造出一些事情來，削弱對手的力量，使自己獲勝。」他說：「這種事通常都是非常令人痛苦的。」

這是事實，極殘酷的事實。

現在小高已無法否認。因爲現在他已認清了這一點，已經得到了慘痛的教訓。

「所以如果你真的想對付司馬超群，唯一的方法就是出其不意，將他刺殺於劍下。」這個人說：「因爲你根本沒有跟他公平決鬥的機會。」

小高的雙拳緊握。

「你爲什麼要告訴我這些事？」他問這個人：「爲什麼要救我？」

「因爲我沒有殺你，所以也不想讓你死在別人手裡。」

「你當然也不想讓我這柄劍落在別人手裡。」

「是的。」這個人的回答很乾脆。

小高又問他：「你既然已經有了一件天下無雙的武器，難道還想要這柄劍？」

「我不想要。」這個人淡淡的說：「如果我想要，它早已是我的。」

這一點小高也無法否認。

「那麼你爲什麼要關心它？難道這柄劍和你這個人之間也有某種特別的關係？」

這個人忽然出手，握住了小高的手腕。

小高立刻流出了冷汗，全身上下都痛得流出了冷汗。

可是他知道他自己一定也觸痛了這個人，觸痛了他心裡某一處最不願被人觸及的地方。

一個如此堅強冷酷的人，心裡怎麼會也有如此脆弱之處？

「你的箱子和我的劍，都是出自同一人之手，你和我之間是不是也有某種特別的關係？」

小高又問：「這些事你爲什麼不肯告訴我？」

這些事都是小高非問不可的，就算手腕被捏碎，也非問不可。

可惜他沒有得到回答。

這個人已經放下了他的手，掠出了高塔。

高塔外一片銀白，這個人和他的箱子已經像雪花般消失在一片銀白中。

天色漸漸暗了，小高已經在這裡想了很久，有很多事他都想不通。

因爲他根本無法集中思想。

他想來想去，還是免不了要去想到她。

——她究竟是誰？是從哪裡來的？到哪裡去了？

——要追殺她的人，是些什麼樣的人？她找到他，是不是司馬超群要她這麼樣做的？要他爲她神魂顛倒？

——她忽然離他而去，是否也是司馬超群要她走的？要讓他痛苦傷心絕望？

不管怎麼樣，小高都決心要找到她，問個清楚。

但是他找不到。

他根本不知道應該從什麼地方開始去找。

一個初入江湖的少年，沒有經歷，沒有朋友，也沒有人幫助他，他能做什麼？

除了用他的劍去殺人外，他還能做什麼？

他能去殺誰呢？應該去殺誰呢？

誰能告訴他？

天色更暗了，晚鐘已響起，後院的香積廚裡飄出了粥米飯的芳香，幾個晚歸的僧人穿著釘鞋趕回來吃他們的晚膳。

釘鞋踏碎了冰雪，小高忽然想起了朱猛。

朱猛在洛陽。

七 銅駝巷裡雄獅堂

一

二月初六。

洛陽。

洛陽是東周、北魏、西晉、魏、隋、後唐等七朝建都之地，右掌虎牢，左控關中，北望燕雲，南憑江南，宮室城闕極盡壯美。

宋太祖出世的夾馬營、後唐時創建的東大寺、曹植洛神賦中的宓妃祠、銅駝巷裡的老子故居、白馬自西天駝經而來的白馬寺、「天津橋下陽春水」的古橋，至今猶在此。

可是高漸飛的志卻不在此。

小高並不是為了這些名勝古蹟而來的，他要找的只有一個地方、一個人。

他要找的是雄獅堂，朱猛的雄獅堂。

他找到了。

雄獅堂的總舵就在銅駝巷裡，就在傳說中老子故居的附近，幾乎佔據了一整條巷子。

小高很快就找到了。

在他想像中，雄獅堂一定是棟古老堅固的巨大建築，雖然不會很雄偉華麗，但卻一定很寬敞開闊，很有氣勢，就像是朱猛的人一樣。

他的想法沒有錯，雄獅堂本來確實是這樣子的，只不過有一點他沒有想到，這棟古老堅固、寬敞開闊的莊院現在幾乎已完全被燒成了瓦礫。

除了後面幾間屋子外，雄據洛陽多年的雄獅堂，竟已完全被燬於烈火中。

高漸飛的心沉了下去。

冷風如刀，瓦礫堆間偶然還會有些殘屑被寒風吹得飛捲而起，也不知是燒焦了的樑木？還是燒焦了的人骨。

昔日賓客盈門弟子如雲的雄獅堂，現在竟已看不到一個人的影子。

這條充滿了往日古老傳說和當今豪傑雄風的銅駝巷，現在已經只剩下一片淒苦肅殺蕭索。

滄海桑田，人事的變化雖無常，可是這種變化也未免變得太快、太可怕了。

——這是什麼時候發生的？怎麼發生的？

——意氣風發，不可一世的朱猛，和他門下那些身經百戰的好手都到哪裡去了？

小高忽然想起了卓東來，想到他做事的方法，想到他的陰鷙與沉著。

那天在風雪交加的紅花集裡發生的每一件事，現在又一幕幕在小高腦中顯現出來。

他忽然明白卓東來爲什麼要放走朱猛了。

朱猛既然在長安，洛陽總舵的防守力量必定會削弱，如果派人兼程趕來突襲，無疑是最好的機會。

這樣的機會卓東來一定已經等待了很久。

就在他舉杯向朱猛祝福敬酒時，突襲的人馬一定已在道途中。

這一定就是那次突襲的結果。

就在朱猛自己覺得自己完全得勝時，他已經被擊敗了。

這一次他實在敗得太慘。

小高的手足冰冷。

他不能想像朱猛怎麼能承受這麼大的打擊，可是他相信朱猛一定不會被擊倒。

只要朱猛還活著，就一定不會被任何人擊倒。

現在小高唯一想到的是，朱猛急著要去報復，因爲現在卓東來一定已經在長安張開了羅網，等著他去。

如果現在朱猛已經到了長安，那麼他活著回來的機會就很少了。

無論誰經過這麼大的一次打擊後，他的思想和行動都難免因急躁憤怒而疏忽。

只要有一點疏忽，就可能造成致命的錯誤。

卓東來的計劃都是永遠不會有疏忽的，想到這一點，小高連心都冷透。

就在這一瞬間，他已下定決心。

他也要趕回長安去，不管朱猛現在是死是活，他都要趕回去。

如果朱猛還沒有死，他也許還能爲他的朋友盡一分力。
他還有一雙手、一把劍、一條命。
如果朱猛已經死在卓東來手裡，他也要趕回去爲他的朋友去收屍、去拚命、去復仇。
不管怎麼樣，直到現在爲止還只有朱猛一個人把他當作朋友。
他也只有朱猛這麼樣一個朋友。
「朋友」這兩個字的意義他雖然不能完全瞭解，因爲他以前從來沒有交過朋友。
可是他有一股氣。
一股俠氣，一股血氣，一股義氣。
——就因爲這個世界上還有些人有這麼樣一股氣，所以正義才能擊敗邪惡，人類才能永遠存在。
只可惜現在高漸飛無論想到什麼地方去都很困難了。

二

本來寂靜無人的長巷裡，忽然出現了一個人。
一個身高最多只有四尺的褐衣人，卻有一張一尺長的馬臉，兩條濃眉就好像兩把掃帚般連在一起，而且還用條粗繩子在眉心打了個結。
他的年紀絕不會太大，可是看起來卻顯得很老氣，濃眉下一雙狹眼閃閃發光，一看見小高，他的眼睛就像釘子一樣釘在小高身上。

小高見過這個人。

像這麼樣一個人，無論誰只要看過一眼都不太容易忘記。

小高記得他本來好像是在巷子外面那條大街上賣切糕的，用一把又長又狹的薄刀，切一塊塊用棗子做的甜糕。

這把刀現在就插在他的腰帶上。

如果要用這把刀將一個人一塊塊切開來，大概也不是件太困難的事。

這個人一出現，巷子裡忽然就熱鬧了起來。本來在大街上的人忽然間全都擁入了這條巷子，街上所有的人好像全都來了，就好像潮水一樣，一下子就把小高淹沒。

小高只覺得自己好像忽然闖入了一個極熱鬧的廟會裡，四面八方都擠滿了人，各式各樣的人，擠得水洩不通，擠得他連動都動不了。

他實在不知道應該怎麼樣應付這種局面，因爲他從來也沒有遇到過這種事。

賣切糕的人剛才好像已經被擠到他面前，現在卻看不見了。

這個人實在太矮，要想在人叢裡去找這麼樣一個人實在很難找得到，可是如果他想用他那把切糕的刀在人叢裡往別人的腰眼上刺一刀，那就恐怕比切糕還容易。

小高不想挨這麼樣一刀。

他一定要先找到這個人，他已經看出這個人就是這一群人的首腦。

「我要買切糕。」小高忽然大聲道：「賣切糕的人到哪裡去了？」

「我什麼地方都沒有去。」一個人用一種低沉而沙啞的聲音說：「我就在這裡。」

聲音是從小高背後傳來的，小高轉過頭，卻看不見這個人。

可是他又聽見了這個人的聲音，所以他很快就明白了，他一直沒有看見這個人，只不過因爲他一直都沒有低下頭去看。

這麼矮的一個人，被擠在人叢裡，如果你不低下頭去看，是一定看不到的。

「你看不見我，我也看不見你，我們怎麼樣做買賣？」他問小高。

「這個問題好解決。」

小高忽然在人叢中蹲下去，別人的臉雖然看不見了，可是一張又長又大的馬臉卻已經到了他眼前。

「現在我們是不是可以做買賣了？」

這個人咧開大嘴一笑，嘴角幾乎咧到耳根：「你真的要買切糕？」

「除了買切糕外，我們還有沒有別的交易可談？還有沒有別的買賣可做？」

「沒有了。」

「那麼我就買切糕。」

「你要買多少？」

「你想賣給我多少？」

「只要你出得起價錢，多少我都賣。」

「你的切糕是什麼價錢？」

「那就得看了。」

「看什麼？」
「看人。」
「看人？」小高不懂：「賣切糕也要看人？」
「當然要看人，是什麼樣的人來買切糕，我就要什麼樣的價錢。」
看人出價，本來就是做生意的秘訣之一。
「有些人來買我的切糕，我只要兩文錢一斤，有些人來買，就是出我五百根金條我也不賣。」這個人說：「因為我看他不順眼。」
「我呢？」小高問：「你看我順不順眼？」
這個人盯著他上上下下看了半天，濃眉下狹眼中寒光暴射如利刃，忽然問小高：「你是不是從長安來的？」
「是。」
「你手裡這個包袱裡包著的是什麼，是不是一口劍？」
「是。」
「你從長安趕到這裡來，是不是為了『雄獅堂』的朱大老爺而來的？」
「是。」
這個人忽然又咧嘴一笑，露出一口白森森的牙齒：「那麼我們的買賣就談不成了。」
「為什麼？」
「因為死人是不會吃切糕的，我的切糕也不賣給死人。」

小高的手心裡已經開始在淌汗，冷汗。

四面的人潮如果一下子全部湧過來，擠也要把他擠死，他怎麼擋得住？

他聽得出這些人的呼吸聲已經因爲興奮而變粗了，無論誰在殺人前都會變得興奮起來的。

人叢已經開始在往前擠，賣切糕的人右手已握住了他腰上的切刀。

小高忽然發現了一件事——

這個世界上最可怕的就是人，人力如果能集中團結，遠比世上任何力量都可怕。

但是高漸飛還是能沉得住氣。因爲他已看出這些人都是雄獅堂的人，都和他一樣，是站在朱猛這一邊的，所以他說：「我是從長安來的，我這包袱裡的確有一柄殺人的劍，只不過我要殺的人並不是朱猛。」

「你要殺的是誰？」

「我要殺的人，也就是你們要殺的人。」小高說：「因爲我也跟你們一樣，我也是朱猛的朋友。」

「哦？」

「我姓高，叫高漸飛。」

「是不是漸漸要高飛起來的那個高漸飛。」

「是。」小高說：「你不妨回去問問朱猛，是不是有我這麼樣的一個朋友。」

「我不必問。」

「爲什麼？」

賣切糕的狹眼中忽然露出種詭譎的笑意，忽然對小高笑了笑。

「你以爲我不知道你是朱猛的朋友?」

「你知道?」

「就因爲我知道，所以才要殺你。」

小高的背忽然濕透，被冷汗濕透。

人叢雖然又在往前擠，切糕的刀雖然鋒利，可是就在這一瞬間，他還是有機會可以捏碎這隻握刀的手，打斷這張馬臉上的鼻樑，挖出這雙狹眼中的詭譎惡毒之意。

但是他不能輕舉妄動。

他可以殺了這個人，但是四面潮水般的人群卻是他不能殺也殺不盡的。

如果他利用這稍縱即逝的一瞬良機殺了這個人，他自己就很可能被別人的亂刀斬爲肉糜。

賣切糕的人又笑了，陰惻惻的笑道:「你還沒有死，你爲什麼不出手?」

這句話還沒有說完，本來蹲在他面前的小高忽然站了起來，一站起來，他的身子就已挺挺的直拔而起，就好像上面有一隻看不見的大手，提起了他的衣領，把他像拔蔥一樣拔了起來。

這是江湖罕見的輕功，也是死中求活的絕技。

只可惜他既不是飛鳥，也沒有翅膀。

他的身子只不過是憑一口真氣硬拔了起來的，這股氣隨時都會用竭，他的身子還是會落下來，落下來時還是會落入人叢中。

他自己也明白這一點。

他知道下面的人一定都已經拔出了兵刃，準備好殺手，等著他力竭落下。

那時他就算還能拔劍殺人，他自己也必將死在別人的血泊和屍體間。

他不想做這種事，也不想看到那種血肉橫飛的慘象。

可是他也沒有死。

就在這一瞬間，他忽然看見一條長繩遠遠的飛了過來。

他沒有看見這條長繩是從哪裡飛來的，也沒有看見這條繩索在誰的手裡。

幸運的是，他看見了這條長繩，而且能及時抓住。

長繩在用力往前拉，他的身子也藉著繩子上的這股力量被拉起。

就像是風箏一樣被拉起，越拉越高。

拉著繩子的人也像拉風箏一樣在往前拉，小高還是沒有看見這個人，卻聽見一陣很熟悉的聲音。

釘鞋在雪地上奔跑的聲音。

小高心裡立刻有了一股溫暖之意。

他彷彿又看見了一個人，穿著雙釘鞋，拉著一匹馬的尾巴，也像是風箏一樣被掛在馬尾上。

他彷彿又看見了馬上的那個人，又看見了那個人的雄風和豪氣。

他早就知道朱猛是絕不會被任何人擊倒的。

三

「高大少，想不到你真的來了。」釘鞋的奔跑一停下，就伏倒在雪地：「堂主早就說高大少一定會來看他的，想不到高大少真的來了。」

小高用了很大的力，才能把這個忠心的朋友從雪地上拉起來。

「應該跪下來的是我，」他對釘鞋說：「你救了我的命。」

釘鞋擦乾了幾乎已將奪眶而出的熱淚，神色又變得憤慨起來。

「小人早就算準蔡崇絕不會放過堂主的任何一位朋友，」釘鞋說：「堂主的朋友們幾乎已全都遭了他的毒手，就連從遠地來的都沒有放過一個。」

「蔡崇就是那個賣切糕的怪物？」

「就是他。」

「他本來當然不是賣切糕的，」小高說：「他究竟是什麼人？」

「他和姓楊的那小子一樣，本來都是堂主的心腹。」

「他也跟楊堅一樣，背叛了你們的堂主？」

「他比楊堅更可惡，」釘鞋恨恨的說：「他背叛堂主的時候，正是堂主心裡最難受、最需要他的時候。」

小高明白他的意思。

「你們從長安回來時，不但雄獅堂已經被毀了，蔡崇也反了，」小高嘆了口氣：「那兩天你們的日子一定很不好過。」

「是，」釘鞋說：「是很不好過。」

「可是無論多難過的日子都會過去的。」

「是，」釘鞋像木偶般重複小高的話：「是會過去的。」

他的眼睛裡忽然流露出一種說不出的沉痛和哀傷，就好像一個人眼看著自己在往下沉，沉入了萬劫不復的流沙。

小高的心忽然間也沉了下去。

——蔡崇在朱猛最困難時背叛了他，朱猛卻直到現在還讓他高高興興的大搖大擺活在這個世界上。

這絕不是朱猛平時的作風。

小高盯著釘鞋的眼睛，一個字一個字的問：「你是不是不敢告訴我？」

釘鞋也緊張起來：「什麼事不敢告訴你？」

小高忽然用力握住他的肩：「你們的堂主是不是已經遭了毒手？」

「沒有。」

「真的沒有？」

「真的沒有。」釘鞋好像在盡力想做出一點愉快的表情來：「小人現在就可以帶高大少去看他。」

四

積雪的枯林，猙獰的岩石。

岩石前升著一堆火，岩石上高踞著一個人。

一個已經瘦得脫了形的人，就像是一隻已有很久未曾見到死人屍體的兀鷹。

火燄在閃動，閃動的火光照在他臉上。

一張充滿了孤獨絕望和悲傷的大臉，濃眉間鎖滿了愁容，一雙疲倦無神的大眼已深陷在顴骨裡，動也不動的凝視著面前閃動的火光，就好像正在期待著火燄中會有奇蹟出現。

這不是朱猛。

「雄獅」朱猛絕不會變成這樣子的。

「雄獅」朱猛一向是條好漢，任何人都無法擊倒的好漢。

可是釘鞋已拜倒在岩石前：「報告堂主，堂主最想見的人已經來了。」

小高沒有流淚。

他的眼淚雖然已經將要奪眶而出，但卻沒有流下來。

他已經多年未曾流淚。

朱猛已經抬頭，茫然看著他，彷彿已經認不出站在他面前的這個人。

小高垂下了頭。

現在他才明白釘鞋眼中爲什麼會有那種絕望的表情了，但他卻還是不明白那天在紅花集外縱馬揮刀、殺人於眨眼間的好漢，怎麼會如此輕易就被擊倒。

「小高，高漸飛。」

朱猛忽然狂吼一聲，從岩石上躍下，撲過來抱住了小高。

在這一瞬間，他彷彿又有了生氣：「我就知道你一定會來，你果然來了。」

他用力抱緊小高，用自己的臉貼住小高的臉。

他在笑，縱聲大笑，就好像那天在紅花集外揮刀斬人頭顱時一樣。

可是小高卻忽然發現自己的臉已經濕了。

——是不是有人在流淚？是誰在流淚？

「浪子三唱，不唱悲歌。

紅塵間，悲傷事，已太多。

浪子為君歌一曲，勸君切莫把淚流，人間若有不平事，縱酒揮刀斬人頭。」

五

一把鐵槍，一隻銅壺，一壺濁酒。

一堆火。

釘鞋以鐵槍吊銅壺在火上煮酒，松枝中有寒風呼嘯而過，酒仍未熱。

可是小高的血已熱了。

「卓東來，這個王八蛋倒真他娘的是個角色。」朱猛已經喝了三壺酒：「他雖然搗了我的老窩，我還是不能不服他。」

濁酒下肚，豪氣漸生：「服歸服，可是遲早總有一天，老子還是會割下他的腦袋來當夜壺。」

小高看著他，看了很久，忽然問：「你爲什麼還沒有去？」

朱猛霍然站起，又慢慢的坐下，臉上忽然又露出那種絕望的悲傷之色。

「現在我還不能去。」朱猛默然道：「我去了，她就會死了。」

「她是誰？是不是個女人？」

朱猛搖頭，閉嘴，喝酒。

「你不去殺蔡崇，也是爲了她？」小高又問。

朱猛又搖頭，過了很久才用一種嘶啞而破碎的聲音反問小高：「你知不知道那個小婊子養的帶走了我多少人？」

「他帶走了多少？」

「全部。」

「全部？」小高很驚訝：「難道雄獅堂所有的弟子都跟著他走了？」

「除了釘鞋外，每個人都被他收買了。」朱猛說：「這些年來，他一直在替我管錢，雄獅堂所有錢財的進出，都要經過他的手。我從來也都沒有管過。」

「所以你認爲你就算去找他也沒有用的，因爲他的人比你多得多？」

朱猛居然承認了，剛才被烈酒激起的豪氣忽然間又已消失。

他用一雙骨節凸出的大手捧著他的酒碗，一大口一大口的喝著滾燙的熱酒，除了這碗酒之外，這個世界好像已沒有別的事值得他關心。

小高的心在刺痛。

他忽然發現朱猛不但外表變了，連內部都已開始在腐爛。

以前的朱猛絕不是這樣子的。

以前他如果知道背叛他的人還在大街上等著刺殺他的朋友，就算有千軍萬馬在保護那個人，他也會縱馬揮刀衝進去，將那個人斬殺於馬蹄前。

——也許這才是他門下弟子背叛他的主要原因。

在江湖中混的人，誰願意跟隨一個勇氣已喪失的首領？

小高實在不明白一條鐵錚錚的好漢爲什麼會變成這樣子？爲什麼會變得這麼快？

他沒有問朱猛。

朱猛已經醉了，醉得比昔日快得多。

他巨大的骨骼外本來已經只剩下一層薄薄的皮肉，醉倒後看來就像是一頭雄獅的枯骨。

小高不忍再看他。

火光仍在閃動，釘鞋仍在煮酒，也沒有去看他，眼中卻又露出了那種絕望的沉痛和悲傷。

小高站起來，走過去，默默的把手裡一碗酒遞給了他。

釘鞋遲疑了半晌，終於一口喝了下去。

小高接過他的鐵槍，也從銅壺裡倒出一碗酒一口喝下去，然後才嘆息答道：「我果然沒有看錯你，你果然是他的好朋友。」

「小人不是堂主的朋友，」釘鞋的表情極嚴肅：「小人不配。」

「你錯了，這個世界上也許只有你才是他真正的朋友，也只有你才配做他的朋友！」

「小人不配，」釘鞋還是說：「小人也不敢這麼樣想。」

「可是現在只有你在陪著他。」

「那只不過因爲小人這條命本來就是堂主的。」釘鞋說：「小人這一輩子都跟定他了。」

「可是他已經變成了這樣子。」

「不管堂主變得什麼樣子，都一樣是我的堂主。」釘鞋斷然說：「這一點是絕不會變的。」

「你看見他變化這麼大，心裡也不難受？」

釘鞋不說話了。

小高又倒了碗酒，看著他喝下去，然後才嘆了口氣：「我知道你心裡一定也跟我一樣難受的，一定也希望他能夠振作起來。」

釘鞋沉默。

小高凝視著他：「只可惜你想不出什麼法子能讓他振作。」

釘鞋又喝了一碗酒，這次是他自己倒的酒。

小高也喝了一碗酒，大聲道：「你想不出，我想得出。」

釘鞋立刻抬起頭，盯著小高。

「可是你一定要先告訴我，他是怎麼會變成這樣子的？」小高也在盯著釘鞋：「是不是爲了一個女人？」

「高大少，」釘鞋的聲音好像在哭：「你爲什麼一定要問這件事？」

「我當然要問。」小高說：「要治病，就得先查出他的病根。」

釘鞋本來好像已經準備說了，忽然又用力搖頭，「小人不能說，也不敢說。」

「爲什麼？」

釘鞋索性坐下去，用雙手抱住了自己的頭，不理小高了。

——朱猛究竟是怎麼變的？真的是爲了一個女人？

——那個女人是誰？到哪裡去了？釘鞋爲什麼不敢說出來？

夜更深、更冷。火勢已弱。

釘鞋掙扎著站起來，喃喃的說：「小人去找些柴來添火。」

他還沒有走開，朱猛忽然在醉夢中發出一聲大吼。

「蝶舞，你不能走！」他嘶聲低吼：「你是我的，誰也不能把你帶走。」

這一聲大吼，就像是一根鞭子，重重的抽在釘鞋身上。

釘鞋的身子忽然開始發抖。

朱猛翻了個身又睡著了，小高已攔住釘鞋的去路，用力握住他的雙肩。

「是蝶舞，一定是蝶舞！」小高說：「朱猛一定是爲了她才變的。」

釘鞋垂下了頭，終於默然了。

「現在她還在不在洛陽？」小高問。

「不在。」釘鞋道：「小人和堂主遠赴長安回來時的頭一天晚上，有人夜襲雄獅堂，那天晚上正好是蔡崇當值，居然在毫無戒備的情況下，讓人輕易得手，不但燒了我們的雄獅堂，還殺了我們四十多位兄弟，才揚長而去。」

「我相信那些人一定是卓東來派來的。」

「一定是。」釘鞋說：「他們來的不但都是好手，而且對我們內部的情況很熟悉。」

「雄獅堂裡一定也有卓東來派來臥底的人。」小高說。

「所以有人懷疑蔡崇早就有了背叛堂主的意思，也有人認為他是因為自己知道自己疏於職守，生怕堂主用家法治他，所以就索性反了。」

「蝶舞是不是也跟他一起反了？」

釘鞋搖頭：「蝶姑娘一向看不起那個臭小子，怎麼會跟著他走？」

「難道她是被卓東來的人架走的？想用她來做人質，要脅朱猛？」

釘鞋嘆了口氣：「就因為這緣故，所以堂主才沒有到長安去找司馬算帳。」

「就算蔡崇不反，他也不會去？」

「大概不會。」釘鞋黯然道：「如果堂主到了長安，大鏢局的那些王八蛋很可能就會立刻把蝶姑娘拿來開刀。」

他的聲音聽起來又好像要哭的樣子：「堂主曾經告訴小人，只要蝶姑娘能好好的活著，堂主就算受點罪也沒關係。」

「就因爲這位蝶姑娘，所以你們的堂主才會變得意氣消沉，什麼事都不想做，所以蔡崇直到現在還能大搖大擺的橫行鬧市？」

「小人也想不到堂主會爲了一個女人這麼癡心。」釘鞋說：「小人實在連做夢都想不到。」

他本來以爲小高一定會覺得這是件很可笑的事，可憐而又可笑。

但是他錯了。

他發現小高的眼中，忽然也變得充滿了悲傷，正在癡癡的望著遠方的黑暗出神。

——一個連名字都不知道的女人，一段永生都難以忘懷的戀情。

釘鞋當然不知道這些事，過了很久，他才聽見小高溫柔而傷感的聲音：

「你們的堂主並沒有變，他還是條男子漢。」小高道：「只有真正的男子漢才會關心別人，如果他完全不關心別人的死活，你大概也不會跟著他了。」

「是。」

釘鞋囁嚅著，又過了很久才鼓起勇氣道：「高大少，有句話小人不知道該不該說。」

「你說。」

「每個人都應該關心別人的，可是爲了別人折磨自己就不對了。」釘鞋說：「那樣子反而會讓他關心的人傷心失望的。」

小高勉強的笑了笑，改變了話題。

「我看到那邊有個避風的地方，我要去睡一下。」他對釘鞋說：「你也該睡了。」

天地間又完全沉寂下來，只剩下枯枝在火燄中被燃燒時發出的「劈啪」聲。

釘鞋將一條厚氈鋪在岩石上，抱著朱猛睡上去，又用兩條毛氈蓋住，然後他自己才在旁邊睡下來，睡在冰冷的岩石上，就像是個蝦米般縮成了一團。

天亮前他被凍醒時，就發覺小高也已醒了。

在熹微的晨光中，他看見小高正在用冰雪洗臉，而且還好像把手裡的那個包袱解開了。

釘鞋沒有看清包袱裡究竟有沒有一把劍，更沒有看見劍的形狀。

他不敢仔細去看。

他裝作什麼都沒有看見。

可是他的心一直在跳，跳得好快好快。

六

朱猛醒來時天已大亮，釘鞋早已起來，正在升火燒水。

可是小高卻不在了。

朱猛躍起來，用一雙佈滿血絲的大眼到處去找也找不到。

他喉中發出野獸般的低吼。

「他也走了？」朱猛問釘鞋：「他是什麼時候走的？到哪裡去了？還會不會回來？」

「報告堂主，高大少走的時候，什麼都沒有說，小人也不知道他到哪裡去了，」釘鞋說：

「可是堂主應該想得到的，因為高大少是堂主的朋友。」

朱猛的人本來已因悲傷失望而變得更萎縮，聽到釘鞋這句話，卻忽然振奮起來，充滿血絲的眼中也有了光，忽然一躍而起。

「不錯，我的確應該知道他到哪裡去了，」朱猛大聲道：「釘鞋，我們也走吧。」

「是。」釘鞋的精神好像也振奮起來，眼中卻有了熱淚：「小人早就準備好了，小人隨時都在準備著，小人一直都在等著這一天。」

八 義無反顧

一

二月初七。

洛陽。

蔡崇坐在用四根木棍和一塊帆布釘成的凳子上，看著街上熙來攘往的人群，臉色陰沉沉的，無論誰都看得出來今天他的心情不太好。

小高本來已經是他甕中的鱉，網中的魚，想不到竟在最後一瞬間從他掌握中溜走。

這也許只因爲他的每次行動都很順利，成功得太快了些，所以才會造成這種疏忽。

其實他在這些日子裡，並沒有片刻忘記過朱猛。

他知道朱猛現在一定還沒有離開洛陽，如果他決心去找，一定能找得到的。

他沒有去找，他並不是因爲愧對故人，而是因爲他不敢。

現在他雖然已取代了朱猛的地位，可是在他心底深處，他還是對朱猛存有一種說不出的畏懼。在朱猛多年的積威之下，這種畏懼已經在他心裡生了根。

現在他只要一想起朱猛，還是會覺得手足冰冷，全身冒汗，有時甚至會在半夜從噩夢中驚醒，一個人躺在被自己冷汗濕透了的被褥中發抖。

他只希望朱猛來找他。

他已經在這條街佈滿了致命的陷阱和埋伏，只要他一聲令下，所有的埋伏立刻就可發動。就算朱猛的體能還在巔峰時，也一樣逃不了的。

所以他才會每天一大早就坐在這裡賣切糕，因為他要用自己做餌，釣朱猛那條大魚。

這樣做雖然冒險，可是只要朱猛還活著，他這一輩子就休想有一天好日子過。

這是條熱鬧的長街，有菜館、有花市、還有菜場，所以在清晨時就有了早市，一大早街上就擠滿了人，這兩天的情況和平時不同的地方是，街上的人至少有一半是他佈下的埋伏，其中不但有雄獅堂的舊部，也有他最近才從遠地找來的亡命之徒。

一些只要有錢什麼事都做得出的亡命之徒。

朱猛從來沒有見過這些人，他們對朱猛也沒有任何感情。

就算雄獅堂的舊部中也有人和他一樣，對朱猛猶有餘悸，在出手時難免猶疑畏懼，可是這些亡命之徒卻是六親不認的。

想到這一點，蔡崇的心裡才比較舒服些。就在這時候，他看見一個人走入了這條長街。

「小高，高漸飛！」

蔡崇幾乎不相信自己的眼睛，這個昨天才從死裡逃生的人，現在居然又特地來送死了。

二

小高身上只穿著件單薄的短衫褲，卻將一件長衫搭在肩膀上。

他的臉已經被凍得發紅，眼裡也帶著血絲，顯見得很久都沒有睡好。

可是他的精神看來卻不壞，神情也很鎮定，和其他那些來吃早茶的人並沒有什麼兩樣。

已經認出他的人，都瞪大了眼睛，吃驚的看著他，眼中都有了殺機。

小高卻一點都不在乎。

有人已經準備對他出手了，奇怪的是，蔡崇居然一直都沒有發出行動的號令，居然就這樣看著小高走到他的面前。

小高在蔡崇面前一張擺滿切糕的小木桌前站住，桌上的切糕是用好幾層棉褥蓋著的，小高拋了兩文錢在木桌上，看著蔡崇。

「我要買兩文錢切糕，要帶著棗子的那一邊。」

蔡崇也在看著他，看了半天，忽然笑了：「你真的是來買切糕的？」

「你賣的是切糕，我當然只有來買切糕，這種事有什麼奇怪？有什麼好笑？」

「的確不好笑，一點都不好笑。」蔡崇說：「這種事實在值得大哭一場。」

「你爲什麼還不哭？」

「因爲應該哭的不是我，是你。」

「哦！」

「你知不知道只要我一聲令下，現在你很可能已經變成個刺蝟了，身上最少也有十七個地方會像水袋破了洞一樣往外面流血。」

「哦？」

「可是你現在還活著，」蔡崇冷冷的問：「你知不知道你為什麼還能活到現在？」

「我不知道。」

「因為我實在很想問問你，你究竟是來幹什麼的？」蔡崇道：「是來替朱猛做說客？替他來跟我談條件？還是替他來求情？」

小高看著他，也看了半天，忽然嘆了口氣道：「別人的心事是不是從來都瞞不過你？」

蔡崇又笑了。

「其實朱猛可以自己來的，不管怎麼樣，我們到底是老哥兒們了，」蔡崇說得很誠懇：「只要條件不太過分，他說什麼，我都可以照辦。」

「真的？」

「當然是真的，」蔡崇道：「我根本就不想跟他這麼樣耗下去，自己的兄弟窩裡翻，弄得大家精疲力竭，兩敗俱傷，讓外人來撿便宜，這樣又有什麼好處？」

「確實連一點好處都沒有。」

「所以你不妨回去把我的意思告訴他。」蔡崇道：「我相信你一定也能看得出我是一番誠意。」

「我當然看得出。」小高說：「我只不過覺得有點奇怪而已。」

「奇怪什麼？」

「難道你就從來沒有想到過，我是替朱猛來殺你的？」

蔡崇微笑，連那雙利刃似的狹眼中都充滿笑意。

「你是個聰明人，怎麼會做這種事？」他說：「這條街上都是我的人，只要你一出手，就是能殺了我，你自己也必死無疑。」

「我相信。」小高說：「這一點我也看得出。」

「你還年輕，前程如錦，你跟朱猛又沒有什麼太深厚的交情，爲什麼要替他來賣命？」蔡崇微笑搖頭：「你當然不會做這種事的。」

小高也笑了：「你說得一點也不錯，這種事連天下最笨的大笨蛋都不會做的。」

蔡崇大笑，笑得愉快極了。

就在他笑得最愉快時，忽然看見淡淡的青光一閃，已經有一把利劍刺入他的心臟。

笑容忽然凍結，就像是一張手工極拙劣的面具般凍結在他臉上。

在這一瞬間，所有的聲音和行動彷彿也全都被凍結。可是在一瞬間之後，就忽然騷動沸騰了起來，使得這條長街變得就像是火爐上一鍋剛煮滾的熱粥。

唯一能夠保持冷靜的一個人還是小高。

他來做這件事，只因爲他認爲這件事是他應該做的，成敗利害，生死存亡，他根本沒有放在心上。

現在他的使命已完成，已經親眼看到叛徒得到應有的下場，別的事他已經完全不在乎。

雖然他不在乎，可是有人在乎。

動亂的人群還沒有撲過來，半空中忽然有一條高大的人影飛鳥般墜下，落在小高身邊，拉住了小高的手。

「他是我的朋友。」朱猛又發出雄獅般的怒吼：「你們要動他，就得先殺了我！」

九 蝶舞

一

二月初六。

長安。

四隻信鴿自洛陽飛出，有一隻在灰冷的暗空中迷失了方向，有一隻的翅膀被寒風的冰雪凍結，墜死在關洛邊境的窮山中，卻還是有兩隻飛到了長安。在二月初八的黎明前就飛到了長安。

「蔡崇已經死了，」卓東來很平靜的告訴司馬超群：「楊堅死在這裡，另外兩個死在我們的那次突襲中，朱猛手下的四大金剛現在已經連一個剩下的都沒有。」

司馬正在享受他的炭燒牛肉，這一頓好像已成為他一天的活力的來源，這時候也正是他一天中精神最好、頭腦最清醒的時候。

「蔡崇是什麼時候死的？」他問卓東來。

「昨天早上。」卓東來回答：「一個時辰前我才接到他的死訊。」

他屬下有一位訓練信鴿的專家，他派到洛陽去探聽消息的人通常都會帶一兩隻信鴿去。在那時傳遞消息絕對沒有任何一種方法比這種方法更快。

「我好像聽說蔡崇已經完全控制了雄獅堂，怎麼會忽然就死了？」司馬淡淡的說：「一個像他那樣的人，好像不該死得這麼快的。」

「如果被一柄劍刺入心口，不管什麼人都會死得很快的。」

「可是要把一柄劍刺入他的心口並不是件容易事。」司馬問：「那柄劍是誰的劍？」

「是小高的。」卓東來說：「高漸飛。」

「又是他！」司馬用他的彎刀割下一大塊牛肉，「他已經到了洛陽？」

「大概是前天才到。」

司馬慢慢的咀嚼，直到牛肉的鮮香完全溶入他的感覺時才開口：「以高漸飛的劍術，蔡崇當然不是對手，可是蔡崇既然已控制了雄獅堂，身邊五十步之內都應該有好手在保護才對。」

「據說當時是在一條街上。」卓東來說：「那時街上不但佈滿了雄獅堂的子弟，而且還有十來個被他以重價收買的殺手。他的對頭如果要走上那條街，簡直比一條羊走入狼群還危險。」

「可是小高去了？」

「不錯，小高去了，一個人去的。」卓東來說：「一個人，一柄劍，就好像老太婆提著菜籃子買菜一樣，走上了那條街。」

「然後呢？」

「然後他就用那柄劍刺入了蔡崇的心口，往前胸刺進去，後背穿出來。」

「蔡崇怎麼會讓他近身的？爲什麼不先下令出手殺了他？」

「這一點我也想到過，」卓東來說：「我想最重要的原因是，蔡崇不但想利用小高去誘殺朱猛，而且並沒有十分重視他，一定認爲他絕不敢在那種情況下出手的。」

「那麼蔡崇就死得一點也不冤枉了，」司馬冷冷的說：「無論誰低估了自己的對手都該死。」

蔡崇不但低估了小高出手的速度和武功，也低估了他的人格和勇氣。

司馬忽然又嘆了口氣：「可是小高一定也死定了。他去的時候一定就已經抱著必死之心。」司馬超群道：「朱猛能交到他這個朋友真是運氣。」

「像這樣的人現在的確已不多，死掉一個就少掉一個。」卓東來說：「可是現在還沒有少。」

「小高還沒有死？」

「沒有。」

卓東來淡淡的說：「現在他活得也許比世上大多數人都愉快得多。」

司馬顯得很驚訝：「爲什麼？」

「因爲他也沒有交錯朋友。」卓東來說：「朱猛並沒有讓他一個人去拚命。」

「難道朱猛也趕去了？」司馬更驚訝：「他眼看著蔡崇把他的人全都帶走，自己卻像是條野狗般躲了起來。在那種時候，他怎麼有種闖到那裡去？」

「本來我也以爲他完了，已經像是個釘鎚下的核桃般，被我們把他外表的硬殼敲碎，剩下的核桃仁連沒有牙的孩子都咬得動。」

「現在他的硬殼是不是又長了出來？」

「好像是。」

「怎麼長出來的？」

卓東來眼中帶著深思之色，沉默了很久之後才慢慢的說：「有些樹木在冬天看來好像已完全枯死，可是一到了春天，接受了春風雨水暖氣和陽光的滋潤後，忽然又變得有了生機，又抽出了綠芽，長出了新葉。」

他的聲音彷彿很遙遠：「有些朋友對人的影響，就好像春風雨水暖氣和陽光一樣。」卓東來說：「對朱猛來說，高漸飛好像就是這一類的朋友。」

司馬超群輕輕的嘆了口氣：「他確實是的，不管對什麼人來說都一樣。」

卓東來忽然沉默，一雙狼一般的灰眼中，忽然露出種任何人都不能瞭解，也無法解釋的表情，眼中的鋒芒也漸漸黯淡。

司馬超群卻好像沒有注意到，又接著說：「蔡崇埋伏在那條街上的人，大多是朱猛的舊部，看見朱猛忽然又重振起昔日的雄風，一定會被他的氣勢震懾。」司馬說：「何況蔡崇又已死在小高的劍下。」

所以他的結論是：「只要朱猛一現身，這些人多半都不敢出手的，因爲朱猛還有一股氣。」

卓東來保持沉默。

司馬又說：「被蔡崇以高價聘來的那些人，當然更不會出手的。」

「為什麼？」

「因為他們都是有價錢的人，」司馬說：「蔡崇能收買他們，朱猛也一樣能收買。」

他的聲音裡充滿不屑：「一個人如果有價錢，就不值錢了，連一文都不值。」

卓東來又閉上了嘴。

「就因為蔡崇忘記了這兩點，所以朱猛和小高才能活到現在。」司馬吐出口氣，對自己的推論顯然覺得很滿意。

卓東來卻完全沒有反應，司馬忍不住又要問他：「難道你連一點意見都沒有？」

卓東來搖頭。

司馬超群皺起眉：「朱猛趕去之後，那裡難道還發生過什麼事？」

「不知道。」

「不知道？」司馬超群幾乎叫了起來：「你怎麼會不知道？」

又沉默很久之後，卓東來才冷冷的回答：「因為這些消息並不是人帶來的，是鴿子帶來的，鴿子不會說話，只能帶信來。」他說：「鴿子也不是老鷹，洛陽到長安的路途也不近，要鴿子帶信，就不能帶太長的信。」

卓東來的聲音裡全無感情：「這件事卻一定要一封很長的信才能說得清楚，所以他們只有把這封信分成四段，分給四隻鴿子帶來。」

「你接到幾隻鴿子？」

「兩隻。」卓東來說：「兩隻鴿子，兩段信。」

「哪兩段？」

「第一段和最後一段。」

「剛才你說的當然是第一段。」司馬超群問：「最後一段呢？」

「最後一段已經是結局了，只寫了幾行。」卓東來說：「我可以唸給你聽。」

他果然立刻就一字不漏的唸了出來：「這一戰共計死二十三人，重傷十九，輕傷十一，死傷不可謂不慘，戰後血腥之氣久久不散，街道如被血洗，唯朱猛與高漸飛都能倖存無恙。」

卓東來唸完了很久，司馬才長長嘆息：

「死的人比重傷的多，重傷的人比輕傷的多，這一戰的慘烈也就可想而知了。」

「是的，」卓東來淡淡的說：「由此可見，當時並不是沒有人出手。」

「當時那條街就好像一大包還沒有被引發的火藥，只要有一個人敢出手，這個人就會變成火藥的引子，而且已經被點著。」司馬說：「所以當時只要有人敢出手，那一大包火藥立刻就會炸起來，把朱猛和小高炸得粉身碎骨。」

「是的，」卓東來說：「當時的情況確實是這樣子的。」

「但是朱猛和小高現在還活著。」

「是的，」卓東來說：「他們兩個人確實還沒有死。」

「以他們兩個人之力，怎麼能拚得過那些人？」

「他們不是兩個人，是三個。」

「還有一個是誰？」

「是釘鞋！」

「釘鞋？」

「釘鞋並不是一雙釘鞋，」卓東來說：「釘鞋是一個人的名字。」

「他的武功怎麼樣？」

「不怎麼樣。」

「但是你卻好像很尊重他。」

「是的，」卓東來立刻承認，「對有用的人我一向都很尊重。」

「他有用？」

「非常有用，也許比朱猛門下其他的弟子加起來都有用。」

「是不是因爲他隨時都可以爲朱猛去死？」

「死並不是件困難的事，他也不會隨時爲朱猛去死，」卓東來說：「只要朱猛活著，他一定也會想法子活下去，因爲他要照顧朱猛，他對朱猛就好像一條老狗對牠的主人一樣。」

卓東來冷冷的接著道：「如果他隨時都想爲朱猛去拚命，這種人也就不值得看重了。」

司馬超群忽然笑了，大笑：「我明白你的意思。」他說：「我非常明白。」

卓東來冷冷的看著他，冷眼中忽然露出種比刀鋒更可怕的憤怒之色，忽然轉過身，大步走了出去。

音。

二

天色陰暗，窗外又傳入雪花飄落的聲音，一種只有在人們十分寂寞時，才能聽得到的聲音。

司馬的笑聲早已停頓，眼中非但全無笑意，反而顯得說不出的悲傷。

他聽見了雪花飄落的聲音，卻沒有聽見他妻子的腳步聲。

因爲吳婉走進來的時候，他已經開始在喝酒。

吳婉悄悄的走過來，在他身邊坐下。

她從未勸阻他喝酒，因爲她是個聰明的女人，也是個賢慧的妻子，她知道有些事情是誰都無法勸阻的。

只不過今天和平時有一點不同，今天她居然也開始喝酒了，而且喝得很快。

直到她開始要喝第三杯的時候，司馬才回過頭去看看她。

「現在好像還是早上。」

「好像是的。」

「你好像已經開始在喝酒了。」

「好像是的。」吳婉輕輕的回答。

她是個溫柔的妻子，非常非常溫柔，對她的丈夫一向千依百順，就算在心裡最難受、最生氣的時候，說話也是輕聲細語，從來沒有發過脾氣。

可是司馬超群知道：「你只有在生氣的時候才會一大早就開始喝酒。」他問他的妻子：「今天你為什麼生氣？」

吳婉沒有回答，也沒有開口。

她在默默的斟酒，為她的丈夫和她自己都滿滿的斟了一杯。

「我知道你是為了什麼生氣，你是為了卓東來。」司馬說：「你看不慣他對我說話的那種樣子。」

吳婉沉默，默認。

「可是你也應該知道他平時不是這樣子的，今天他也在生氣。」司馬說：「因為今天我一直在他面前誇讚小高。」

他眼中忽然又露出充滿譏誚的笑意：「他一向不喜歡我在他面前誇讚別人是個好朋友。」

吳婉居然開口了。

「難道他是在吃醋？」她的聲音忽然提高了些，而且也充滿了譏誚：「連我都沒有吃醋，他憑什麼吃醋？」

吳婉一向溫柔，非常溫柔，可是現在她已經喝了五杯酒。

她喝的是司馬平時最常喝的酒，司馬平時喝的都是烈酒，最烈的酒。

一個平時很少喝酒的女人，忽然一下子喝下了五杯烈酒之後，不管說出什麼樣的話來，都是值得原諒的。

——一個平時很少喝酒的男人忽然喝下五杯烈酒，說出來的話也同樣值得原諒。

所以司馬笑了。

「你本來就是在吃醋，你一直都在吃卓東來的醋，就好像我會把他當作女人一樣。」

「我知道你不會把他當作女人的，他也沒有把你當作女人。」吳婉又喝了一杯：「他一直都把你當作他的兒子，如果沒有他，你根本就沒有今天。」

她的聲音已嘶啞，她嘶聲問她的丈夫：「爲什麼不能自己去做一點事，讓他知道沒有他你也一樣活得下去？你爲什麼不能證明給他看？」

司馬沒有回答，也沒有開口。

他也和他的妻子一樣，在默默的斟酒，爲他自己和他的妻子斟了一杯。

可是吳婉沒有再喝這一杯。她已經倒在他的懷裡，失聲地痛哭起來。

司馬沒有哭，眼睛裡甚至連一點淚光都沒有。

他好像已經沒有眼淚。

三

在這個建築宏偉的莊院裡，寬闊華美的庭園中，有一個幽僻的角落，角落裡有一扇很窄的門。門後偶爾會傳出一兩段悠揚的琴聲。可是誰也不知道門外是什麼地方，誰也沒有見到過那位彈琴的人。

因爲這裡是卓東來劃下的禁區，如果有人敢踏入禁區一步，他的左腳先踏進來，就砍斷他的左腳，右腳先踏入，就砍斷右腳。

這是條非常簡單的法令，簡單而有效。

不管是從司馬的居處還是從卓東來的小屋走到這裡來，都要走很長的一段路。

卓東來撐著把油紙傘，冒著雪穿過庭園，他走在積雪的小徑上時，雖然沒有施展輕功，雪地上也只不過留下一點淺淺的腳印。

角落裡的窄門終年常閉。

卓東來輕輕敲門，先敲三聲，再敲一聲，又等了很久之後，窄門才開了一線。

開門的是個極美的女人，穿著件雪白的銀狐斗篷，臉色也好像她的斗篷一樣。

卓東來壓低聲音，很恭敬的問：「老先生起來沒有？」

「早就起來了。」這個女人說：「老年人總是起得特別早的，」她幽幽的說：「也許他們知道來日已無多，所以對每一天都特別珍惜。」

門後是個幽靜的小院，寒風中充滿了沁人心脾的梅香，一株形狀古拙的老松下，有一個小小的六角亭，一個老人坐在亭子裡，看著外面的雪花一片片飄落，彷彿已經看得出神。

沒有人知道他的年紀和姓名，連他自己都已經忘記。

他的身子枯瘦而矮小，遠遠看過去就像是個八九歲的孩子，他的頭看來就像是個風乾了的硬殼果，臉上刻滿了風霜雨露和無數次痛苦經驗留下的痕跡。

無情的歲月雖然已使他的身體完全萎縮，可是他的一雙眼睛裡，還是時常會閃動起一種充滿了老人的智慧和孩子般調皮的光芒。

在這種時候，他的眼睛看來就好像是陽光照耀下的海洋。

卓東來恭恭敬敬的站在小亭外，恭恭敬敬的行禮問好：「老先生的氣色看來比我上次來的時候好得多了，就好像忽然年輕了二十歲。」

老人本來好像根本沒有看見他，也不準備理他，卻又忽然轉過頭，對他霎了霎眼。

「你看來我真的好像年輕了二十歲？」

「當然是真的。」

「那麼你就是個瞎子，又蠢又笨的瞎子。」老人雖然在罵人，聲音卻顯得很愉快：「你難道看不出我已經年輕了四十歲？」

卓東來笑了。

一身雪白的女人已經站在老人身邊，老人拉起她的手，用兩隻手捧著。

「這是她的功勞。」老人瞇起眼笑道：「只有像她這麼年輕漂亮的女孩子，才能使一個老頭子變得年輕起來。」

「這也是我的功勞。」卓東來說：「是我把她送到這裡來的。」

「可是我一點都不感激你，」老人又在霎著眼，眼中閃動著調皮而狡黠的光芒：「我知道你又在拍我的馬屁，又想把我存在腦子裡的東西挖出來。」

卓東來並不否認，老人問他：「這次你想挖的是什麼？」

「是一個人。」

「誰?」

「蕭淚血。」

老人臉上的笑容忽然消失了,連一雙發亮的眼睛都變成了死灰色。

「蕭淚血,蕭淚血,」老人嘴裡不停的唸著這個名字:「他還活著?還沒有死?」

「還沒有!」

老人長長嘆息,「現在我才知道你是個什麼樣的人了。」他伸出一根乾癟的手指,指著卓東來的鼻子:「你是個超級大混蛋,又混又蠢又笨,所以你才會去惹他。」

卓東來沒有生氣。

不管這個老人怎樣對他,他好像都不會生氣,因爲只有這個老人才能告訴他一些他很想知道卻偏偏不知道的事。

「我並不想惹他,」卓東來說:「我只想知道有關他的兩件事。」

「哪兩件?」

「他的武功、他的武器。」

老人好像忽然緊張起來,一個像他這種年紀的老人本來不該這麼緊張的。

「你看見過他用的武器?」他問卓東來。

「我沒有。」

「你當然沒有看見過,」老人又放鬆了:「只有死在地獄裡的鬼魂才看見過。」

「沒有人見過他的武器?」

「絕對沒有，」老人說：「就好像他也永遠不能看見淚痕一樣。」

「淚痕？」卓東來問：「誰是淚痕？」

「蕭大師的淚痕。」

「蕭大師是誰？」

「蕭大師就是蕭淚血的父親。」

卓東來一向認爲自己是個非常明智的人，現在卻完全混亂了。

老人說的話他居然完全不懂：「他爲什麼不能看見他父親的淚痕？」

「因爲他看到淚痕的時候，他就要死在淚痕下。」

卓東來更不懂：「淚痕也能殺人？」

老人遙望著遠方，眼中彷彿充滿了悲傷和恐懼，就好像一個人忽然看到了一件他所無法理解也無法控制的事。

也不知過了多久，他才慢慢的伸出了他那雙乾癟萎縮的手，輕輕的撥動了他面前的一張琴。

「琤琮」一聲，琴弦響動。

老人忽然說：「蝶舞，請你爲我一舞。」

銀狐斗篷從肩上滑落，穿一身銀白的女人仍然一身銀白。

銀白的短褂，銀白的長裙。

長裙流水般飄動，蝶舞翩然而舞，長裙飛雲般捲起，露出了一雙修長結實美麗充滿了彈性的腿。

沒有人能形容她的舞姿，也沒有人能形容她的這雙腿。

就連最懂得欣賞女人的狄小侯狄青麟也只能說：「我簡直不能相信一個人身上會長出這麼樣一雙腿來。」

悠揚的琴聲忽然變得蒼鬱而蕭索，舞者的舞姿也變得彷彿殘秋時，猶在秋風中捲舞的最後一片落葉，美得那麼淒涼，美得令人心碎。

老人眼中忽然有了淚光。

「琤」的一聲，琴弦斷了、琴聲停了，舞者的長裙流雲般飄落。

舞者的人也蜷伏在地上，就好像一隻天鵝在垂死中慢慢消沉於藍天碧海間。

然後就是一片安詳和諧的靜寂。那麼靜，那麼美。

老人眼中已有一滴淚珠，珍珠般流了下來，在他蒼老枯瘦乾癟的臉上，留下一道清亮的淚痕。

一滴，兩滴……

「淚痕就是這樣子的。」老人喃喃道：「淚痕就是這樣子的！」

「什麼樣子？」

「獨一無二，完美無缺。」老人說：「當世猶在人間的利器，絕對沒有一柄劍比它更利！」

「劍？」卓東來問：「淚痕是一柄劍？」

「是一柄劍。」老人說：「一柄完美無缺的劍，就像是蝶舞的舞一樣。」

「這柄劍為什麼要叫做淚痕？」

「因為劍上有淚痕。」老人說：「寶劍出爐時，若是有眼淚滴在劍上，就會留下永遠無法磨滅的淚痕。」

「是誰的淚痕？」

「是蕭大師的，」老人說：「普天之下，獨一無二的蕭大師。」

「寶劍初出，神鬼皆忌，這一點我也明白。」卓東來道：「可是我不懂蕭大師自己為什麼也要為它流淚呢？」

「因為他不但善於鑄劍，相劍之術也無人能及，」老人聲音中充滿哀傷：「劍一出爐，他已從劍上看出一種無法化解的凶兆。」

「什麼凶兆？」

老人長長嘆息：「你自己剛才也說過，寶劍出世，神鬼共忌，這柄劍一出爐，就帶著鬼神的詛咒和天地的戾氣，不但出鞘必定傷人，而且還要把蕭大師身邊一個最親近的人作為祭禮。」

「蕭大師最親近的人就是蕭淚血？」

「不錯。」老人黯然道：「這柄劍出爐時，蕭大師就已看出他的獨生子要死在這柄劍下。」

「他為什麼不毀了這柄劍？」

「他不忍，也不敢。」

「這柄劍是他自己的心血結晶，他當然不忍下手去毀了它。」這一點卓東來也能瞭解：「可是我不懂他爲什麼不敢毀了它？」

「天意無常，天威難測，冥冥中有很多安排，都是人力無法抗爭的。」老人目中又露出那種說不出的恐懼：「如果蕭大師毀了這柄劍，說不定就會有更可怕的禍事降臨到他的獨子身上。」

卓東來眼裡在閃著光：「後來蕭大師是怎麼處置這柄劍的？」

「蕭大師有三位弟子，大弟子得了他的相劍術，走遍天涯，相盡利器。」

「我也聽說過，江湖中有位磨刀的老人，相劍凶吉，靈驗如神。」卓東來道：「蕭大師的大弟子想必就是他。」

老人點頭：「蕭大師的二弟子邵空子得了他的鑄劍之術，後來也成爲一代劍師。」

「邵空子？」卓東來聳然動容：「就是鑄造離別鉤的那位邵大師？」

「就是他。」

老人說：「這兩人都是不世出的奇才，但是蕭大師卻將自己最得意的刺擊之術傳給了第三個弟子，而且將淚痕也傳給了他。」

「爲什麼要傳給他？」

「因爲這個人不但心胸博大仁慈，天性也極淡泊，完全沒有一點名心利慾，而且從不殺生。」

「他已盡得蕭大師的劍術，當然沒有人能從他手中將淚痕奪走。」卓東來說：「這麼樣一位有仁心的長者，當然更不會傷害恩師的獨子。」

「而且他三十歲時就已隱於深山，發誓有生之日絕不再踏入紅塵一步，死後也要將淚痕陪他葬於深山。」

「是哪座山？」

「不知道，」老人說：「沒有人知道。」

卓東來嘆息：「就因爲這緣故，所以江湖中才少了一位劍術大師，也少了一柄利器神兵，這是江湖人的幸運？還是不幸？」

「可是蕭淚血卻總算活了下來。」

「是的，」卓東來悠悠的說：「不管怎麼樣，蕭淚血總算沒有死在淚痕下，至少他現在還活著。」

他的聲音裡雖然也充滿傷感，可是他的眼睛卻已因興奮而發光，就好像一個登徒子，看見一個赤裸的少女已經站在他床頭一樣。

等他再抬起頭去看小亭中的老人時，老人彷彿已睡著了。

細雪霏霏，小門半開，卓東來已經走出去，蝶舞已經準備關門了。

只要把這道門關上，這地方就好像和外面的世界完全隔絕了。

她只希望永遠不要有人再來敲門，讓她和那個老人在這裡自生自滅，因爲她對外面的那個世界已經完全沒有企望，完全沒有留戀。

因爲她的心已死，剩下的只不過是一副痲木的軀殼和一雙腿。

她的這雙腿就好像是象的牙、麝的香、羚羊的角，是她生命中最值得寶貴珍惜的一部分，也是她所有一切不幸的根源。

——如果沒有這麼樣一雙腿，她會變成一個什麼樣的人？是不是會活得更幸福些？

蝶舞垂著頭，站在小門後，只希望卓東來快點走出去。

卓東來卻已轉過身，用一種很奇怪的眼神看著她，盯著她看了很久。

「這些天來，你日子過得好不好？」

「很好。」

蝶舞的聲音裡全無感情，幾乎比卓東來的聲音更冷淡。

「只要你願意，你可以一直留在這裡，」卓東來說：「我可以保證絕不會有人來打擾。」

「謝謝你。」

「可是我也可以把你送到別的地方去，」卓東來淡淡的說：「只要我願意，我隨時都可以把你送到別的地方去，我知道有些人一定很希望我這麼樣做的。」

蝶舞忽然變得像是條受驚的羚羊般往後退縮，退到門後的角落裡，縮成了一團。

卓東來笑了。

「可是我當然不會這麼樣做的，」他的笑眼中充滿殘酷之意：「我只不過要讓你知道，你應該對我好一點，因爲你欠我的情。」

蝶舞抬起頭，盯著他。

「你要我怎麼樣對你好？」蝶舞忽然問他：「是不是要我陪你上床睡覺？」

她的風姿仍然優雅如貴婦，可是說出來的話卻像是個婊子。

「你應該聽說過我的功夫是沒有人能比得上的，只要跟我睡過一次覺的男人，就會一輩子都忘不了我。」蝶舞說：「我的腿動起來的時候，男人是什麼滋味，你恐怕連做夢都想不到。」

她已經開始在笑了，笑聲越來越瘋狂：「可是我知道你不會要我的，因爲你喜歡的不是我，你喜歡的只有一個人，你這一輩子活著都是爲了他……」

她沒有說完這句話。

卓東來忽然擰住她的手，反手一耳光重重的摑在她臉上。

她蒼白美麗的臉上立刻留下五條血紅的指痕，可是眼中的畏懼之色反而消失了，變成了滿腔輕蔑和譏誚。

卓東來用力擰轉她的手，擰到她的後背上，讓她痛得流出了眼淚之後，才一個字一個字的說：「你錯了，」他眼中彷彿已因別人的痛苦而充滿激情：「現在我就要讓你知道，你錯得多麼厲害。」

四

夜深。

屋子裡沒有燃燈，只有爐中的火燄在閃動。蝶舞赤裸裸的蜷曲在鋪滿紫貂軟榻上，在閃動的火光中看來，她的腿更美，美得讓人寧願為她下地獄。

她的眼淚已不再流。

比起剛才所受到的侮辱和痛苦來，以前她所受的苦難簡直就像是兒戲。

她簡直無法想像人類中竟有這種變態的野獸。

通往外室的門是虛掩著的，卓東來已經出去，蝶舞聽見外面有個年輕人的聲音在說話。

他的聲音很低，蝶舞隱約聽出他是在告訴卓東來，司馬超群忽然病了，而且病得很重，已經請了好幾位名醫來看過，都說他是因為積勞成疾，必需靜養才能恢復，所以暫時不能見客。

卓東來沉默著，過了很久才問這年輕人：

「是不能見客？還是什麼人都不能見？」

「好像是什麼人都不能見。」

「連我也不能見？」

「大概是的。」

「所以夫人才特地要你來告訴我，叫我也不要去打擾他？」

「夫人只說，請卓先生把所有的事都暫擱一下，等老總病好了再說。」

「你見過夫人請來的大夫？」

「三位我都見到了。」年輕人說出了這三位大夫的名字，無疑都是長安的名醫。

「他們怎麼說？」卓東來又問：「他們都說老總這次病得不輕，如果再拖下去，就危險得很了。」

卓東來又沉默了很久，才嘆了口氣：「這幾天他實在不該生病的，他病得真不巧。」

「爲什麼？」

這個年輕人顯然是卓東來身邊的親信，所以才敢問他這句話。

內室中的蝶舞全身肌肉突然繃緊，因爲她聽見卓東來又在用他那種特別殘酷緩慢的方式，一個字一個字的對那年輕人說：「因爲這兩天朱猛一定會來的。」

十　二月洛陽春仍早

一

二月二十二日。

洛陽。

晨。

一騎快馬冒著風雪衝入了洛陽，馬上人穿一件藏青斗篷，戴一頂范陽氈笠，把笠帽低低的壓在眉毛上，擋住了半邊臉。

這個人的騎術精絕，可是一入洛陽境內就下了馬，好像非但不願讓人看見他的真面目，也不願被人看到他矯健的身手。

可是這一次還是他第一次到洛陽來，洛陽城裡還沒有人見過他。

同年同月同日。

長安。

二月長安的清晨也和洛陽同樣寒冷，大多數人還留戀在被窩裡的時候，卓東來已經起來了。

他的精神雖然很好，臉色卻很沉重。

司馬超群已經病了好幾天，病情毫無起色，他的心情自然不會好的。

這幾天他一直沒有見到過司馬，每次他要去探病時，都被吳婉擋住了駕。

病房內外都充滿了藥香，吳婉的神情也顯得憔悴，可是態度卻很堅決，除了她自己和看病的大夫外，誰也不能進去，連卓東來也不例外。

這是她平生第一次對卓東來如此無禮。

卓東來卻一點都不在乎，反而告訴別人：「一個女人為自己丈夫的安危，不管做出什麼樣的事來都值得原諒。」

雖然這是清晨，花園裡已經有兩位客人在等著卓先生了。

兩個人一位姓簡，一位姓施，都是長安的世代名醫，平時養尊處優，在這麼冷的天氣裡，幾乎從來沒有離開過被窩和火盆。

可是今天他們一大早就被卓東來派人去請來了，而且不把他們迎入暖廳，卻要他們在一個四面通風的小亭裡苦等。

如果現在是六月，亭外荷紅柳綠，四面清風徐來，那種情況就十分令人愉快了。

可是現在冷風颳在身上就好像刀子一樣，兩位先生身上雖然穿著重裘，手裡雖然捣著暖爐，還是被凍得臉色發青，恨不得馬上就開兩帖瀉藥給卓東來吃吃。

這種想法當然是連一點影子都不能表露出來的，得罪了卓先生的人會有什麼樣的下場，長安城裡每個人都知道得很清楚。

所以卓東來穿著紫貂裘，帶著隨從從石徑上施施然走過來的時候，兩個人都顯得很愉快的樣子，長揖到地，陪笑問好。

卓東來對他們也很客氣。

「如此嚴寒，我沒有請兩位到暖閣相坐，卻把兩位招呼到這裡來，兩位心裡是不是覺得很奇怪？」

心裡當然是奇怪的，嘴裡的說法卻不同了。

「快雪初晴，梅花也開得正好，」比較會說話的施大夫搶著道：「東翁一向是位雅人，莫非要我們到這裡來看花賞雪？」

「我倒是確實要請兩位到這裡來看樣東西，只不過看的並不是花，也不是雪。」

看的不是花是什麼？

「施大夫城外別館裡的雪夫人肌膚如雪，簡先生昨夜供養的花蕊姑娘也比這裡的梅花好看得多。」卓東來微笑：「要看花賞雪，又何必請兩位到這裡來？」

兩位名醫手心裡好像都在冒汗了，這些事連他們的妻子都不知道，卓東來卻輕描淡寫的說了出來。

在一個隨隨便便就能把你的秘密隱私說出來的人面前，他們還敢說什麼？

「兩位請跟我來。」

卓東來笑得雖然有點不懷好意，施大夫和簡大夫也只有乖乖的跟著他走。

走到花徑旁一條用白石砌成的水溝前面，卓東來先叫人掀起上面蓋著的石板，回過頭來問他們：「兩位請看，這是什麼？」

這是條水溝，無論誰都會看得出這是條水溝，卓東來一大早把他們找來，難道就是爲了要他們來看水溝的？

一條水溝有什麼好看？

施大夫和簡大夫都怔住了。

卓東來卻一直站在那裡，看著這條水溝，看得出了神，就好像世界上再也沒有比這條水溝更值得他們來看的東西。

簡大夫的脾氣比較急，忍不住問道：「看起來這好像只不過是條水溝而已？」

「一點也不錯，看起來這好像只不過是條水溝而已。」卓東來淡淡的說：「因爲這本來就只不過是條水溝，看起來怎麼會像別的？」

施大夫和簡大夫又閉上了嘴。

卓東來悠然道：「這是條砌得非常好的水溝，光滑平整，從不淤塞，從司馬夫婦的居處一直通到花園外，一直暢通無阻。」

兩位大夫雖然熟讀醫書，這次卻也不知道他葫蘆裡賣的什麼藥。

這時候風中居然好像真的有一陣藥香傳來了。

石徑上一大早就被打掃乾淨，連水溝裡的積雪都已被清除。

就在他們嗅到藥香的時候，水溝裡已經有一股暗褐色的污水，從上面流了下來。

卓東來揮了揮手，他的隨從中就有人把這道污水淺淺的接住了小半碗，雙手捧到兩位大夫面前。

「兩位請看看，這是什麼？」

兩位大夫連看都不用看，就已經知道這是什麼了。這當然不是污水，污水裡絕不會有藥。

卓東來冷冷的盯著他們。

「我想兩位大概都不會知道這是什麼吧？」

簡大夫想說話，可是嘴唇動了兩下後，連一個字都沒有說出來。

施大夫的嘴更好像被人用針線縫住了。

「這就是兩位昨天替我們老總開的藥，自從昨天半夜開始，用文火煎了兩個多時辰，一直到現在才煎好。」卓東來說：「據我所知道，這一帖藥最少也要值五十兩。」

兩位大夫的臉色都變了。

卓東來道：「這碗藥現在本來應該已經流入司馬的腸胃裡，怎麼會流到水溝裡來了，我實在不明白。」

他眼中忽然射出亮光：「幸好我知道有人一定明白的。」

「誰？」施大夫囁嚅著問：「誰明白？」

「你。」

施大夫就像是忽然被人用力抽了一鞭子，連站都站不穩了。

「如果你也不明白，那一定是因爲這裡太熱了。」卓東來的口氣又變得很溫和：「一個人太熱的時候，總是會有很多事想不起來的。」

於是他立刻吩咐他的隨從：「你們還不快爲施大夫寬衣？」

施大夫用力拉緊了身上的皮裘，結結巴巴的說：「不必客氣，千萬不必客氣，這衣服是萬萬寬不得的。」

穿著皮裘已經快要凍死，如要脫下來，只有凍死爲止。

隨從中有兩條大漢站在施大夫左右，卓東來又用很溫和的口氣問他：「你真的不熱？」

施大夫拚命搖頭。

「那麼你一定已經想起來了，本來應該喝下去的藥，怎麼會被倒在水溝裡？」卓東來問：「是不是因爲那位病人根本沒有病？」

「我不知道。」

卓東來冷笑，兩條大漢的巨掌已經搭上施大夫的肩，施大夫終於忍不住叫了起來。

「我真的不知道，我根本就沒有見過他。」

卓東來的瞳孔驟然收縮。

「你沒有見過他？你沒有見過司馬超群？」

「我沒有，真的沒有。」

「他的夫人請你來爲他看病，可是你居然沒有見過他？」

「我連他的影子都沒有見到過。」施大夫已經急了：「那間屋子裡根本連他的人影子都沒有。」

卓東來靜靜的站在那裡，面對著灰暗冷漠的天空，靜靜的站了很久，才慢慢的回過頭，凝視著簡大夫，一個字一個字的問。

「你呢？你也沒有看見他？」

「我也沒有，」簡大夫已經比較鎮靜了一點：「司馬大俠根本不在那屋子裡，司馬夫人請我們來，只不過要我們替一間空屋子看病而已。」

然後他們就聽見了吳婉的聲音。

「如果有人肯出五百兩黃金，有很多大夫都肯替空屋子看病的。」她淡淡的說：「下次我如果還要去找，一定會去找比較不怕冷的。」

如果說這地方有人真的生病了，那麼這個人一定是吳婉。

她的臉色枯黃而憔悴，本來很明朗的眼睛裡，現在已充滿血絲。

她盯著這兩位怕冷的大夫。

「我只不過是個女人，當然沒有卓先生這麼大的本事，我也不會要兩位脫衣服。」她的聲音冷得像冰：「可是我勸兩位以後睡覺前要多小心門戶，莫要等到半夜醒來，忽然發現自己已經睡在雪地上。」

兩位大夫的臉都綠了。

如果一個人的眼光可以殺人，現在他們恐怕已經死在雪地上。

「現在兩位是不是已經可以請滾了？」吳婉說：「請、滾。」

她一向是個很溫柔的女人，溫柔而優雅，說話的時候通常會先說一個「請」字。

「卓先生，」等到兩位大夫走了後，她又說：「我實在很想請你做一件事。」

「什麼事？」

「請你也跟他們一起滾。」

卓東來沒有反應，連一點反應都沒有，甚至連臉上都沒有一點表情。

「可惜我也知道你是一定不會滾的。」吳婉嘆了口氣：「你是司馬超群的好朋友、好兄弟，找遍天下都再也找不到你們這麼好的兄弟朋友了！」

她的聲音裡也充滿了譏誚，就像是蝶舞跟卓東來說話時一樣。

「而且司馬超群全都是靠你起家的，他只不過是個四肢發達頭腦簡單的傀儡而已，沒有你，他怎麼會有今天？」吳婉冷笑：「最少你心裡是這麼想的，是不是？」

卓東來還是全無反應，就好像聽到一個戲子在台上唱戲。

「你當然是個了不起的人，了不起的好朋友，因爲你替他犧牲了一切，你這一輩子活著也都是爲了他，讓他成名露臉，讓他做大鏢局的總瓢把子，讓他成爲天下人心目中的大英雄。」

吳婉冷笑聲忽然變得很瘋狂。

「可是你知不知道他這位大英雄的日子怎麼過的？」她的笑聲中充滿怨毒：「他有妻子兒女，有自己的家，可是他根本就好像不是這個家裡的人，根本沒有過一天他自己願意過的日子，因爲每件事你都替他安排好了，你要他怎麼做，他就得怎麼做，甚至連喝點酒都要偷偷的喝。」

卓東來突然打斷她的話。

「夠了。」他告訴吳婉：「你已經說夠了。」

「對，我已經說夠了。」吳婉垂下頭，眼淚已流滿面頰：「你是不是也有什麼話要說？」

「我只有幾句話問你。」

「我會說的，」吳婉道：「我絕不讓你有機會像對別人那麼樣對我。」

她的口音雖然還是很硬，其實已經軟了：「江湖中誰不知道『紫氣東來』卓東來最少有一百種法子能夠逼人說實話？」

「你能夠瞭解這一點那就再好也沒有了。」卓東來冷冷的說：「司馬是不是已經離開了長安？」

「是。」

「你爲什麼要替他瞞住我？」

「因爲我要他去做一些他自己想做的事。」吳婉說：「我是他的妻子，我相信每個做妻子的人都希望她的丈夫是條獨立自主的男子漢。」

「他是什麼時候走的？」

「十七的晚上。」吳婉說：「算起來現在他已經應該到了洛陽。」

「洛陽？」

卓東來狼一般的灰眼中忽然迸出血絲：「你讓他一個人到洛陽去？你是不是想要他去送死？」

「我們是夫妻，我爲什麼要讓他去送死？」

卓東來盯著她，過了很久，才用他那種比刀鋒還尖銳、比蛇蠍還惡毒的獨特口氣一個字一個字的說：

「因爲郭莊。」

每當卓東來用這種口氣說話時，這個世界上就最少有一個人要受到他致命的傷害和打擊。

「因爲郭莊。」

這句話在別人聽來雖然毫無意義，可是吳婉聽了，卻好像忽然被毒蠍所螫、利刃所傷，就好像忽然從萬丈高樓上失足落下，連站都站不住了，枯黃憔悴的臉上，也起了種無法形容的可怕變化。

卓東來當然不會錯過她這些變化的。

「這些年來司馬一直都跟你分房而睡，連碰都沒有碰過你。」卓東來的聲音冷漠而殘酷：「你正在狼虎之年，身邊剛好有郭莊那麼樣一個年輕力壯的漂亮小伙子，而且很懂得對女人獻慇懃。只可惜現在他已經死在紅花集，死在朱猛的刀下，連頭顱……」

吳婉忽然嘶聲大喊：「夠了，你已經說夠了。」

「這些事我本來不想說的，因爲我不想讓司馬傷心。」卓東來說：「現在我說出來，只不過要讓你知道，你做的事沒有一件能瞞得過我，所以你以後不管要做什麼事，都要特別小心謹慎。」

吳婉的身子已經開始在發抖。

「現在我才明白了，」她眼中充滿仇恨怨毒：「你派郭莊到紅花集去，爲的就是要他去送死，因爲你早就知道了我跟他的秘密。」

她忽然撲過去，抓住卓東來的衣襟，嘶聲問：「你說是不是？是不是這樣子的？」

卓東來冷冷的看著她，用兩根手指輕輕一劃她雙手的脈門。

吳婉的手鬆開，人也倒下，卻還在問：「是不是？是不是？是不是這樣子的？」

她永遠都不會知道這件事的真相，因爲卓東來已經走了，再也沒有回頭，也沒有看她一眼，就好像把她當作了一隻剛被他從衣襟上抖落的蟲蟻，對她再也不屑一顧。

一條長繩。

長繩在吳婉手裡，吳婉在房裡的橫樑下，有風從窗外吹進來，好冷好冷的風。

「今天是什麼日子？我想一定是個好日子。」她癡癡的自語，慢慢的將長繩打了結。

一個死結。

二

同日。洛陽。

這條街本來是條很熱鬧的街，有菜場，有茶館，有早集，還有花市。

可是現在忽然什麼都沒有了。

就像是一個一向十分健康強壯的人忽然暴斃了一樣，這條街也死了，變成了一條死街。

茶館的門板已經有好幾天沒有拿下來，菜場裡屠夫的肉案上，只剩下一些斑駁交錯的亂刀痕跡，街上幾乎看不見一個人。

誰也不願意再到這條街上來。這條街上發生的悲慘禍事實在太多了。

只有一條夾著尾巴的野狗，伸長了舌頭在舐著石板縫裡還沒有被洗乾淨的血跡。

野狗永遠也不會知道這裡的血是些什麼人的血。

野狗不知道，牛皮知道。

三

在另外一條小街上，一家叫「老張饅頭店」的小館裡，牛皮正在吹牛。

「牛皮」是一個人的外號，因爲這個好酒貪杯的小伙子不但會吹牛，而且臉皮真厚，比牛皮還厚。

他正在向一個從遠地來的陌生人吹牛，因爲這個陌生人已經請了他喝下不少酒。

他吹的就是那天在銅駝巷外，那條街上發生的那個悲壯慘烈的故事。

「那個小子真他娘的是個好小子，俺牛皮真的打心眼兒裡佩服他。」牛皮說：「那小子真他娘的夠種，真他娘的不怕死。」

陌生人默默的聽著，默默的爲他傾酒。

「後來俺才聽說那小子姓高，是老獅子的朋友。」牛皮說：「龍交龍，鳳交鳳，老鼠交的朋友會打洞，這句話真他娘的一點也不錯，也只有老獅子那樣的好漢，才能交得到他那種朋友。」

陌生人眼中彷彿有精光一閃，可是很快的就低下了頭。

「那天你也在那條街上？」

「俺怎麼會不在，這種事俺怎麼會錯過？」牛皮興高采烈：「那天俺正想到老胡的茶館裡去喝盅早茶，就看見那小子一個人大搖大擺的去了，二月天他身上居然只穿著身短布褂，卻把大褂子搭在手裡，後來俺才知道，那件大褂子下面原來藏著把寶劍。」

牛皮忽然站起來，用筷子一比劃：「就這麼一下子，那把劍就刺進了蔡老大的心口，快得讓人連瞧都瞧不清楚。」他搖著頭嘆氣：「誰都沒想到那小子真的那麼有種，連俺牛皮都被嚇傻了。」

「後來呢？」

「大家都認定那小子準要被人大卸八塊了，想不到就在那節骨眼上，半空裡忽然掉下個人來，就好像……就好像飛將軍自天而降。」

這麼好的一句「詞兒」居然是從自己嘴裡說出來的，牛皮實在得意極了，所以趕緊喝了一大碗酒，故意問那陌生人：

「你猜猜看，從天上掉下來的那個人是誰？」

「是老獅子？」

牛皮用力一拍大腿：「一點也不錯，就是他。」牛皮越說越起勁。

「老獅子到底是老獅子，最近運氣雖然不怎麼好，人也瘦得多了，可是一站出來，還是條雄獅的模樣。」

牛皮挺起胸，拍著胸脯，學著朱猛的口氣說：「他是我的朋友，你們誰敢動他，就得先殺了我。」

「後來呢？」陌生人冷冷淡淡的問：「蔡老大的兄弟們難道就沒有人敢去動他？」

「誰敢動？老獅子的獅威一發，還有誰敢動？」

牛皮忽然嘆了口氣：「本來真的是沒人敢動的，想不到居然有一批從外地來的王八蛋，居然不知道死活好歹，居然硬要在獅子頭上動土。」

「從外地來的人？」

牛皮點頭：「後來我才知道，那群王八蛋都是蔡老大花錢請來的。」

「可是蔡老大已經死了，他們就算宰了老獅子，也沒人付錢請他們了。」陌生人問：「他們爲什麼還要替死人拚命？」

「他們當然有他們的打算。」牛皮得意洋洋：「你老哥雖然想不通，俺心裡卻有數。」

「哦？」

「你老哥雖然不知道老獅子是個什麼樣的人，可是俺知道，那群王八蛋一定也知道。」

「知道什麼？」

「知道老獅子絕不會放過他們的。」

「爲什麼？」

「那群王八蛋見錢就殺人，兩隻手上都是血腥，又不是雄獅堂的兄弟，要是老獅子重新登上堂主的寶座，還能讓他們的腦袋長在脖子上嗎？」

「有理。」陌生人承認：「你說得有理。」

「可是他們如果真的把老獅子宰了，多少總能從蔡老大的手下那裡搾出點油水來的。」牛皮說：「所以他們就幹上了。」

對於這麼複雜的事，他居然也能分析得這麼清楚，牛皮實在不能不佩服自己，所以立刻又喝了一大碗：「這就叫先下手的爲強，後下手的遭殃。」

「遭殃的是誰？」

「本來俺也看不出來的。」牛皮說：「那一戰打得是驚天動地，鬼哭神號，街上的人十個裡面最少有八個被嚇得連尿都尿了出來。」

牛皮自己眼中也露出了恐懼之色，彷彿又看見了一大塊一大塊的血肉橫飛而起，又聽見了刀鋒砍在骨頭上的聲音。

「俺牛皮也不是膿包，可是自從看過那一戰之後，俺最少也有兩三天吃不下飯睡不著覺。」

他的聲音已經發啞，好像已經不想再說下去了，可是陌生人又及時替他添了一大碗酒。這碗酒立刻把他的興致提了起來。

「一開始的時候，本來是老獅子和那姓高的小子佔上風的，可是後來就不對了。」

「爲什麼？」

「常言說的好，雙拳抵不過四手，好漢架不住人多，老獅子雖然雄風不減，可是到底只有兩個人，就算別人伸出脖子來讓他們砍，他們的手遲早也會砍瘦的。」

牛皮又說：「看到這種情況，本來已經被老獅子威風鎮住的那些雄獅堂的弟兄，好像也想動了，想乘機來打一打這條落水獅子。」

陌生人在點頭。

他的想法也如此，當時的情況一定會演變成這樣子的。

「只要那些人一動，老獅子和那姓高的恐怕就要被剁成肉醬。」

牛皮又嘆了口氣：「那時候俺已希望他們能趕快跑掉，他們也不是沒有機會跑，要是換了俺牛皮，早就不知道跑到哪裡去了。」

「老獅子沒有跑？」

「當然沒有跑。」牛皮又挺起胸：「老獅子是什麼樣的人，他又不是俺牛皮這樣的無名小卒，以他的身分和脾氣，殺了他也不會跑的。」

「所以他沒有跑？」

「沒有。」

「可是我知道他也沒有死。」

「他當然沒有死，老獅子怎麼會死得了？」牛皮嘆息：「可是釘鞋死了。」

「釘鞋？」陌生人問：「釘鞋是誰？」

「是條好漢，了不起的好漢。」牛皮的臉因興奮而發紅：「俺牛皮這一輩子都沒有見過他那樣的好漢，要是他不死，俺牛皮情願每天替他洗腳。」

「不但俺佩服他，只要是個人，就不能不佩服他。」牛皮說。

「為什麼？」陌生人又問。

「他本來只不過是老獅子的一個跟班而已，平常看起來就像是個孫子一樣，老是被人欺負。」牛皮脹紅了臉：「可是到現在俺才知道，平時在他面前充英雄的那個人才是龜孫子，他才是真正的英雄好漢。」

說到這個人，牛皮全身的血好像全都熱了起來，一把扯開了身上那件破棉襖的衣襟，大聲說：「那天俺看得清清楚楚，他全身上下一共被人砍了十九刀，連鼻子都被砍掉一大半，只剩下一層皮耷拉著掛在臉上，只要他一動，掛在臉上的那大半個鼻子就跟著他直晃。」

「他怎麼樣？」

「他就索性把鼻子連皮帶肉扯了下來，一口吞下了肚子，反手一刀，又拚掉一個。」

聽到這裡，一直表現得很冷淡的陌生人也不禁喝了一碗酒，大聲讚道：「好漢，果然是好漢。」

牛皮用力一拍桌子：「可惜這麼樣一條好漢後來還是力竭戰死了，直到兩條手臂一條腿都已被砍斷的時候才倒了下去，倒下的時候，嘴裡還含著從別人身上咬下來的一塊肉。」

「後來怎麼樣？」

「看到他這麼英勇慘烈苦戰死戰，俺們這些人都看得忍不住要哭出來，就連那些本來還想作亂的雄獅堂兄弟，也被他感動得掉下眼淚。」

牛皮又說：「老獅子沒有流淚，老獅子流的是血，他的眼角都迸裂了，鮮血像眼淚一樣不停的往下掉，雖然也已經快要支持不住了，但是奮起最後的神刀，殺出一條血路衝到釘鞋身邊，抱起了他這個一直像狗一樣跟著他的朋友。」

他用力擤了一大把鼻涕，擦乾了臉上的淚痕，眼淚汪汪的接著道：「那時候釘鞋還沒有死，還剩下最後一口氣。」

血洗長街，小高仍在苦戰。

朱猛抱起了釘鞋，想說話，卻連一個字都說不出，從眼角迸出的鮮血，一滴滴掉在釘鞋臉上。

釘鞋忽然睜開了已經被鮮血模糊了的一隻眼睛，說出了臨死前最後一句話。

「報告堂主，小人不能再伺候堂主了。」釘鞋說：「小人要死了。」

冷風一直吹個不停，把饅頭店外屋簷上的積雪一大片一大片的吹下來，牛皮臉上的眼淚也一直一大滴一大滴的往下掉。

陌生人沒有流淚，也沒有說話，可是雙拳也已握緊，彷彿在盡力控制他自己，生怕自己有淚流下。

過了很久很久，牛皮才能開口。

「釘鞋說完了這句話就斷氣了，可是那條街忽然響起了一陣雷一樣的大吼聲，非但雄獅的兄弟們再也憋不住，連俺也憋不住了。」牛皮大聲說：「忽然間大家全都一下子衝了上去，把那群滿手血腥的王八蛋宰了個乾淨，連俺牛皮都宰了他們幾刀。」

這時陌生人忽然也用力一拍桌子：「好，宰得好！」他滿滿倒了一大碗酒：「我司馬超群要敬你一杯。」

「噹」的一聲響，牛皮手裡的一碗酒掉在地上，砸得粉碎。

「什麼？」他吃驚的看著這個陌生人：「你……你說什麼？」

「我說我要敬你一杯。」

「你是誰？你剛才說是誰要敬我一杯？」

「是個叫司馬超群的小子。」

「你就是司馬超群？」

「我就是。」

牛皮整個人忽然變軟了，好像已經快要軟在地上，結結巴巴的說：「小人不知道大爺就是天下第一條好漢司馬大爺，小人不敢要大爺敬酒。」

「我要敬你，一定要敬你，因爲你也是條有血性的好漢。」司馬說：「其實我敬你一杯還不夠，我要敬你一罈。」

他真的用雙手捧起一罈，罈口對著嘴，仰起脖子喝了下去，仰天長長嘆息：「天下江湖朋友都說我是當世無雙的英雄，其實我怎麼比得上釘鞋，怎麼比得上朱猛？」

外面的風吹得更急、更冷。

現在雖然已經是二月，可是春天距離洛陽彷彿仍然很遠。

十一 八十八死士

一

二月二十三。

長安。

凌晨。

天空是死灰色的，大地也是死灰色的，建築宏偉的長安古城門還沒有開。

每天負責開城門的兵卒老黃和阿金，昨天殺了條野狗，湊錢買了兩斤燒刀子、兩斤大餅，吃了個酒足飯飽，早上就爬不起床了。

怠忽職守，耽誤了開城的時刻，那是要處「斬立決」的死罪。

軍法如山，老黃起床時發現時候已經晚了大半刻，當時就嚇出了一身冷汗，連棉襖的鈕扣都來不及扣上，就趕去開城。

「天氣這麼冷，大概不會有人這麼早就進城的。」

老黃在心裡安慰自己，打開了門上的大鐵鎖，剛把城門推開了一線，就嚇了一跳。

外面不但已經有人在等著進城，而且看起來最少也有七八十位。

七八十個人都穿著一身勁裝，打著倒趕千層浪的綁腿，背後都揹著鬼頭刀，頭上都紮著白布巾，上面還縫著一塊暗赤色的碎布。每個人的臉色都像是今天的天氣一樣，帶著種叫人心裡發毛的殺氣。

城門一開，這些人就分成了兩行，默默的走進了城，刀上的血紅刀衣迎風飄動，襯著頭上紮著的白巾，雪亮的刀鋒閃著寒光。

每把刀都已出鞘，因爲刀上根本沒有鞘。

——這些殺氣騰騰的大漢究竟是些什麼人？到長安來幹什麼？

守城的老黃職責所在，本來想攔住他們盤問，可是舌頭卻像是忽然發硬了，連一個字都說不出來。

因爲就在這時候，一條反穿著熊皮襖的大漢已出現他眼前，用一雙滿佈血絲的大眼瞪著他，人雖然已經瘦得脫了形，可是顴骨高聳，眼銳如刀，看來還是威風凜凜，就像是條剛從深山中竄出的猛獸。

他的滿頭亂髮也用一條白布巾緊緊紮住，上面有塊暗赤色的碎布。

唯一裝束打扮和他們不同的人，是個清俊瘦削的年輕人，手提著狹長的青布包袱，緊隨在他身後。

老黃的眼已經發軟了，無論誰都看得出，這個人要來殺人時絕不會皺一皺眉頭。

「你是不是想盤問盤問我們是從哪裡來的？來幹什麼？」

這個人的聲音雖然嘶啞，可是口氣中也帶著種懾人的威嚴氣概。

的。」

「你聽著，好好的聽著，我就是朱猛，洛陽朱猛！」他厲聲道：「我們是到長安來死

二

卓東來的臉上本來就沒有什麼表情，現在更好像已經被凍結了，臉上每一根肌肉都被凍結了。如果你曾經看到過凍死在冰中的死人的臉，你才能想像到他現在的臉色和神情。

一個年紀還不滿二十的青少年標槍般站在他面前，臉上的神情看來居然跟他差不多。

這位少年人叫卓青。

他本來並不姓卓，他姓郭，是死在紅花集的郭莊的幼弟。

可是自從卓東來將他收爲義子後，他立刻就把本來的姓名忘記了。

「朱猛已入城。」

這個消息就是他報上來的，查出水溝每天都有藥汁流出的人也是他。

最近他爲卓東來做的事，遠比卓東來屬下所有的親信加起來都多。

「他們來了多少人？」

「連高漸飛在內，一共有八十八人。」

「他親口告訴守城的老黃，他就是朱猛？」

「是。」

「他還說了什麼？」

「他說他們是到長安來死的！」

卓東來的瞳孔驟然收縮，看起來彷彿已變成了兩把錐子。

「他們不是到長安來殺人的？他們是到長安來死的？」

「是。」

「好，很好。」卓東來的眼角忽然開始跳動：「好極了。」

認得卓東來的人都知道只有在事態最嚴重時他的眼角才會跳。

現在他的眼角開始跳動，因爲他已看出了對方來的並不是八十八個人，而是八百八十個。

——來殺人的人不可怕，來死的人才可怕，這種人一個就可以比得上十個。

「你把他們的打扮再說一遍。」

「他們每個人都穿勁裝，打裹腿，紮白巾，白巾上還縫著條暗赤色的碎布。」

卓東來冷笑。

「好，好極了。」他問卓青：「你知不知道那些碎布是哪裡來的？」

「不知道。」

「那一定是釘鞋的血衣。」卓東來說：「釘鞋死時，衣衫已盡被鮮血染紅。」

洛陽已有人來，向卓東來報告了那一次血戰的全部經過。

「雄獅堂本來已經變成了一盤散沙，可是釘鞋的血又把這盤散沙結在一起了。」卓東來的聲音裡居然也有了感情：「釘鞋，好，好釘鞋！」

「是的，」卓青說：「釘鞋不好看，釘鞋也很便宜，平時雖然比不上別的鞋子，可是到了下雨下雪泥濘滿路時，就只有釘鞋才是最有用的。」

他說得很平淡，因為他只不過是在敘說一件事實而已。

他不是很容易動感情的人。

卓東來凝視著他，過了很久很久，忽然做出任何人都想不到他會做出來的事。

他忽然站起來，走過去抱住了卓青，顯然只不過輕輕的抱了一下，卻已經是他平生第一次。

——除了司馬超群外，第一次對一個男人如此親近。

卓青雖然還是標槍般的站在那裡，眼中卻似已有熱淚滿眶。

卓東來卻好像沒有注意到他的反應，忽然改變了話題：「朱猛知道我在哪裡，可是他暫時絕不會來找我的。」

「是。」

「他們既然是來死的，我們當然要成全他，當然會去找他。」

「是。」

「這八十八個人都抱著必死之心而來，八十八個人只有一條心，八十八個人都有一股氣。」卓東來說：「這股氣現在已經憋足了，一觸即發，銳不可當。」

「是。」

「所以我現在不會去找他們。」

「是。」

卓東來尖錐般的瞳孔中，忽然露出種殘酷而難測的笑意，問卓青：「你知道我要怎麼對付他們嗎？」

「不知道。」

卓東來又用他那種獨特的口氣，一個字一個字的告訴卓青。

「我要請他們吃飯。」他說：「今天晚上我要在『長安居』的第一樓替他們接風，請他們吃飯。」

「是。」

「你要替我去請他們。」

「是。」

「朱猛也許不會答應，也許會認爲這是個陷阱。」卓東來淡淡的說：「可是我相信你一定有法子讓他們去的。不但朱猛要去，高漸飛也要去。」

「是。」卓青說：「他們會去的，一定會去。」

「我也希望你能活著回來。」

卓青的回答簡短肯定：「我會。」

三

卓東來回到他那間溫暖如春的寢室時，蝶舞正在梳頭。

她把漆黑的長髮梳了一遍又一遍，除了梳頭外，這個世界上好像已經沒有她想要做的事。

卓東來靜靜的看著她梳頭，看著她梳了一遍又一遍。

兩個人一個梳頭，一個看著，也不知過了多久，忽然間「崩」的一聲響，木梳斷了，斷成三截。

這把梳子是柳州「玉人坊」的精品，就算用兩隻手用力去拗，也很難拗得斷。女人們對自己的頭髮通常都很珍惜，梳頭時通常都不會太用力。

可是現在梳子已經斷了。

蝶舞的手在發抖，抖得連手裡僅剩的一截梳子都拿不住了，「叮」的一聲，落在妝台上。

卓東來沒有看見。

這些事他好像全都沒有看見。

「今天晚上我要請人吃飯。」他很溫和的告訴蝶舞：「請兩位貴客吃飯。」

蝶舞看著妝台上折斷的木梳，彷彿已經看癡了。

「今天晚上我也要請人吃飯。」她癡癡的說：「請我自己吃飯。」

她又癡癡的在笑：「每天我都要請我自己吃飯，因爲每個人都要吃飯的，連我這種人都要吃飯，吃了一碗又一碗，吃得好開心好開心。」

「今天我也想讓我的貴客吃得開心！」卓東來說：「所以我想請你爲我做一件事。」

「隨便你要我做什麼都行。」蝶舞一直笑個不停：「就算是你要我不吃飯去吃屎，我也會遵命去吃的。」

「那就好極了！」

卓東來居然也在笑，而且也好像笑得很愉快的樣子。

「其實你應該知道我想請你去做什麼事的，」他一個字一個字的說：「我想請你去爲我一舞。」

……

「寶劍無情，莊生無夢；
為君一舞，化作蝴蝶。」

四

長安城最有名的酒樓是「長安居」，長安最有名的茶館也是「長安居」，只不過長安居酒樓和長安居茶館是完全不同的。

「長安居，大不易。」

要開這麼樣一家酒樓茶館也同樣不容易。

長安居酒樓在城西，園林開闊，用器精雅，花木扶疏間有十數樓閣，每一樓每一閣的陳設佈置都華美絕倫，飲食之佳，更令人讚不絕口。

長安居茶館在城中，在城中最繁榮熱鬧的一條街上，價格公道，經濟實惠。而且無論茶水飲食麵點酒菜，每樣東西的份量都很足，絕不會讓人有吃虧上當的感覺。

所以每天一大早這裡就已高朋滿座，三教九流什麼樣的人都有。

因爲到這裡來除了吃喝外，還可以享受到其他很多種樂趣，可以看見很多稀奇古怪的人，可以遇見一些多年未見的朋友，在你旁邊一張桌上陪著丈夫孩子喝茶的，很可能就是你昔年的情人，躲在一個角落裡不敢抬頭看你的，很可能就是你找了很久都找不到的債戶。

所以一個人如果不想被別人找到，就絕不該到這地方。

所以朱猛來了。

他不怕被人找到，他正在等著大鏢局裡的人來找他。

沒有人敢問朱猛：「爲什麼要在這裡等？爲什麼不一口氣殺進大鏢局去？」

朱猛當然有他的理由。

——長安是大鏢局的根據地，長安的總局裡好手如雲，司馬超群和卓東來的武功更可怕。現在他們以逸待勞，已經佔盡了天時地利。

「我們是來拚命的，不是來送死的，就算要死，也要死得有代價。」

——要戰強敵，並不是單憑一股血氣就夠的。

「我們一定要忍耐，一定要自立自強，一定要忍辱負重。」

——蝶舞，你會不會去爲別人而舞？

朱猛盡量不去想她。

蝶舞的舞姿雖然令人刻骨銘心，永生難忘，可是現在卻已被釘鞋的鮮血沖淡。

他發誓，絕不讓釘鞋的血白流。

沒有人喝酒。

每個人的情緒都很激動，鬥志都很激昂，用不著再用酒來刺激。

他們在這家有一百多張桌子的茶館裡，佔據了十三個座頭，本來這地方早已客滿了，可是他們出現了片刻之後，茶館裡的人就走了一大半。

看到他們背後的血紅刀衣，看到他們頭上纏的白巾，看到他們臉上的殺氣，每個人都看得出這些陌生的外地客絕不是來喝茶的。

他們要喝的是血。

仇人的血。

卓青是一個人來的。

他走進這家茶館時，他們並沒有注意他，因爲他們根本不知道他是誰。

只有小高知道。

這個少年人曾經讓他留下了很深刻的印象，卓青卻好像已經不認得他了，一走入茶館，就直接走到朱猛的面前。

「是不是洛陽雄獅堂的朱堂主？」

朱猛霍然抬頭，用一雙佈滿血絲的大眼瞪著他：「我就是朱猛，你是誰？」

「晚輩姓卓。」

「你姓卓？」小高很驚訝：「我記得你本來好像不是姓卓的。」

「哦？」

「你本來姓郭，我記得很清楚。」

「可是我已經不記得了。」卓青淡淡的說：「已經過去的事，我一向都忘得很快，應該忘記的事，我更連想都不會去想它。」

他靜靜的看著小高，臉上全無表情：「有時候你也不妨學學我，那麼你活得也許就會比較愉快一些了。」

——人們總是會在一些不適當的時候想起一些不該想的事，這本來就是人類最大的痛苦之一。

——現在小高是不是又想起了那個不該想的女人？

小高忽然想喝酒。

他正在開始想的時候，朱猛忽然笑了，仰面狂笑。

「好，說得好。」他大聲吩咐：「拿酒來，我要跟這個會說話的小子浮三大白。」

「現在晚輩不想喝酒，」卓青說：「所以晚輩不能奉陪。」

朱猛的笑聲驟然停頓，猛獸般瞪著他：「你不想喝酒，你也不想陪我喝？」

「是的，晚輩不想喝，連一滴都不想喝。」卓青的眼睛眨也不眨：「晚輩要忘記一件事的時候，也用不著喝酒。」

朱猛霍然起身而立，「啵」的一響，一隻茶壺已被他捏得粉碎：「你真的不喝？」

卓青還是神色不變。

「朱堂主現在若是要殺我，當然易如反掌，要我喝酒卻難如登天。」

朱猛忽然又大笑。

「好小子，真有種。」他問卓青：「你姓卓，是不是卓東來的卓？」

「是。」

「是不是卓東來要你來的？」

「是。」

「來幹什麼？」

「晚輩奉命來請朱堂主和高大俠。」卓青說：「今天晚上卓先生定在城西長安居的第一樓爲兩位擺酒接風。」

「他知不知道我們來了多少人？」

「這次朱堂主帶來的人，除了高大俠之外，還有八十六位。」

「他只請我們兩個人？」朱猛冷笑：「卓東來也未免太小氣了。」

「只怕不是小氣，而是周到。」

「周到？」

「就因爲卓先生想得周到，所以才只敢請朱堂主和高大俠兩位。」

「爲什麼？」

「兩位英雄蓋世，縱然是龍潭虎穴，也一樣來去自如。」卓青淡淡的笑了笑：「別的人恐怕就不行了。」

朱猛又大笑：「好，說得好，就算長安居的第一樓真是龍潭虎穴，朱猛和小高也會去闖一闖。可是你卻不該來的。」

「爲什麼？」

「像你這樣的人才，既然來了，我怎麼捨得放你走？」朱猛的笑聲如雷：「我若放你走了，豈非讓天下朋友笑我朱猛有眼無珠不識英雄？」

卓青居然笑了笑。

「楊堅可以投靠大鏢局，我當然也可以投靠雄獅堂。」他說：「可是現在還不行。」

「要等到什麼時候才行？」

「等到雄獅堂的力量足以擊敗大鏢局的時候。」卓青完全不動感情：「晚輩並不是個忠心的人，但卻一向很識時務。」

小高吃驚的看著他，實在想不到這麼年輕的一個人居然能說得出這種話來。

卓青立刻就發現了他表情的變化。

「我說的是實話。」卓青說：「實話通常都不會太好聽。」

朱猛不笑了，厲聲問：「那麼我是不是應該放你回去幫卓東來來對付我？」

「晚輩說過，朱堂主要殺我易如反掌。」卓青道：「只不過朱堂主若是真的殺了我，要想再見那個人就難如登天了。」

朱猛變色。

他當然明白卓青說的「那個人」是誰。這句話就像是條鞭子般抽過來，一時間他完全不知道應該如何招架。

卓青已經在躬身行禮：「晚輩告辭。」

他居然真的轉身走了，而且一點也不怕別人會從他背後一刀砍下他的頭顱，也沒有再看朱猛一眼。

朱猛額上已有青筋暴起。

——他不能讓卓青走，不能讓他的屬下看著他爲了一個女人而放走他們的仇敵。

——可是他又怎麼能讓蝶舞因此而死？

小高忽然嘆了口氣，「想不到他真的看準了，看準了雄獅朱猛絕不會殺一個手無寸鐵，奉命到這裡來傳訊的人。」他的目光四掃：「這種事只要是條男子漢就絕不會做的，何況朱猛？」

一條頭纏白巾的大漢霍然站起，大聲道：「高大哥說的是，我們兄弟大夥兒都要敬高大哥一杯。」

八十六條好漢立刻轟雷般響應。小高一把扯開了衣襟：「好，拿酒來！」

五

「我知道朱猛還是放不下蝶舞的，」卓東來冷冷的說：「可是我也想不到他會那麼輕易讓你走。」

他眼中帶著深思之色：「爲了一個女人，就輕易放走仇敵，朱猛難道就不怕他的兄弟們因此而看輕他？難道就不怕損了他們的士氣？」

卓東來冷笑：「蝶舞這個女人難道真的有這麼大的魔力？」

「他們的士氣並沒有因此消沉。」卓青說：「爲什麼？」

「因爲高漸飛很瞭解朱猛當時的心情，及時幫他脫出了困境，讓他的兄弟們認爲他不殺你並非爲了女色，而是爲了義氣。」

「兩國交鋒，不斬來使，光明磊落的朱猛，怎麼會殺一個手無寸鐵的人？」

卓青眼中露出讚佩之色：「高漸飛正是這麼說的。」

卓東來不停的冷笑：「這個人倒真是朱猛的好朋友，朱猛的那些兄弟卻都是豬。」

「其實那些人也不是不明白高漸飛的意思。」卓青道：「但是他們也不會因此看輕朱猛。」

「因爲他們並不希望朱猛真的那麼冷酷無情。」卓青說：「因爲真正的英雄並不是無情的。」

「什麼樣的人才真正無情？」

「梟雄。」卓青說：「英雄無淚，梟雄無情。」

卓東來的眼中忽然有寒光暴射而出，盯著卓青看了很久，才冷冷的問：「高漸飛如果沒有那麼說，朱猛是不是就會殺了你？」

「他也不會。」

「爲什麼？」

卓青的聲音冷淡而平靜：「因爲在他的心目中，蝶舞的命比我珍貴得多。」

六

黃昏。黃昏後。

屋子裡已經很暗了，卻還沒有點燈，蝶舞一向不喜歡點燈。

——這是不是因爲她生怕自己會變得像飛蛾一樣撲向火燄？

爐中有火光閃動，蝶舞站在爐火旁，慢慢的脫下了她身上的衣服。

她的胴體晶瑩柔潤，潔白無瑕。

門被推開，她知道有人進來了，可是她沒有回頭，因爲除了卓東來之外，沒有人敢走入這間屋子。

她彎下腰，輕揉自己的腿。

甚至連她自己都可以感覺到她腿上肌肉的彈性，是多麼容易挑逗起人們的情慾。

沒有人能抗拒這種挑逗，從來都沒有。

所以她奇怪。

卓東來一直都在看她，可是一直到現在還沒有任何動作。

輕盈的舞衣，輕如蟬翼，穿上它就像是穿上一層月光，美得朦朧，朦朧中看來更美，更令人難以抗拒。

卓東來居然還是站在她身後沒有動。

蝶舞終於忍不住回過頭，手裡剛拈起的一朵珠花忽然掉落在地上。

剛才進來的人居然不是卓東來。

她回過頭，就看見一個臉色蒼白的少年站在她面前看著她。

蝶舞很快就恢復了鎮定。

她想不到除了卓東來之外，還有人敢闖入這間屋子，可是她已經被人看慣了。

唯一讓她覺得不習慣的是，這個年輕人看著她時的眼光和任何人都不同。

別人看到她赤裸的胴體和她的一雙腿時，眼中都好像有火燄在燃燒。

這個年輕人的眼睛卻冷如冰雪岩石刀鋒。

卓青看著蝶舞，就好像在看著一團冰雪、一塊岩石、一柄刀鋒。

蝶舞也在看著他，看了很久很久，還看不出這個年輕人的表情有一點變化。

「你是誰？」蝶舞忍不住問他：「你能不能告訴我，你是誰？」

「卓青，我叫卓青。」

「你是不是人？是不是個有血有肉的人？」

「我是。」

「你是不是瞎子？」

「不是。」

「你有沒有看見我？」

「我看見了。」卓青說：「你全身上下每個地方我都看得很清楚。」

他的聲音冷漠而有禮，完全不動感情，完全沒有一點譏誚猥褻的意思。

因爲他只不過在敘說一件事實而已。

蝶舞笑了，帶著笑嘆了口氣，嘆著氣問卓青：

「你難道從來不會說謊？」

「有時會，有時不會。」卓青道：「沒有必要說謊的時候，我一向說實話。」

「現在你沒有必要說謊？」

「完全沒有。」

蝶舞又嘆了口氣：「你說你把我全身上下每個地方都看清楚了，你不怕老卓挖出你的眼珠子來？」

卓青靜靜的看著她，過了很久才一個字一個字的說：「現在他已經不會這麼樣做了。」

蝶舞看起來彷彿完全沒有反應，其實已完全明白了他的意思。

「現在他已經不會這麼樣做了。」她問卓青：「是不是因爲他已經把我讓給了你？」

卓青搖頭。

蝶舞又問：「不是你？是別人？」

卓青沉默。

「他實在大方得很。」蝶舞的聲音充滿譏誚：「碰過我的男人從來沒有一個捨得把我讓出去。」

她輕輕嘆息：「這實在很可惜。」

「可惜？」

「我是在替你可惜，他實在應該把我讓給你的。」蝶舞說：「你這一輩子再也不會遇到第二個像我這樣的女人。」

「哦？」

「我也在替我自己可惜，」蝶舞看著卓青：「你年輕，你是個很好看的男孩子，我一向最喜歡你這麼大的男孩子，你們好像永遠都不會累的。」

她的眼波漸漸朦朧，嘴唇漸漸潮濕，忽然慢慢的走過來，解開了她的舞衣，把她柔軟光滑溫暖的胴體赤裸裸的緊貼在卓青身上。

她的腰肢在扭動，喉間在低低喘息呻吟。

卓青居然沒有反應。

蝶舞喘息著，伸手去找他的，可是她的手立刻被握住，她的人也被拋起。

卓青拋球般將她拋在床上，冷冷的看著她：「你可以用各種法子來折磨自己、侮辱自己，隨便你用什麼法子都行。」卓青冷冷的說：「可是我不行。」

「你不行？」蝶舞又笑了，瘋狂般大笑：「你不是男人？」

「你想激怒我也沒有用的。」卓青說：「我絕不會碰你。」

「爲什麼？」

「因爲我也是男人，我不想以後每天晚上都要想著你在下面的樣子來折磨自己。」

「只要你願意，以後每天晚上你都可以抱著我睡覺的。」

卓青微笑，笑容卻像是用花崗石刻出來的：「我也曾這麼樣想過。」他帶著微笑說：「只可惜我也知道那些想每天抱著你的男人是什麼下場。」

蝶舞不笑了，眼中忽然露出種無法描敘的悲傷。

「你說得對。」她幽幽的說：「那些想每天抱著我的男人就算還沒有死，也在受活罪。」她的聲音已因痛苦而嘶啞：「幸好那些人不是混蛋就是白癡，不管他們受什麼樣的罪都活該。」

「朱猛呢？」卓青忽然問她：「朱猛是混蛋還是白癡？」

蝶舞站起來，凝視著爐中閃動的火燄，過了很久，忽然冷笑：

「你以爲朱猛會想我？你以爲朱猛會爲我難受、傷心？」

「他不會？」

「他根本就不是人。」蝶舞聲音中充滿恨意：「就像卓東來一樣不是人。」

「難道他對你根本不在乎？」

「他在乎什麼？」蝶舞說：「他只在乎他的聲名、他的地位、他的權力，就算我死在他面前，他也不會掉一滴眼淚。」

「真的？」

「在他的眼裡，我也不是人，只不過是玩物而已。就像是孩子玩的泥娃娃，他高興的時候，就拿起來玩玩，玩厭了就丟在一邊，有時候甚至會一連好幾天都不跟我說一句話。」

「就因爲他這麼樣對你，所以你才會乘我們突襲雄獅堂的時候溜走？」

「我也是人。」蝶舞問卓青：「有沒有人願意被別人當作玩物？」

「沒有。」

卓青淡淡的說：「可是你有沒有想到過，你也許看錯了他？」

「什麼事看錯了他？」

「像他那樣的男人，就算心裡對人很好，也未必會表露出去的。」卓青說：「我知道有很多人都很不會表露自己的情感，尤其是對自己喜歡的女人。」

「爲什麼？」

「也許是因爲他們覺得在女人面前，作出深情款款的樣子就沒有男子漢大丈夫的氣概了。」卓青說：「也許是因爲他們根本就不懂得要怎麼樣做。」

「朱猛不是這種人。」蝶舞說得截釘斷鐵：「這種事他比誰都懂，比誰都會做。」

「哦？」

「他對別人好的時候，做出來的事比誰都漂亮。」蝶舞說：「他爲別人做的那些事，有時候連我都會覺得肉麻。」

「可是你不是別人。」卓青說：「你是跟別人不同的。」

「爲什麼不同？」

「因爲你是他的女人，也許他認爲你應該知道他對你是跟別人不同的。」

「我不知道。」蝶舞說：「一個男人如果真的喜歡一個女人，就應該讓她知道。」

「也許你還不瞭解他。」

「我不瞭解他！」蝶舞又冷笑：「我跟他一起抱著睡覺睡了三四年，我還不瞭解他？」

卓青臉上又露出那種岩石般僵冷的微笑。

「你當然很瞭解他，而且一定比我們這些人都瞭解得多。」

夜色已臨，屋子裡已經沉默了很久，蝶舞才輕輕的嘆了口氣。

「今天我說的話是不是已經太多了？」

「是的。」卓青說：「所以現在我們已經應該走了，我本來就是要來帶你走的。」

「你要帶我到哪裡去？」

卓青一個字一個字的說：「難道你忘了？你已經答應卓先生今夜要去爲他一舞。」

十二 縱然一舞也銷魂

一

二月二十三。

洛陽。

風雪滿天。

司馬超群戴斗笠，披風氈，鞭快馬，冒著這個冬季的最後一次風雪衝出洛陽，奔向長安。

他知道朱猛現在很可能已經到了長安。

大鏢局的實力雖然雄厚，可是力量太分散，大鏢局旗下的一流好手，大多是雄據一方的江湖大豪，卻不會輕易離開自己的根據地到長安去。

朱猛這次帶到長安去的人，卻都是以一當十的死士，都沒有打算活著回洛陽來。

卓東來也一定會看出這一點，絕不會和朱猛正面硬戰。

可是他一定有方法對付朱猛，他用的方法一定極有效。

機詐、殘酷、卑鄙，可是絕對有效。

沒有人比司馬超群更瞭解卓東來。

他只希望能及時趕回去，能夠及時阻止卓東來做出那種一定會讓他覺得遺憾終生的事。

他已經爬得夠高了，已經覺得非常疲倦。

他實在不想再踩著朱猛的軀體，爬到更高一層樓上去。

卓東來會用什麼方法對付朱猛和小高？

司馬超群還沒有想到，也沒有認真去想過。滿天雪花飛舞，就像是一隻隻飛舞著的蝴蝶。

他的心忽然沉了下去，因爲他已經知道卓東來用的是什麼法子了。

二

同日，長安。

長安居。

長安居的第一樓在一片冷香萬朵梅花間。

樓上沒有升火，升火就俗了，賞梅要冷，越冷越香，越冷越雅。

這種事當然只有那擁貂裘飲醇酒，從來不知飢寒爲何物的人才會明白，終年都吃不飽穿不暖的人當然是不會懂的。

「想不到兩位居然比我來得還早。」

卓東來上樓時，朱猛和小高已經高坐在樓頭，一罈酒已經只剩下半罈。

「伸頭也是一刀，縮頭也是一刀，既然是來定的了，爲什麼不早點來，先把這裡不要錢的好酒喝他娘的一個痛快。」

「是，朱堂主說的是，是早點來的好。」卓東來微笑：「來得越早，看到的越多。」

他將樓上窗戶一扇扇全都推開：「除了這滿園梅花外，朱堂主還看到了什麼？」

「還看到了一大堆狗屎。」朱猛咧開大嘴：「也不知是從哪裡竄出來的野狗拉出來的。」

卓東來神色不變，也不生氣。

「這一點我也不太清楚了。」他說：「只不過我倒可以保證，那條野狗絕不是我佈下的埋伏，也不是從大鏢局來的。」

「你怎麼知道牠不是從大鏢局來的？」朱猛冷笑：「你問過牠？你們談過話？」

卓東來仍然面帶微笑。

「有些事是不必問的。」卓東來道：「譬如說朱堂主看到了一堆狗屎，就知道那是狗拉的屎，也不必再去問那堆屎是不是狗拉出來的，狗和狗屎都一樣不會說話。」

朱猛大笑。

「好，說得好，老子說不過你。」他大笑舉杯：「老子只有跟你喝酒。」

「喝酒我也奉陪。」

卓東來也舉杯一飲而盡：「只不過有件事你我心裡一定很明白。」

「什麼事？」

「朱堂主肯賞光到這裡來，當然並不是只爲了要來喝幾杯水酒。」

「哦？」

「朱堂主到這裡來，只不過是為了要看看我卓東來究竟想玩什麼把戲。」

朱猛又大笑：「這一次你又說對了，說得真他娘的一點都不錯。」

他的笑聲忽然停頓，一雙佈滿血絲的大眼中，擊出了閃電般的厲光，厲聲問卓東來：「你究竟想玩什麼把戲？」

「其實也沒有什麼把戲，就算有，玩把戲的人也不是我。」

「不是你是誰？」

卓東來又倒了杯酒，淺淺的啜了一口，然後才用他那種獨特的口氣一個字一個字的說：

「今天晚上我請朱堂主到這裡來，只不過因為有個人今夜要為君一舞。」

朱猛的臉色驟然變了。

在這一瞬間，他心裡是什麼感覺？

沒有人能瞭解，也沒有人能形容，刀刮、針刺、火炙，都不足以形容。

卓東來卻已向小高舉杯。

「蝶舞之舞，冠絕天下，絕不是輕易能看得到的，你我今日的眼福都不淺。」

小高沉默。

卓東來笑了笑：「只不過今夜我請高兄來看的，並不是這一舞。」

「你要我來看的是什麼？」

「是一個人。」卓東來一個字一個字的說：「一位高兄一定很想看到的人。」

小高的臉色也變了。

——一個連姓名都不知道的女人，一段永生都不能忘懷的感情。

卓東來悠然而笑：「高兄現在想必已經猜出我說的這個人是誰了。」

「啵」的一聲響，小高手裡的酒杯粉碎，碎片一片片刺入掌心。

朱猛忽然虎吼一聲，伸出青筋凸起的大手，一把揪住了卓東來的衣襟：「她在哪裡？你說的那個人在哪裡？」

卓東來動也不動，冷冷的看著他的手，直等這隻手放鬆了他的衣襟，他才慢慢的說道：「我說的人很快就會來了。」

這句話他好像是對朱猛說的，可是他的眼睛卻在看著小高。

三

這時候已經有一輛發亮的黑漆馬車在長安居的大門外停下。

園林中隱隱有絲竹管弦之聲傳出來，樂聲淒美，伴著歌聲低唱，唱的是人生的悲歡離合，歌聲中充滿了一種無可奈何的悲傷。

「春去又春來，花開又花落；

到了離別時，有誰能留下？」

蝶舞癡癡的坐在車廂裡，癡癡的聽著，風中也不知從哪裡吹來一片枯死已久的落葉，蝴蝶般輕輕的飄落在雪地上。

她推開車門走下來，拾起這片落葉，癡癡的看著，也不知看了多久。

也不知從哪裡滴落下一滴水珠，滴落在這片落葉上，也不知是淚還是雨？看起來卻像是春日百花盛放時綠葉上晶瑩的露珠一樣。

四

冷香滿樓、冷風滿樓，朱猛卻將衣襟拉得更開，彷彿想要讓這刀鋒般的冷風刺入他心裡。

他和小高都沒有開口。那種又甜又濃，又酸又苦的思念，已經堵塞住他們的咽喉。

一個白髮蒼蒼的瞽目老人，以竹杖點地，慢慢的走上樓來。

一個梳著條大辮子的小姑娘，牽著老人的衣角，跟在他身後。

老人持洞簫，少女抱琵琶，顯然是準備來爲蝶舞伴奏的樂者，老人滿佈皺紋的臉上雖然全無表情，可是每條皺紋裡都像是一座墳墓，埋葬著數不清的苦難和悲傷。

人世間的悲傷事他已看得太多。

少女卻什麼都沒有看見過，因爲她也是個瞎子，一生下來就是個瞎子，根本就沒有看見過光明，根本就不知道青春的歡樂是什麼樣子的。

這麼樣的兩個人，怎麼能奏得出幸福和歡樂？

老人默默的走上來，默默的走到一個他熟悉的角落裡坐下。

他到這裡已經不是第一次了，每一次來奏的都是悲歌。

爲一些平時笑得太多的人來奏悲歌，用歌聲來挑起他們心裡一些秘密的痛苦。

這些人也願意讓他這麼樣做。

——人類實在是種奇怪的動物，有時竟會將悲傷和痛苦當作種享受。

樓下又有腳步聲傳來了。

很輕的腳步聲，輕而震動。

聽見這腳步聲，小高的人已掠過桌子，竄向樓梯口，衝了下去。

朱猛卻沒有動。

他的全身彷彿都已僵硬，變成了一具已經化成了岩石的屍體，上古時死人的屍體。

一個連姓名都不知道的女人，一段永生都不能忘懷的感情。

小高本來以爲自己永遠見不到她了，可是現在她已經在他眼前。

——這是不是夢？

她也看到了他。

她癡癡的看著他，也不知是驚奇？是歡喜？是想迎上去？還是想逃避？

小高沒有讓她選擇。

他已經衝上去，拉住了她，用兩隻手拉住了她的兩隻手。

這不是夢，也不是幻覺。

他手裡的感覺是那麼溫暖充實，他心裡的感覺也是那麼溫暖充實。

「那天你爲什麼要走？到哪裡去了？怎麼會到這裡來的？」

這些話小高都沒有問。

只要他們能夠相見，別的事都不重要。

「你來了，你真的來了，這次我再也不會讓你走了。」

他拉住她，倒退著一級級走上樓梯，他的眼睛再也捨不得離開她的臉。

忽然間，她的臉上起了種誰都無法預料的變化。

她的瞳孔突然因恐懼而收縮，又突然擴散，整個人都似已崩潰虛脫。

——她看見了什麼？

小高吃驚的看著她，本來想立刻回頭去找她看見的是什麼。

可是他自己臉上忽然也起了種可怕的變化，彷彿忽然想到了一件極可怕的事，過了很久很久很久之後，才敢回頭。

他回過頭，就看見了朱猛。

朱猛臉上的表情看來就像是隻野獸，一隻已落入獵人陷阱的野獸，悲傷憤怒而絕望。

他在看著的人，就是小高拉上樓來的人。

蝶舞。

忽然間小高已經完全明白了。

蝶舞。

這個他魂牽夢縈永難忘懷的女人，就是朱猛魂牽夢縈永難忘懷的蝶舞。

——命運爲什麼如此殘酷！

這不是命運，也不是巧合，絕對不是。

卓東來看著他們，眼中的笑意就像是一個邪神，在看著愚人們爲他奉獻的祭禮。

手冰冷。

每個人的手都是冰冷的。

小高放開了蝶舞冰冷的手，又開始往後退，退入了一個角落。

朱猛的眼睛現在已經盯在他臉上，一雙滿佈血絲的大眼就像是已經變成了一柄長槍。

一柄血淋淋的長槍。

小高死了。

他的人雖然還沒有死，可是他的心已經被刺死在這柄血淋淋的長槍下。

但是死也不能解脫。

——朱猛會怎麼樣對他？他應該怎麼樣對朱猛？

小高不敢去想，也想不出。他根本就無法思想。

他唯一能做的一件事就是「走」。

想不到就在他準備要走的時候，忽然有人叫住了他：「等一等。」

小高吃驚的發現蝶舞居然已完全恢復了冷靜，居然已不怕面對他。

「我知道你要走了，我也知道你非走不可。」蝶舞說：「可是你一定要等一等再走。」

她的態度冷靜而堅決，她的眼睛裡彷彿有一種可以使任何人都不能拒絕她的力量。

一個人只有在對所有的一切事都全無所懼時，才會產生這種力量。

蝶舞又轉身面對朱猛：「我記得你曾經說過，在我要起舞時，誰也不能走。」

朱猛的雙拳緊握，就好像要把這個世界放在他的手掌裡捏碎，把所有的一切全都毀滅。

卓東來卻笑了，陰惻惻的微笑著問蝶舞：「你還能舞？」

「你有沒有看見過吐絲的春蠶？」蝶舞說：「只要牠還沒有死，牠的絲就不會盡。」

她說：「我也一樣，只要我還活著，我就能舞。」

卓東來拊掌：「那就實在好極了。」

狐氅落下，舞衣飄起。

一直默默坐在一隅的白頭樂師忽然也站了起來，憔悴疲倦的老臉看來就像是一團揉皺了的黃紙。

「我是個瞎子，又老又瞎，心裡已經有很久沒有想起過一點能夠讓我覺得開心的事，所以我爲大爺們奏的總是些傷心的樂曲。」他慢慢的說：「可是今天我卻要破例一次。」

「破例爲我們奏一曲開心的調子？」卓東來問。

「是的。」

「今天你有沒有想起什麼開心的事？」

「沒有。」

「既然沒有，爲什麼要破例？」

白頭樂師用一雙根本什麼都看不見的瞎眼，凝視著遠方的黑暗，他的聲音沙啞而哀傷：「我雖然是個瞎子，又老又瞎，可是我還是能感覺到今天這裡的悲傷事已經太多了。」

「琤琮」一聲，琵琶響起，老者的第一聲就像是一根絲一樣引動了琵琶。一根絲變成了無數根，琵琶的弦聲如珠落玉盤。

每一根絲，每一粒珠，都是輕盈而歡愉的，今天他所奏的不再是人生中那些無可奈何的悲傷。

他所奏的是生命的歡樂。

蝶舞在舞。

她的舞姿也同樣輕盈歡愉，彷彿已把她生命中所有的苦難全都忘記。

她的生命已經和她的舞融爲一體，她已經把她的生命融入她的舞裡。

因爲她的生命中剩下來的已經只有舞。

因爲她是舞者。

在這一刻間，她已不再是那個飽經滄桑，飽受苦難的女人，而是舞者，那麼高貴、那麼純潔、那麼美麗。

她舞出了她的歡樂與青春，她的青春與歡樂也在舞中消逝。

「寶劍無情，莊生無夢；

為君一舞，化作蝴蝶。」

彈琵琶的老人忽然流下淚來。

他奏的是歡愉的樂曲，可是他空虛的瞎眼裡卻流下淚來。

他看不見屋子裡的人，可是他感覺得到。

——多麼悲傷的人，多麼黑暗。

他奏出的歡愉樂聲只有使悲傷顯得更悲傷，他奏出的歡愉樂曲就好像已經變得不是樂曲，而是一種諷刺。

又是「琤」的一響，琵琶弦斷。

舞也斷了。

蝶舞就像是一片落葉飄落在卓東來足下，忽然從卓東來的靴筒裡抽出一把刀。

一把寶石般耀眼的短刀。

她抬起頭，看了朱猛一眼，又轉過頭，看了小高一眼。

她手裡的短刀已落下，落在她的膝蓋上。

血花濺起。

刀鋒一落下，血花就濺起。

她的一雙腿在這把刀的刀鋒下，變得就好像是兩段腐爛了的木頭。

刀鋒一落下，她就已不再是舞者，這個世界上永遠都沒有斷腿的舞者。

那麼美的腿，那麼輕盈、那麼靈巧、那麼美。

十三　屠場

一

二月二十四。

長安。

黎明之前。

天空一片黑暗，比一天中任何時候都黑暗。高漸飛一個人坐在黑暗中，冷得連血都彷彿已結冰。

「我沒有錯。」他一直不斷的告訴自己：「我沒有對不起朱猛，也沒有對不起她，我沒有錯。」

愛的本身並沒有錯。無論任何一個人愛上另外一個人都不是錯。

他愛上蝶舞時，根本不知道蝶舞是朱猛的女人，他連想都沒有想到過。

可是每當他想起朱猛看到蝶舞時面上的表情，他心裡就會有種刀割般的歉疚悔恨之意。

所以他走了。

他本來也想撲過去，抱住血泊中的蝶舞，把所有的一切全都拋開，抱住這個他一生中唯一的女人，照顧她一輩子，愛她一輩子，不管她的腿是不是斷了，都一樣愛她。

可是朱猛已經先撲過去抱住了她，所以他就默默的走了。

他只有走。

——他能走多遠？該到什麼地方去？要走多遠才能忘記這些事？

這些問題有誰能替他回答？

距離天亮的時候越近，大地彷彿越黑暗，小高躺下來，躺在冰冷的雪地上，仰視著黑暗的穹蒼。

然後他就閉上了眼睛。

——既然睜開眼睛也只能看到一片黑暗，閉上眼睛又何妨？

「這樣子會死的。」

他才剛閉上眼睛，就聽見一個人冷冷的說：「今年冬天長安城裡最少也有四、五個人是這樣子凍死的，凍得比石頭還硬，連野狗都啃不動。」

小高不理他。

——既然活得如此艱苦，死了又何妨？

可是這個人偏偏不讓他死。

他的下顎忽然被扭開，忽然感覺到有一股熱辣辣的東西衝入了他的咽喉，流進了他的胃。

他的胃裡立刻就好像有一團火燄在燃燒，使得他全身都溫暖起來。

他睜開眼，就看見一個人石像般站在他面前，手裡提著口箱子。

一個不平凡的人，一口不平凡的箱子。

這個人如果想要一個人活下去，無論誰都很難死得了，就正如他想要一個人死的時候，無論誰都很難活得下去。

小高明白這一點。

「好酒。」他一躍而起，盡力作出很不在乎的樣子：「你剛才給我的是不是瀘州大麴？」

「好像是。」

「這種事你是瞞不過我的，別人在吃奶的時候我就已經開始喝酒了。」小高大笑，好像真的笑得很愉快：「有人天生是英雄，有些人天生是劍客，另外還有些人天生就是酒鬼。」

「你不是酒鬼，」這個人冷冷的看著小高：「你是個混蛋。」

小高又大笑：「混蛋就混蛋，混蛋和酒鬼有什麼分別？」

「有一點分別。」

「哪一點？」

「你看過就知道了。」

「看什麼？」小高問：「到哪裡去看？」

這個人忽然托住他的脅，帶著他飛掠而起，掠過無數重屋脊後才停下。

「這裡。」他說：「就是到這裡來看！」

這裡是一座高樓的屋脊，高樓在一片廣闊的園林中。

這座高樓就是長安居的第一樓。

二

天已經快亮了，在灰濛濛的曙色中看過去，花依舊紅得那麼高傲、那麼艷麗，奇怪的是，雪地上彷彿也飄落了一地的花。

「如果你認爲那是花，你就錯了。」提著箱子的人說：「那不是花，那是血。」

小高的心在往下沉。

他知道那是血，也知道那是什麼人的血。

朱猛來的時候，已經將他屬下的死士埋伏在這裡，已經準備和卓東來決一死戰。

「可是你們也應該想到，卓東來也不會沒有準備。」提著箱子的人說：「這裡沒有他的人，只因爲他的人都在外面，他知道你們要把人手埋伏在這裡，所以就在外面把你們包圍。」

這一次卓東來屬下一共出動了三百二十人，都是他這兩天裡所能調集來的最佳人手。

「他們的人雖然幾乎比你們多幾倍，卓東來卻還是不敢輕舉妄動。」

「因爲他知道雄獅堂這次來的人都是不怕死的好漢，都是來拚命的。」

「拚命？」提箱子的人冷笑：「你以爲拚命就一定有用？」

他問小高：「如果你要跟我拚命會不會有用？我會不會嚇得不敢動手？」

他的問題尖銳而無情，令人根本無法回答，他也不準備要小高回答。

「有時拚命只不過是送死而已。」他說：「卓東來怕的絕不是那些人。」

「他怕的是誰？」

「是你！」

小高笑了，苦笑：「你難道忘了我和司馬在大雁塔下的那一戰？」

「可是司馬不在長安。」

「他在哪裡？」

「在洛陽。」提箱子的人說：「他不是卓東來那樣的人，他也有朱猛的豪氣，只不過他受到的牽制太多而已。」

「哦？」

「要做一個不敗的英雄絕不是件容易事。司馬超群的日子並不好過。」

提箱子的人在爲司馬嘆息，因爲他自己心裡也有同樣的感觸。

「司馬不在長安，以卓東來一人之力，怎麼能對付你和朱猛？如果他的手下先動手，你們會不會放過他？」

小高看著雪地上落花般的血跡，背脊上忽然冒出了冷汗。

如果不是因爲蝶舞，當時他和朱猛的確有很好的機會把卓東來斬殺於酒筵前。

「那是你們唯一的一次機會，卻被你們輕輕放過了，因爲你走了。」提箱子的人說：「你當然應該走的，因爲你是條男子漢，當然不會爲了一個女人和朱猛翻臉。」

他的聲音冷銳如尖刺：「可是你有沒有想到過，你走的時候，正好是朱猛最需要你的時候？你把一個斷了腿的女人留給朱猛，就認爲自己已經是個很夠義氣的朋友，可是我卻認爲你對卓東來更夠朋友，因爲你把朱猛和雄獅堂的八十六個兄弟都留給了他。」

小高說不出話，連一個字都說不出，全身衣服都已被冷汗濕透。

「所以他們只有跟卓東來的人拚命了，只可惜拚命並不是一定有用的。」提箱子的人說：「你走了之後，這裡就變成了個屠場。」

他淡淡的問小高：「你知不知道屠場是什麼樣子的？」

小高慢慢的抬起頭，盯著他，聲音已因悲痛而嘶啞。

「我不知道，你知道？」

「我當然知道，因爲那時候我也在這裡。」

「你就坐在這裡，看著那些人像牛羊般被宰殺？」

「我不但在看，而且看得很清楚，每一刀砍下去的時候，我都看得很清楚。」

「你是不是看得很愉快？」

「並不太愉快，也不太難受。」提箱子的人淡淡的說：「因爲這本來就是你的事，跟我一點關係都沒有。」

小高一直在抑制著的憤怒，終於像洪爐炸開時的火餤般迸出。

「你是不是人？」

「我是。」

「既然你是人，怎麼能坐在這裡看著別人像牛羊般被人宰殺？」小高厲聲向這個好像永遠都不會動一點情感的人說：「你爲什麼不救救他們？」

這個人笑了，帶著種可以讓人連骨髓都冷透的笑意反問小高：「你爲什麼不留下來救救他們，爲什麼要一個人去躺在雪地上等死？」

小高的嘴閉住。

「如果你真的要死，也用不著自己去找死，因爲卓東來已經替你安排好了。」這個人淡淡的說：「我知道他已經替你找到了一個隨時都可以送你去死的人。」

「要送我去死也不是件容易事。」小高冷笑：「他找的是誰？」

「能送你去死的人確實不多，可是他找的這個人殺人從未失手過。」

「哦？」

「你當然也知道，江湖中有些人是以殺人爲生的，價錢要得越高的，失手的可能越少。」

「他找的這個人是不是價錢最高的？」

「是。」

「你也知道這個人是誰？」

「我知道。」提箱子的人說：「他姓蕭，劍氣蕭蕭的蕭，他的名字叫蕭淚血。」

「你就是蕭淚血？」

「是的。」

小高已經完全冷靜了下來，只有這種尖針般的刺激，才能使他自悲痛歉疚迷亂中驟然冷靜。

晨霧剛升起，他靜靜的看著這個比霧還神秘的人，輕輕的嘆息了一聲。

「這實在是件很遺憾的事，我實在想不到你還要爲錢而殺人。」

「我也想不到，我已經很久沒有爲錢殺過人了。」蕭淚血說：「這種事並不有趣。」

「這次你為什麼要破例？」

蕭淚血沒有直接回答這句話，灰黯的冷眼裡卻露出種霧一般的表情。

「每個人身上都有條看不見的繩子，他一生中大部分時候也都是被這條繩子緊緊綁住的。」蕭淚血說：「有些人的繩子是家庭妻子兒女，有些人的繩子是錢財事業責任。」

他也凝視著小高：「你和朱猛這一類的人，雖然不會被這一類的繩子綁住，可是你們也有你們自己為自己做出來的繩子。」

「感情。」蕭淚血說：「你們都太重感情，這就是你們的繩子。」

「你呢？」小高問：「你的繩子是什麼？什麼樣的繩子才能綁得住你？」

「是一張契約。」

「契約？」小高不懂：「什麼契約？」

「殺人的契約。」

蕭淚血的聲音彷彿已到了遠方：「現在我雖然是個富可敵國的隱士，二十年前我卻只不過是個一文不名的浪子，就像你現在一樣，沒有朋友，沒有親人，沒有根，除了這口箱子外，什麼都沒有。」

「這口箱子是件殺人的武器，所以你就開始以殺人為生？」

「我殺的人都是該殺的，我不殺他們，他們也會死在別人手裡。」蕭淚血說：「我要的價格雖高，信用卻很好，只要訂下了契約，就一定會完成。」

他的聲音中充滿諷刺，對自己的諷刺：「就因為這緣故，所以我晚上從來不會睡不著覺。」

「只不過後來你還是洗手了。」小高冷冷的說：「因爲你賺的錢已夠多。」

「是的，後來我洗手了，卻不是因爲我賺的錢已經夠多，而是因爲有一天晚上我殺了一個人之後，忽然變得睡不著了。」

蕭淚血握緊他的箱子：「對於幹我們這一行的人來說，這才是最可怕的事。」

「你那條繩子是怎麼留下來的？」

「那張契約是我最早訂下來的，契約上註明，他隨時隨地都可以要我去爲他殺一個人，無論在什麼時候要我去殺什麼人，我都不能拒絕。」

「這張契約一直都沒有完成？」

「一直都沒有。」蕭淚血說：「並不是因爲我不想去完成它，而是因爲那個人一直都沒有要我去做這件事。」

「所以這張契約一直到現在還有效？」

「是的。」

「你爲什麼要訂這麼樣一張要命的契約？」小高嘆息：「他出的價錢是不是特別高？」

「是的。」

「他給了你多少？」小高問。

「他給了我一條命。」

「誰的命？」

「我的。」

蕭淚血說：「在我訂那張契約的時候，他隨時隨地都可以殺了我。」

「要殺你也不是件容易事。」小高又問：「這個人是誰？」

蕭淚血拒絕回答這問題。

「我只能告訴你，現在這張契約已經送回來給我了，上面已經有了一個人的名字。」

「一個要你去殺的人？」

「是的。」

「這個人的名字就是高漸飛？」

「是的。」

蕭淚血靜靜的看著高漸飛，高漸飛也在靜靜的看著他，兩個人都平靜得出奇。就好像殺人和被殺都只不過是件很平常的事。

過了很久很久之後小高才問蕭淚血：

「你知不知道朱猛的屍體在哪裡？」他說：「我想去祭一祭他。」

「朱猛還沒有屍體。」蕭淚血說：「他暫時還不會死。」

小高的呼吸彷彿停頓了一下子：「這一次他又殺出了重圍？」

「不是他自己殺出去的，是卓東來放他走的。」蕭淚血說：「他本來已經絕無機會。」

「卓東來爲什麼要放他走？」

「因爲卓東來要把他留給司馬超群。」蕭淚血說：「朱猛的死，必將是件轟動江湖的大事，這一類的事卓東來通常都會留給司馬超群做的。」

他慢慢的接著道：「要造就一位英雄也很不容易。」

「是的。」小高說：「確實很不容易。」

說完了這句話，兩個人又閉上了嘴，遠方卻忽然有一股淡淡的紅色輕煙升起，在這一片灰濛濛的曙色中看來，就像是剛滲入冰雪中的一縷鮮血。

輕煙很快就被吹散了，蕭淚血用一種很奇怪的聲音對小高說：「我要到一個很特別的地方去，你也跟我來。」

那股紅色的輕煙是從哪裡升起的？是不是象徵著某種特別的意思？

——是一種訊號？還是一種警告？

那個特別的地方究竟是什麼地方？蕭淚血爲什麼要帶小高到那裡去？有很多人殺人時都喜歡選一個特別的地方，難道那裡也是個屠場？

這裡不是屠場，看來也沒有什麼特別。這裡只不過是個小小的土地廟而已，建築在一條偏僻冷巷中的一個小小土地廟。

廟裡的土地公婆也已被冷落了很久了，在這酷寒的二月凌晨，當然更不會有香火。

小高默默的站在蕭淚血身後，默默的看著這一雙看盡了世態炎涼，歷盡了滄海桑田卻始終互相廝守在一起的公婆，心裡忽然覺得有種說不出的寂寞。

他忽然覺得這一雙自古以來就不被重視的卑微小神，遠比那些高據在九天之上，帶著萬丈金光的仙佛神祇都要幸福得多。

——蝶舞，你爲什麼會是蝶舞？爲什麼不是另外一個女人？

他一直都沒有問起過她的生死下落。

他不能問。

因爲她本來就不屬於他，他只希望自己能把他們廝守在一起的那幾天當作一個夢境。

三

這地方有什麼特別？蕭淚血爲什麼要帶他到這裡來？來幹什麼？

小高沒問，蕭淚血卻說：「他們全都知道。」他說：「那段日子裡，我做的每件事他們全都知道。」

「他們？」小高問：「他們是誰？」

「他們就是他們，」蕭淚血看著龕中的神像：「就是這一對土地公公和土地婆婆。」

小高不懂，蕭淚血也知道他不懂。

「二十年前，夠資格要我去殺人的人，都知道這個地方，也都會到這裡來，留下一個地名，一個人名。」蕭淚血解釋：「地名是要我去拿錢的地方，人名是我要去殺的人。」

——一個冷僻的土地廟，一個隱密的角落，一塊可以活動的紅磚，一卷被小心捲起的紙條，一筆非常可觀的代價，一條命！

多麼簡單，又多麼複雜。

「如果我認爲那個人是應該殺的人，我就會到他們留下名字的那個地方去，那裡就會有一筆錢等著我。」蕭淚血說：「只有錢、沒有人，我的主顧們從來都沒有見過我的真面目。」

「死在你手裡的那些人呢？」

「能夠讓人不惜花費這麼高的代價去殺他的人，通常都有他該死的理由。」蕭淚血說：「所以這個小小的土地廟，很可能就是長安城裡交易做得最大的一個地方。」

他的聲音裡又充滿譏誚：「我們這一行本來就是人類最古老的行業之一，甚至可以算是男人所能做的行業中，最古老的一種。」

小高明白他的意思。

女人所能做的行業中，有一行遠比這一行更古老，因爲她們有最原始的資本。

「十六年，十六年零三個月，多麼長的一段日子。」蕭淚血輕輕嘆息：「在這段日子裡，有人生、有人老、有人死，可是這地方卻好像連一點變化都沒有。」

「這十六年來你都沒有到過這裡？」

「直到前天我才來。」

「過了十六年之後，你怎麼會忽然又來了？」小高問蕭淚血。

「因爲我又看到了十六年前被江湖中人稱爲『血火』的煙訊。」

「就是我們剛才看到的那股紅煙？」

「是的。」

蕭淚血接著說：「血火一現，江湖中就必定有一位極重要的人突然暴斃，所以，又有人稱它爲『死令』，勾魂的死令，」他又解釋：「找我的人到這裡來過之後，就要到城外去發放這種紅色的煙火，每天凌晨一次，連發三次。你剛才看見的已經是第三次了。」

「所以你前天已經來過，已經接到了那張不能不完成的契約？」

「是的。」

「用你的一條命來換這張契約的人就是卓東來？」小高問。

「不是他。」蕭淚血冷笑：「他還不配。」

「但是你卻知道這是卓東來的意思？」

「我知道，我當然知道。」蕭淚血說的話很奇怪：「自從那個人忽然自人間消失之後，我一直想不通他躲到哪裡去了，直到現在我才知道。」

他說的「那個人」，無疑就是和他訂立這張契約的人。

——這個人究竟是誰？是不是和卓東來有某種神秘的關係？

這些事小高都不想問了。他本來已經很疲倦，疲倦得整個人都似乎已將虛脫，可是現在精神卻忽然振奮起來。

「我知道現在我還不是你的對手，能死在你的手裡，我也死而無憾，因為那至少總比死在別人手裡好。」小高說：「可是你要殺我也不容易。」

他盯著蕭淚血手裡的箱子：「你要殺我，至少也得先打開你這口箱子，在我拔出我的這柄劍之前，就打開這口箱子。」

他的劍也在他的手裡，已經不再用青布包著，一入長安，他就已隨時準備拔劍。

蕭淚血慢慢地轉過身，盯著小高這隻握劍的手，眼中忽然露出種非常奇怪的表情。

他提著箱子的那隻手，指節忽然發白，手背上忽然有青筋暴起。

——寶劍初出，神鬼皆忌。

——劍上的淚痕是誰的淚痕？

——蕭大師的。

——寶劍已鑄成，他爲什麼要流淚？

——因爲他已預見到一件災禍，他已經在劍氣中預見到他的獨生子要死在這柄劍下。

——他的獨生子就是蕭淚血？

——是的。

四

浴室中熱氣騰騰，卓東來正在洗澡，彷彿想及時洗去昨夜新染上的那一身血污。

這間浴室在他的寢室後，就像是藏寶的密室一樣，建築得堅固而嚴密。

因爲他洗澡的時候，絕不容任何人闖進來。

因爲無論任何人洗澡時都是赤裸的，他也不能例外。

除了他嬰兒時在他母親面前之外，卓東來這一生中，從未讓其他任何人看到他完全赤裸過。

卓東來是個殘廢，發育不全的畸形殘廢者。

他的左腿比右腿短一點，他發育不全，只因爲他在娘胎中已經受到另外一個人的壓擠。

這個人是他的弟弟。

卓東來是孿生子，本來應該有個弟弟，在母體中和他分享愛和營養的弟弟。

他先生出來了，他的弟弟卻死在他母親的子宮裡，和他的母親同時死的。

「我是個兇手，天生就是兇手，」卓東來在噩夢中常常會呼喊：「我一出生就殺死了我的母親和弟弟。」

他一直認為他的殘廢是上天對他的懲罰，可是他又不服氣。

他以無比的決心和毅力克服了他手足的先天障礙，自從他成年後，就沒有人能看得出他是個跛子，也沒有人知道他以前常常會因為練習像平常人一樣走路而痛得流汗。

可惜另外還有一件事卻是他永遠做不到的，無論付出多大的代價都做不到。

他永遠都無法成為一個真正的男人，他身體上的某一部分永遠都像是個嬰兒。

卓東來手背上也有青筋凸起，是被熱水泡出來的，他喜歡泡在滾燙的熱水裡。

他沐浴的設備是特地派人從「扶桑國」仿製的「風呂」。

每當他泡在滾滾的熱水中時，他就會覺得他好像又回到他弟弟的身邊，又受到了那種熱力和壓擠。

——他是在虐待自己？還是在懲罰自己？

他是不是也同樣將虐待懲罰別人當作一種樂趣？

現在卓東來心裡所想的卻不是這些事，他想的是件更有趣的事，他想小高和蕭淚血。

一個人是天下無雙的高手，而且還有一件天下最可怕的武器。

可是他的命運卻已被注定了，注定要死在他父親鑄出的寶劍下。

另外一個人本來是必將死在他手裡的，根本就完全沒有抵擋逃避的餘地。

可是寶劍卻在這個人手裡。

——這兩個人之中死的是誰？

卓東來覺得這個問題實在很有趣，實在有趣極了。

他忍不住要笑。

可是他還沒有笑出來，他的笑容就已經被凍死在他的皮膚肌肉裡。

他的瞳孔已收縮。

只有在真正恐懼緊張時，他的瞳孔才會收縮。現在他已經感覺到這一類的事了。

他已經感覺到有一個人用一種他直到現在還不能瞭解的方法，打開了他這間密室的門，已經鬼魂般站在他的身後。

這實在是件不可思議的事，卓東來從不相信這個世界上，真的有人具有這種不可思議的能力。

但是現在他已經不能不信。

他很快就想到一個人，唯一的一個人：「蕭淚血，我知道一定是你。」

「是的。」一個沙啞低沉的聲音說：「是我。」

卓東來忽然長長嘆息。

「神鬼無憑，鬼神之說畢竟是靠不住的。」他說：「否則你就不會來了。」

「為什麼？」

「因為現在你應該已經是個死人，死在高漸飛的『淚痕』下。」卓東來說：「冥冥中本來已注定了你的命運。」

他又嘆息：「現在我才知道這種說法多麼荒謬可笑。」

「以前呢？」蕭淚血問：「以前你信不信？」

「未必盡信，也未必不信。」

「所以你就想盡方法要我去殺高漸飛。」蕭淚血又問：「你是不是想看看我們兩個人之中，究竟是誰會死在誰手裡？」

「是。」

「不管死的是誰，你大概都不會傷心的。」

「我的確不會。」卓東來說：「不管死的是誰，對我都有好處，如果你們兩位一起死了，更是妙不可言，我一定會好好安排你們的後事。」

他說的話是實話，卓東來一向說實話。

因為他不必說假話。

在大多數人面前，他根本完全沒有說謊的必要，對另外一些人說謊根本沒有用。

蕭淚血已經看出了這一點。

他喜歡和這一類的人交手，那可以省掉很多不必要的麻煩。

能和這一類的人交手也遠比做他們的朋友愉快得多。

「我一向也只說實話，」蕭淚血道：「我說出的每句話你最好都要相信。」

「我一定相信。」

「我知道你還沒有見過我，你一定很想看看我是個什麼樣的人。」

「我實在想得要命。」

「可是你只要回頭看我一眼，你就永遠看不到別的事了。」

「我不會回頭的。」卓東來說：「暫時我還不想死。」

「說實話是種很好的習慣，我希望你能一直保持下去。」蕭淚血的聲音很平淡：「只要你說了一句謊話，我就要你死在這個木桶裡。」

「我說過，暫時我還不想死。」卓東來的聲音也很平靜：「我當然更不想赤裸裸的死在這麼樣一個木桶裡，你應該相信這事我是絕不會做的。」

「很好。」

蕭淚血對這種情況似乎已經覺得很滿意，所以立刻就問到他最想知道的一件事。

「二十年前，我跟一個人訂了一張殺人的契約，這件事你知不知道？」

「我知道。」

「契約上最重要的一項一直是空白的，一直少了一個名字。」

「這一點我也知道。」

「現在已經有人把這張契約送來給我了，而且已經在上面填好了一個人的名字。」蕭淚血又問：「你知不知道那是誰的名字？」

「我知道。」卓東來居然笑了笑：「那個名字是我塡上去的，我怎麼會不知道？」

「契約是不是你跟我訂的？」

「不是。」卓東來說：「我還不配。」

「是不是你送去的？」

「是。」卓東來道：「是一個人要我送去的，先把契約送到那個土地廟，再到城外去點燃血火，爲了確定要讓你看見，所以要每天點一次，連點三天。」

「是一個人要你送去的，」蕭淚血的聲音忽然變得更嘶啞：「你知道那個人是誰？」

「我知道。」卓東來說：「知道他的人都以爲他早就死了，還有很多人根本不知道他的名字，可是我知道，除了你之外，沒有人比我知道得更多。」

「你知道他還沒有死？」

「是的。」

「你也知道他的人在什麼地方？」

「是。」

「很好，」蕭淚血的聲音彷彿已被撕裂：「現在你可以站起來了。」

「爲什麼要站起來？」

「因爲你要帶我去見他。」

「我能不能不去？」

「不能。」

卓東來立刻就站起來，對於無法爭辯的事，他從來都不會爭辯的。

「你可以披上你的紫貂，穿上你的鞋子。」蕭淚血說：「可是你最好不要再做別的事。」

卓東來跨出浴桶，披上貂裘，他的動作很慢，每個動作都很謹慎。

因爲他已聽出了蕭淚血聲音裡的仇恨和殺機。

蕭淚血不會殺他的，也不會砍斷他的腿，可是只要他的動作讓蕭淚血覺得有一點不對，他身上就一定會有某一部分要脫離他了。

他絕不給任何人這種機會。

蕭淚血無疑正在觀察著他，對他每一個動作都觀察得很仔細。

「我知道你一向是個非常驕傲的人，你的反應和速度都夠快，內家氣功也練得很好，當今天下已經很少有人能擊敗你。」蕭淚血說：「我相信司馬超群也不是你的對手，因爲他遠遠不及你冷靜。我從未見過比你更冷靜的人。」

「有時候我也會這麼想的。」卓東來又在笑：「每個人都難免會有自我陶醉的時候，尤其是在夜半無人時，薄醉微醺後。」

「你沒有見過我，也沒有見過我出手，你怎麼知道我真的比你強？」蕭淚血淡淡的問：「你有沒有想到過，也許你一出手就可以殺了我？」

「我沒有想到過。」卓東來說：「這一類的事我根本連想都不去想。」

「爲什麼？」

「因爲我絕對禁止自己去想，」卓東來笑得彷彿有點感傷：「一個人如果還能活下去，像這一類的事就連想也不能去想。」

蕭淚血冷笑：「所以你寧願變得像一條狗一樣聽話，也不敢出手？」

「是的。」卓東來說：「這個世界上有很多事都是這樣子的。」

五

小院外的窄門緊閉。

卓東來敲門，先敲三聲，再敲一響。

這種敲門的方法無疑是他和院中老人秘密約定的，小院裡卻沒有回應。

「他不在？」

「他在。」卓東來說：「一定在。」

「你是不是想通知他，有個他不能見的人來了，要他快點走？」

「你應該知道他不會走的，他這一生從來也沒有逃走過。」卓東來告訴蕭淚血：「何況他早就知道你一定會來找他。」

可是小院裡仍然沒有應聲，卓東來又敲門，敲得比較用力一點。

門忽然開了，開了一線。

這扇門雖然是關著的，可是裡面並沒有鎖住，也沒有上栓。

老人也沒有走。

幽靜的小院裡，花香依舊，古松依舊，小亭依舊，老人也依舊坐在小亭裡，面對著亭前的雪地，亭前彷彿依舊有蝶舞在舞。

蝶舞不再舞。

老人也不會再老了。

只有思想和感情才會使人老，如果一個人已經不能再思想，不再有感情，就不會再老了。

老人已經不能再思想，不能再考慮判斷計劃任何事。

老人也已不再有感情，不再有憂鬱痛苦歡樂煩惱相思回憶。

只有死人才會不再有思想和感情，只有死人永不再老。

老人已死。

他還像活著時一樣，帶著種無比風雅和悠閒的姿態坐在小亭裡。可是他已經死了。

他那雙混合著老人的智慧和孩子般調皮的眼睛，看來已不再像陽光照耀下的海洋，已經不再有陽光的燦爛和海水的湛藍。

他的眼睛已經變成死灰色的，就好像將晚未晚將雪未雪時的天色一樣。

看見了這雙眼睛，卓東來就無法再往前走了，連一步都不想再往前走。

他的全身都似已僵硬，僵硬如這個已經死僵了的老人。

然後他就看見了蕭淚血。

蕭淚血看起來並不高，實際上卻比大多數人都要高一點，而且很瘦。

他的頭髮漆黑，連一點花白的都沒有，用一根顏色很淡的灰布在頭上紮了個髮髻。

他身上穿的衣衫也是用這種灰布做成的，剪裁既不合身，手工也不好。他的手裡提著口箱子，陳舊而又平凡的箱子。

卓東來看到的就只有這麼多，因爲他看見的只不過是蕭淚血的背。

就好像一陣風從身邊吹過去一樣，這個一直像影子一樣貼在他後面的人，忽然就到了他前面去了。

這個江湖中最神秘、最可怕的人，長得究竟是什麼樣子？卓東來還是看不見。

可是一個臉上很少表露出情感的人，卻往往會在無意中把情感從背上流露出來。

蕭淚血的背已繃緊，每一根肌肉都已繃緊，然後就開始不停的顫動，就好像正在被一條看不見的鞭子用力鞭撻。

老人的死，就是這條鞭子。

無論誰都可以從他的聲音裡聽出他絕不是這個老人的朋友。

他們之間無疑有某種無法化解的仇恨。

他逼卓東來到他這裡來，很可能就是要利用這個老人的血來洗去他心裡的怨毒和仇恨。

現在老人死了，他爲什麼反而如此痛苦激動和悲傷？

更令人想不到的是卓東來。

他絕不是心胸開闊的人，絕不容任何人侵犯到他的自尊。

這個世界上從來也沒有人像蕭淚血這麼樣侮辱過他，這種侮辱也只有用血才能洗清。

如果他殺了蕭淚血，也沒有人會覺得奇怪，也沒有人會覺得遺憾。

就算他如飲酒般把蕭淚血的血喝乾，也沒有人會難受。

蕭淚血並不是個值得同情的人，卓東來本來就應該殺了他的。只要一有機會，就不該放過他。

現在正是卓東來下手的最好機會。

現在蕭淚血的背就像是一大塊平坦肥美，而且完全不設防的土地一樣，等著人來侵犯踐踏。

現在正是他情緒最激動，最容易造成疏忽和錯誤的時候。

可是卓東來居然連一點舉動都沒有。

這種機會就像是一片正好從你面前飛過去的浮雲，稍縱即逝，永不再來。

卓東來的呼吸忽然停頓，瞳孔再次收縮。

他終於看見了這個人了，這個天下最神秘、最可怕的人。

蕭淚血居然轉過身，面對卓東來。

他的臉是一張很平凡的臉，可是他的眼睛卻像是一把剛出鞘的寶刀。

「如果有人要殺我，剛才就是最好的機會了。」蕭淚血說：「像那樣的機會永遠不會再有。」

「我看得出。」

「剛才你爲什麼不出手？」

「因爲我並不想殺你。」卓東來說得很誠懇：「這一類的事我從來沒有去想過。」

「你應該想一想的。」蕭淚血說：「你應該知道我一定會殺你。」

「一定會殺我？」卓東來的眼光始終沒有離開過這個人的臉：「你好像一向都不肯免費殺人的。」

「這一次卻是例外。」

「為什麼？」

「因為你殺了他。」

卓東來的目光終於移向亭中的老人：「你說我殺了他？你認為他會死在我手裡？」

「本來你當然動不了他，連他的一根毫髮都動不了，」蕭淚血說：「你的武功雖不差，可是他舉手間就可以將你置之於死地。」

「也許他只要用一根手指就足夠。」

「可是現在的情況已不同。」蕭淚血說：「他還沒有死之前，就已經是個廢人。」

「你看得出他的真氣內力都早就被人廢了？」

「我看得出。」

「你是不是剛才看出來的？」

他縱橫天下，行跡一向飄忽，如果不是因為功力已失，怎麼肯躲到這裡來，寄居在一個他絕對不會看得起的人的屋簷下？

「他當然不會看得起我這樣一個人，但他卻還是到我這裡來。」卓東來說：「因為他知道我這個人至少有一點好處。」

「什麼好處？」

「我很可靠，非常可靠。」卓東來說：「不但人可靠，嘴也可靠。」

「哦？」

「江湖中從來沒有人知道他的功力已失，也沒有人知道他隱居在這裡，因爲我一直守口如瓶。」

這一點蕭淚血也不能否認。

「江湖中想要他這條命的人很不少，如果我要出賣他，他早已死在別人手裡。」卓東來說：「就算我要親手殺他，也不必等到現在。」

這一點無疑也是事實。

「而且他還救過我一命，所以才會在最危險的時候來找我。」卓東來說：「你想我會不會害死我唯一的恩人？」

「你會！」

蕭淚血聲音冰冷：「別人不會；可是你會。」

蕭淚血又冷笑道：「你只不過擔心他武功太高，你對付不了他而已。」

「但是我早已知道，」卓東來說：「多年前我就已知道他對我很有用。」

「哦？」

「他來的時候，功力就已被人廢了。所以才會隱居在這裡，這一點你也應該想像得到。」

蕭淚血承認。

二十年前，老人還未老，那時候江湖已經沒有幾個人是他的對手。

「他的功力雖失，頭腦仍在。」蕭淚血說：「他的頭腦就像是個永遠挖不盡的寶藏，裡面埋藏著的思想智慧和秘密，遠比世上任何珠寶都珍貴。」

他冷冷的看著卓東來：「你一直不殺他，只因爲他對你還有用。」

卓東來沉默著，也不知道過了多久，忽然長長嘆了口氣。

「是的！」卓東來居然承認了：「是我殺了他。」

蕭淚血的手握緊，提著箱子的手、瞬息間就可以殺人的箱子。

「其實他一直到現在對我都還是有用的。」卓東來嘆息：「只可惜現在已經到了非殺他不可的時候了。」

他看著蕭淚血手裡的箱子：「現在你是不是已經準備出手了？」

「是。」

「在你出手之前，能不能告訴我一件事？」

「什麼事？」

「你要殺我真的是因爲你要爲他復仇？」

卓東來不等蕭淚血回答這問題，就已經先否定了這一點。

「不是的。」他說：「你絕不會爲他復仇，因爲我看得出你恨他，遠比世上所有的人都恨他，如果他還活著，你也會殺了他。」

「是的。」蕭淚血居然也立刻承認：「如果他不死，我也會殺了他的。」

他的聲音又因痛苦而嘶啞：「可是在我出手之前，我也會問他一件事。」蕭淚血說：「一件只有他才能告訴我的事，一件只有他才能解答的秘密。」

「什麼秘密？」

「你不知道我要問什麼？」

卓東來反問：「如果我知道又怎麼樣？你會不會放過我？」
蕭淚血冷冷的看著他，沒有再說一個字，蕭淚血又長長嘆息。
「可惜我不知道，真的不知道。」
「那實在很可惜。」

蕭淚血要問的是什麼事？
無論那是什麼事，現在都已不重要了。
因爲現在老人已死，這個世界上已經沒有人能解答這個秘密。

卓東來已經死了，無論誰都應該可以看出他已經死定了。
蕭淚血已經打開了他的箱子。
——天下最可怕的武器是什麼？
——是一口箱子。
箱子可怕，提著箱子的這個人更可怕。
卓東來的瞳孔又開始收縮。
他的眼睛在看著這個人，他的臉上在流著冷汗，他全身肌肉都在顫抖跳動。
「崩」的一響，箱子開了，開了一線。
就像是媚眼如絲的情人之眼，那麼樣的一條線。

六

無論是在什麼時候、什麼地方，只要這口箱子打開這麼樣一條線，這個地方就會有一個人會被提著箱子的這個人像牛羊般審判。

這個地方也就會像是個屠場。

十四 誰是牛羊

一

二月廿四，午時。

關洛道上。

司馬超群鞭馬、放韁、飛馳。

馳向長安。

他的馬仍在飛奔，仍然衝勁十足，因爲他已經在途中換過了四次馬。

他換的都是好馬，快馬，因爲他識馬，也肯出高價買馬。

他急著要趕回長安。

換四次馬，被換下的馬都已倒下。

司馬超群的人也一樣，一樣精疲力竭，一樣將要倒下。

因爲他一定要急著趕回長安。

他心裡忽然有了種兇惡不祥的預兆，好像已感覺到有一個和他極親近的人將要像牛羊般被殺。

二

同日，同時。

長安。

依舊是長安，長安依舊，人也依舊。

提著箱子等著殺人的人、沒有提箱子等著被殺的人都依舊。

無雪，也無陽光。

慘慘淡淡的天色就像是一雙已經哭得太久的少女眼睛一樣，已經失去了她的嫵媚明艷和光亮。

在這麼樣一雙眼睛下看來，這口箱子也依舊是那麼平凡，那麼陳舊，那麼笨拙，那麼醜陋。

可是箱子已經開了。

箱子裡那些平凡陳舊笨拙醜陋的鐵件，已將在瞬息間變爲一種不可招架閃避抗拒抵禦的武器，將卓東來格殺於同一刹那間。

卓東來少年時是用刀的，直到壯年時仍用刀。

他用過很多種刀，從他十三歲時用一柄從屠夫肉案上竊來的屠刀，把當地魚肉市井的惡霸「殺豬老大」刺殺於肉案上之後，他已不知換過多少柄刀。

十四歲時他用拆鐵單刀，十五歲時他用純鋼朴刀，十七歲時他用鬼頭刀，十八歲時他則換單刀為雙刀，用一對極靈便輕巧的鴛鴦蝴蝶刀，二十歲時他又換雙刀為單刀，換了柄份量極重、極有氣派的金背砍山刀。

廿三歲時，他用的就是武林中最有氣派的魚鱗紫金刀了。

可是廿六歲以後，他用的刀又從華麗變為平凡了。

他又用過拆鐵刀、雁翎刀，甚至還用過方外人用的戒刀。

從一個人用刀的轉變和過程間，是不是也可以看出他刀法和心情的轉變？

不管怎麼樣，對於「刀」與「刀法」的瞭解和認識，武林中大概已經沒有幾個人能比得上他了。

所以他壯年後就已不再用刀。

因為他已經能把有形的刀換為無形的刀，已經能以「無刀」勝「有刀」。

可是他仍有刀。

他的靴筒裡還是藏著把鋒利沉重，削鐵如泥的短刀，一把能輕易將人雙腿刺斷如切豆腐一樣的短刀。

——蝶舞的腿，多麼輕盈，多麼靈巧，多麼美。

鮮血鮮花般濺出，蝶舞不舞，也不能再舞了。

於是朱猛奔，小高走。

於是短刀又被卓東來拾起，帶著血淋淋的舞者之魂，被藏於冷冰冰的人之靴筒。

這柄刀無疑是刀中之刀，是卓東來經過無數次慘痛教訓，經過無數次挫敗和無數次勝利之後，才蛻變出的一把刀。

這一刀如果出刀，無疑也是他無數次蛻變中的精粹。

蕭淚血要用什麼法子才能拼成一種武器來克制住這把刀？

他當然有法子的。

他殺人從未失手過。

三

同日，午後。

長安城外的官道。

長安已近了，司馬超群的心情卻更煩躁，那種不祥的預感也更強烈。

他彷彿已經可以看到他有一個最親近的人，正倒在血泊中掙扎呼喊。

但是他看不出這個人是誰。

這一次必將死在長安的人，是高漸飛和朱猛，他算準他們必死無疑。

但是他對這兩個人的死活並不關心。他們既不是他的親人，也不是他的朋友。

吳婉呢？會不會是吳婉？

絕不會。

她是個女人，從未傷害過別人，而且一向深居簡出，怎麼會遇到這種可怕的災禍？

難道是卓東來？

那更是絕無可能的事，以卓東來的謹慎、智謀和武功，無論在任何情況下都能保護自己的。

就算大鏢局這一次不幸慘敗，他也一定會安然脫走，全身而退。

除此之外，他在這個世界上幾乎已經沒有親人了，他心裡這種兇惡不祥的預感，究竟要應在誰的身上？

司馬超群想不通。

他當然更想不到卓東來此刻的處境，就像是虎爪下的牛羊，刀砧上的魚肉。

四

同日，同時。

長安。

卓東來確定應該已經死定了，他也知道蕭淚血殺人從未失手過。

可是他沒有死。

「崩」的一響，箱子開了，蕭淚血纖長靈巧而有力的手指已開始動作。

只要他的動作一開始，箱子裡就會有某幾種鐵器在一瞬間拼成一件致命的武器，一件絕對能克制卓東來的武器。

可是在這一瞬間，他的手指卻突然僵硬。

他全身彷彿都已僵硬。

過了很久很久之後，他才抬起頭，面對卓東來，他的臉上雖然還是全無表情，眼睛裡卻充滿一種垂死野獸面對獵人的憤怒和悲傷。

卓東來也在看著他。

兩個人面對面的站著，都沒有開口，也沒有動。

又不知過了多久，園外的小徑上忽然傳來一陣腳步聲，卓青居然也來了。

他後面還跟著四個人，一個人捧酒器，一個人捧衣帽，兩個人抬著張上面鋪著紫貂皮的紫檀木椅。

卓東來在貂裘裡加上一套衣褲，穿上襪子，戴上皮帽，舒舒服服的在紫檀木椅上坐下，用紫晶杯倒了杯葡萄酒喝下去，才輕輕嘆了口氣：「這樣子就比較舒服多了。」

蕭淚血沒有聽見，也沒有看見，所有的這一切事，他好像全都沒有看見。

如果有別的人看見，一定也會以爲自己看到的只不過是種幻覺。

這種事根本就不可能會發生的。

面對著天下最可怕的敵人和最可怕的武器，生死只不過是呼吸間的事，他居然還這麼從容悠閒，居然還叫人替他搬椅子換衣服，居然還要喝酒。

只要是一個神智清醒的人，就絕不會做出這種事來。

可是卓東來卻做出來了。

箱子已經開了，蕭淚血也不再有任何動作。

這個神秘而可怕的人本來就像是來自地獄的幽靈，現在忽然又被冥冥中的主宰將他的精魂召回去，將他變作了一個上古時就已化石的屍體。

卓東來又倒了杯酒淺淺啜了一口，才回過頭去問卓青：「你知不知道這是怎麼回事？」

「不知道。」

「你知不知道這位蕭先生是個什麼樣的人？」

卓東來自己回答了這個問題：「他是個非常了不起的人，這二三十年來，死在他手下的江湖大豪武林高手最少也有四五十位。」

卓青聽著。

「他手裡提著的這口箱子，據說就是天下最可怕的武器。」卓東來說：「我一向不太謙虛，可是我相信只要他一出手，我就是個死人。」

他看著蕭淚血手裡的箱子。

「現在他已經把箱子打開了，因爲他本來是想殺了我的，卻一直到現在還沒有出手。」卓東來淡淡的說：「他居然寧可變得像是個呆子一樣站在那裡看我喝酒，也不出手。」

蕭淚血沒有聽見。

無論卓東來說什麼，他都好像完全聽不見。

卓東來忽然笑了。

「他當然不是不敢殺我，像我這樣的人，在蕭先生眼裡，也許連一條狗都比不上。」他又問卓青：「你知不知道他爲什麼還不殺我？」

「不知道。」

「他不殺我，只因爲他已經沒法子殺我了。」卓東來說：「現在他唯一能做的事，就是站在那裡等著我去殺他，像狗一樣的殺。也許比殺狗還容易。」

這種事本來也是絕不可能發生的。

沒有人敢在蕭淚血面前這麼樣侮辱他，就正如以前也沒有人敢侮辱卓東來一樣。

「卓青，我問你，你知不知道天下無雙的蕭先生怎麼會忽然變成了一條狗？」

「不知道。」

「你應該看得出來的，多少總該看出來一點。」卓東來冷冷的說：「如果你連這種事都看不出來，要活到二十歲恐怕都不太容易。」

「是的。」卓青說：「這種事我多少都應該能看得出一點的。」

「你看出了什麼？」

「蕭先生恐怕是被人用一種很特別的方法制住了，全身的功力恐怕連一分都使不出來。」

「對！」

「蕭先生本來是人中之龍，並不是狗。」卓青說：「只不過蕭先生也知道，如果龍死了，就算是一條神龍，也比不上一條狗了。」

他說得還是那麼平靜，因爲他說的是事實。

「可是狗也會死的。」

「當然會死，遲早總會死，可是至少現在還活著。」卓青說：「不管是龍是人是狗，能多活片刻也比馬上就死了的好。」

只要活著，就有希望，只要還有一線希望，就不該放棄。

「可惜現在我已經看不出他還有什麼希望了，」卓東來說：「無論誰中了『君子香』的毒，恐怕都不會再有什麼希望了。」

「君子香？」

「君子之交淡如水，惇惇君子，溫良如玉，君子香也一樣。」

「一樣？」

「水一樣清澈流動，無色無味，玉一樣溫潤柔美。」卓東來的聲音也一樣溫柔：「唯一不同的是，君子香這位君子，其實是個僞君子，是有毒的。」

他微笑：「如君子交，如沐春風，這位僞君子的毒也好像春風一樣，不知不覺間就讓人醉了，一醉就銷魂蝕骨，萬劫不復。」

「蕭先生怎麼會中這種毒？」

「因爲我在蕭先生眼中只不過是條狗而已，比狗還聽話，在蕭先生面前，有些事我連想都不敢想，因爲心裡一想，神色就難免會有些不對了，就難免會被蕭先生看出來。」

卓東來又斟了一杯酒。

「蕭先生當然也想不到我早已把君子香擺在一個死人的衣襟裡，只要蕭先生走近這位死人，動了動這位死人的衣著，君子香就會像春風般拂過他的臉。」卓東來嘆了口氣：「蕭先生當然想不到一條狗會做出這種事。」

「是的。」卓青說：「以後我永遠都不會把一個人當作一條狗的。」

老人已死，蕭淚血最想知道的一件秘密也隨死者而去。

在他看到死去的老人時，當然要去看一看老人是不是真的死了？是怎麼死的？

要查看一個人的死因，當然難免要去動他的衣裳。

卓東來早已算準蕭淚血只要活著就一定會來，所以早就準備好君子香。

這實在是件很簡單的事，非常簡單。

簡單得可怕。

卓東來又在嘆息：「這位老人活著時並不是君子，又有誰能想到他死後反而有了君子之香？」他嘆息著道：「有時候君子也是很可怕的。」

他說的並不是什麼金玉良言，更不是什麼能夠發人深省的哲理。

他說的只不過是句實話而已。

五

黃昏時司馬超群已經回到長安城。

這裡是他居住得最久的地方，城裡大多數街道他都很熟悉，可是現在看來卻好像變了樣子。

古老的長安是不會變的，變的是他自己。

可是他自己也說不出自己有些什麼地方改變了，也不知道是什麼時候改變的。

——是在他踏上那條石板縫裡仍有血跡的長街時？還是在他聽牛皮說到釘鞋的浴血戰時？

一個人如果一定要踩著別人的屍體才能往上爬，就算爬到巔峰，也不是件愉快的事。

人和馬都已同樣疲倦。

他打馬經過城牆邊一條荒僻的街道，忽然看到了一個很熟悉的人的背影。

這個人已經轉入城牆下的陰影中，很快就消失在黑暗裡，一直都沒有回過頭來。

可是司馬超群卻有把握可以確定，這個人就是高漸飛。

在他還沒有喝醉的時候，他的記憶力和眼力都遠比別人好得多。

——高漸飛怎麼還沒有死？卓東來怎麼會放過他？

——大鏢局和雄獅堂的人是不是已經有過正面衝突？

司馬超群很想追過去問問高漸飛，可是他更急著要趕回家去，看看他那種兇惡不祥的預感是否已靈驗？

這時候天色已經很暗了。他的心情又很急躁，在這種情況下，無論誰都難免會看錯人的。

他看見的也許並不是高漸飛。

蕭淚血既然還沒有死在「淚痕」下，高漸飛就已必死無疑。

只要接到殺人的契約，蕭淚血從未因任何緣故放過任何人。

他當然也不會爲小高破例。

小高只不過是個不足輕重的江湖浪子而已，和他根本沒有任何關係。

六

小高自己也想不通蕭淚血爲什麼沒有殺他，他甚至替蕭淚血找了很多種理由，可是連他自己都不滿意。

他實在找不出任何一種理由能解釋蕭淚血爲什麼會放過他的。

直到現在他還活著，實在是奇蹟。

司馬超群並沒有看錯，剛才他看見的那個人確實是高漸飛。

小高也看見了快馬飛馳而過的司馬超群。

可是他故意避開了，因爲除了朱猛外，暫時他不想見到任何人。

他在找朱猛，找遍了長安城裡每一個陰暗的角落。

現在正是朱猛最需要朋友的時候，不管朱猛是不是還把他當作朋友，無論如何他都不能就這麼樣棄朱猛而去。

——如果現在朱猛還在陪著蝶舞，看到他的時候會對他怎麼樣？

小高也已想像到這種難堪的情況，但是他已下定決心，有足夠的勇氣去面對一切。

天色更暗了。

長安古城的陰影沉重的壓在小高身上，他的心情也同樣沉重。

——朱猛是條好漢，胸襟開闊，重情重義的好漢。

——朱猛應該瞭解他的苦衷，應該能原諒他的。

可是蝶舞呢？

小高握緊雙拳，大步往前走，忽然間，刀光一閃，一柄雪亮的大刀從黑暗中迎面劈了下來。

這一刀劈下來時，無疑已下了決心要把他的頭顱劈成兩半。

但是無論誰要一刀把高漸飛劈成兩半都絕不是件容易事。

他的手裡還有劍。

這一刀並不太快，用的也不是什麼驚人的刀法。他本來很輕易的就可以拔劍反擊，把這個躲在陰影中暗算他的人刺殺。

他沒有拔劍。

因爲他已經在這間不容髮的一瞬間，看到了這個人頭纏的白巾，也看到了這個人的臉。

這個人叫蠻牛，是雄獅堂屬下最有種的好漢之一，也是朱猛這次帶到長安來的八十六位死士之一。

這些人本來跟他素不相識，現在卻已全都是他的好兄弟，跟他同生死共患難的好兄弟。

這一刀一定是砍錯人了。

「我是小高，高漸飛。」

他的身子一閃，刀就劈空了，刀鋒砍在地上，火星四濺。

黑暗中有雙血紅的眼睛在瞪著他。

「你是小高，俺知道你是小高。」蠻牛忽然大吼：「俺操你個娘。」

吼聲中，又有刀砍下，除了蠻牛的刀，還有另外的幾把刀。

幾把刀都不是好刀，用刀的人也不是好手，可是每一刀都充滿了仇恨和憤怒，每個人都是拚了命來的。

小高不怕死。

小高不能用他那種每一劍都能在瞬間取人咽喉的劍法，來對付這班兄弟。

可是他也不能這麼樣死在亂刀下。

寶劍雖然未出鞘，劍鞘揮打點擊間，刀已落地，握刀的手已抬不起來。

握刀的人卻沒有退下去，每一雙眼睛裡都充滿怨毒憤怒和仇恨。

「好，姓高的，算你有本事，」蠻牛嘶聲道：「你有種就把老子們全宰了，若剩下一個你就是狗養的。」

「我不懂你們是什麼意思？」小高也生氣了，氣得發抖：「我真的不懂。」

「你不懂？俺操你祖宗，你不懂誰懂？」蠻牛怒吼：「老子們把你當人，誰知道你是個畜牲，老子們在拚命的時候，你這個畜牲到哪裡去了？是不是又去偷別人的老婆！」

「現在我明白你們的意思了，可是你們不會明白的。」他黯然的說：「有些事你們永遠都不會明白的。」

「你想怎麼樣？」

「我只想要你們帶我去見朱猛。」

「你真他娘的不要臉，」蠻牛跳了起來：「你還有臉去見他？」

「我一定要去見他。」小高沉住氣：「你們非帶我去不可。」

「好，老子帶你去！」

另外一條大漢也跳起來，一頭往城牆上撞了過去，他的一顆大好頭顱立刻就變得好像是個綻破了的石榴。

熱血飛濺，小高的心卻冷了。蠻牛又大吼：

「你還要見他，是不是要氣死他？好，俺也可以帶你去。」

他也一頭往城牆上撞過去，可是這次小高已經有了痛苦的經驗，一把拉住了他，把他摜在地上，然後就頭也不回的走了。霎眼間人已不見。

他沒有流淚。

他的淚已經溶入他的血。

英雄無淚，化為碧血。

青鋒過處，是淚是血？

十五 巔峰

一

二月二十五。

長安。

有燈。

淡紫色的水晶燈罩，黃金燈，燈下有一口箱子，一口陳舊平凡的箱子。

燈下也有人，卻不是那個沉默平凡提著這口箱子的人。

燈下的人是卓東來。

天還沒有亮，所以燈是燃著的，燈光正好照在他看起來比較柔和的左面半邊臉上。

今天他這半邊臉看來簡直就像是仁慈的父親。

一個人在對自己心滿意足的時候，對別人也會比較仁慈些的。

現在朱猛已經在他掌握中，雄獅堂已完全瓦解崩潰，高漸飛也已死了。至少，他認爲高漸飛已經死了，每一件事都已完全在他的控制下。

強敵已除，大權在握，江湖中再也沒有什麼人能和他一爭長短，這種情況就算最不知足的人也不能不滿意了。

他的一生事業，無疑已到達巔峰。

所以他沒有殺蕭淚血。

現在蕭淚血的情況幾乎已經和那老人完全一樣，功力已完全消失，也被卓東來安排在那個幽靜的小院裡，等著卓東來去搾取他腦中的智慧，和他那一筆秘密的財富。

這些事都可以等到以後慢慢去做，卓東來一點也不著急。

一個功力已完全消失了的殺人者，就好像一個無人理睬的垂暮妓女，是沒有什麼路可以走的，也沒有什麼地方可去。

他們做的行業都是人類最古老的行業，他們的悲哀也是人類最古老的悲劇。

蕭淚血的箱子現在也已落入卓東來手裡了。

他也知道這口箱子是世上最神秘、最可怕的武器，在雄獅堂的叛徒楊堅被刺殺的那一天，他已經知道這件武器的可怕。

他相信江湖中一定有很多人願意出賣自己的靈魂來換取這件武器。

幸好他不是那些人，他和這個世界上其他那些人都是完全不同的。

現在箱子就擺在他面前，他連動都懶得去動它。

因為他有另一種更可怕的武器，他的智慧就是他的武器。

他運用他的智慧時，遠比世上任何人使用任何武器都可怕。

——蕭淚血雖然是天下無雙的高手，可是在他面前，連出手的機會都沒有。

——朱猛雖然勇猛慓悍，雄獅堂雖然勢力強大，可是他還是在舉手間就把他們擊潰了。

他能做到這些事，因爲他不但能把握住每一個機會，還能製造機會。

在別人認爲他已失敗了的時候，在他情況最危急的時候，他非但不會心慌意亂，反而適時製造良機擊潰強敵，反敗爲勝。

只有這種人，才是真正的強者。

長槍大斧鋼刀寶劍都只不過是匹夫的利器而已，甚至連這口箱子都一樣。

卓青已經站在他面前等了許久，勝利的滋味就像是橄欖一樣，要細細咀嚼才能享受到它的甘美。所以卓青已經準備悄悄的退出去。

卓東來卻忽然叫住了他，用一種很溫和的聲音說：「你也辛苦了一個晚上，爲什麼不坐下來喝杯酒？」

「我不會喝酒。」

「你可以學。」卓東來微笑：「要學喝酒並不是件很困難的事。」

「可是現在還不到我要學喝酒的時候。」

「要等到什麼時候你才開始學？」卓東來的笑容已隱沒在陰影裡：「是不是要等到你能夠……」

他沒有說完這句話，忽然改變了話題問卓青：「你是不是已經把蕭先生安頓好了？」

「是。」

「你走的時候，他的情況如何？有沒有說什麼？」

「沒有。」卓青道：「他還是和剛才一樣，好像對任何事都已經完全不在乎了。」

「很好。」卓東來又露出微笑：「能夠聽天由命，盡量使自己安於現況的人，才是真正的聰明人，這種人才能活得長。」

「是。」

卓東來的微笑中彷彿也有種尖銳如椎的思想：「有時候我覺得他有很多地方都跟我一樣，自己做不到的事，他非但不會去做，連想都不會去想。」

他淡淡的接著道：「一個人如果總喜歡去做一些自己做不到的事，就難免會死於非命，高漸飛就是個很好的例子。」

卓青忽然說：「高漸飛不是個很好的例子。」

「他不是？」卓東來問：「為什麼不是？」

「因為他還沒有死。」

「你知道他還沒有死？」

「我知道。」卓青說：「鄭誠在昨天黃昏時還親眼看見他提著劍出城去。」

「鄭誠？」卓東來彷彿在記憶中搜索這個名字：「你怎麼知道他真的看見了高漸飛？」

「他一發現高漸飛的行蹤，就立刻趕回來告訴我了。」

「你相信他的話？」

「我相信。」

卓東來的笑容又隱沒，聲音卻更溫和：「對！你應該相信他。如果你想要別人信任你，就一定要先讓他知道你很信任他。」

他好像忽然發覺這句話是不該說的，立刻又改變話題問卓青：

「你有沒有想到高漸飛會到什麼地方去？」

「我想他一定是到紅花集那妓院去找朱猛了。」卓青說：「朱猛既然不在那裡，高漸飛一定還會回去找的，所以我並沒有叫鄭誠去盯他，只要他在長安，就在我們的掌握中。」

卓東來又笑了，笑得更愉快。

「現在你已經可以開始學喝酒了。」卓東來說：「你已經有資格喝酒，而且比大多數人都有資格喝酒。」

他忽然站起來，將他一直拿著的一杯酒送到卓青面前。

卓青立刻接過去，一飲而盡。

酒甘甜，可是他嘴裡卻又酸又苦。

他已經發現自己話說得太多，如果能把他剛才說的話全部收回去，他情願砍斷自己一隻手。

卓東來卻好像完全沒有覺察到他的反應，接過他的空杯，又倒了杯酒，坐下去淺啜一口。

「蕭淚血明明知道高漸飛是他宿命中的災禍，蕭淚血這一生中悔約過一次，現在他已接到了契約，他爲什麼不殺高漸飛？」卓東來陷入沉思：「是不是因爲他們之間有什麼特別的關係？那究竟是什麼關係？」

他忽然也將杯中酒一飲而盡，眼睛裡忽然發出了光：「他們之間的關係，一定只有那個老人才能確定。蕭淚血要問老人的，一定就是這件事，這件事對他一定很重要，所以老人一死，他就動了殺機，因爲老人死後，世上就再也沒有人知道高漸飛究竟是不是他的兒子。」

「他的兒子？」

卓青本來已決心不開口的，此刻還是忍不住大聲問：「高漸飛怎麼會是蕭淚血的兒子？」

「你認爲不可能？」

卓東來冷笑：「高漸飛只不過是個微不足道的年輕人而已，一向冷酷無情的蕭淚血爲什麼要救他？如果他們之間根本不可能有這種關係存在，就算有十萬個高漸飛死在蕭淚血面前，他也不會動一根手指的。」

他看著卓青，聲音又變得很溫和。

「你一定要相信我，什麼事都可能發生的。」卓東來說：「像朱猛這樣一條鐵錚錚的好漢，怎麼可能敗在一個女人手裡？可是他敗了，敗得很慘，蕭淚血也一樣，誰能想得到他有今日？」

他忽然長長嘆息：「其實我也一樣，我又何嘗能想到將來我會敗在誰的手裡？」

這句話也許並不是實話，可是其中卻有些值得深思的哲理。

卓青忽然退了出去。

他知道現在已經到了他應該退下去的時候，因爲他知道司馬超群已經來了。

他已經聽見司馬超群在說：「是的，這種事本來就是誰都想不到的。」

二

門是開著的，司馬超群站在門口，外面是一片接近乳白色的濃霧。

他已經是個中年人，衣服和頭髮都很凌亂，經過長途奔波後，也顯得很疲倦。

可是他站在這裡的時候，看起來還是那麼高大、英俊、強壯，而且遠比他實際年齡年輕很多，在門外的濃霧和屋裡的燈光襯托下，他看來簡直就像是圖畫中的天神一樣。

這一點無疑是江湖中任何人都比不上的。

就算他的武功只有現在一半好，他也必將成爲一位受人讚佩尊敬的英雄。

因爲他天生就是這種人。

卓東來看著他的時候，眼中也不禁露出讚賞之色，很快的站起來，爲他倒了杯酒。

——你爲什麼要到洛陽去？爲什麼要裝病騙我？

這些事卓東來連一個字都沒有提。

在他能感覺到司馬超群心情不好的時候，他總是會小心避免提起這一類不愉快的事。

「你一定很累了，一定急著在趕路。」卓東來說：「我本來預計你要到後天才會回來的。」

他帶著微笑問：「洛陽那邊的天氣怎麼樣？」

司馬超群沉默著，神色好像有點怪怪的，過了半天才開口：「那邊的天氣很好，比這裡好，流在街上的血也乾得很快，比這裡快得多。」

他的聲音好像也有點怪怪的，卓東來卻好像沒有感覺到。

「只要血流了出來，遲早總會乾的。」司馬說：「早一點乾、晚一點乾，其實都沒有什麼關係。」

「是的。」卓東來說：「世上有很多事情都是這樣子的。」

「世上也有很多事不是這樣子的。」

「哦？」

「人活著，遲早總要死。可是早死和晚死的分別就很大了。」司馬超群說：「如果你要殺一個人，能不能等到他死了之後才動手？」

「不能。」卓東來說：「殺人要及時，時機一過，物移人換，情況就不對了。」

他微笑舉杯：「就像喝酒一樣，喝酒也要及時，如果你把這杯酒留到以後再喝，它就會變酸的。」

「對。」司馬超群同意：「你說得對極了。你說的話好像永遠不會錯。」

他舉杯一飲而盡：「這一杯我要敬你，因爲你又替我們的大鏢局打了次漂漂亮亮的勝仗。」

「你已經知道這裡的事？」

「我知道。」司馬說：「我已經回來很久，也想了很久。」

「想什麼？」

「想你。」

司馬超群的表情更奇怪：「我把這三十年來你替我做的每件事都仔細想過一遍。我越想越覺得你真是個了不起的人。我實在比不上你。」

卓東來的笑容仍在臉上，卻已變得很生硬：「你爲什麼要想這些事？」

司馬沒有回答這句話，卻轉過身。

「你跟我來。」他說：「我帶你去看幾個人，你看過之後就會明白的。」

三

晨曦初露，霧色更濃。

這個小園中沒有種花，卻種著些黃芽白、豌豆青、蘿蔔、萵苣、胡瓜，和韭菜。

這些蔬菜都是吳婉種的，司馬超群一向喜歡吃剛摘下的新鮮蔬菜。

所以園裡不種花，只種菜。

吳婉做的每件事都是爲她的丈夫而做的，她的丈夫和他們的兩個孩子。

他們的孩子一向很乖巧、很聽話，因爲吳婉從小就把他們教養得很好，從來不讓他們接觸到大人的事，也不讓他們隨便溜到外面去。

外面就是大鏢局的範圍了，那些人和那些事都不是孩子應該看到的。

這個小園和後面的一座小樓，就是吳婉和孩子生活的天地。

走到這裡，卓東來才想起已經有好幾天沒有見到過他們了。

這是他的疏忽。

爲了他和司馬之間的交情，爲了大鏢局的前途，他決心以後不再提起郭莊那件事，而且對吳婉和孩子們好一點。

四

小樓下面是廳，一間正廳和一間喝酒的花廳，這裡雖然很少有客人來，吳婉還是把這兩個廳佈置得很幽靜舒服。

樓上才是她和孩子的臥房，從她娘家陪嫁來的一個奶媽和兩個丫頭也跟她住在一起。

她的丈夫卻不住在家裡。

司馬對她很好，對孩子們也好，可是晚上卻從來不住在這裡。

天色還沒有亮。樓上並沒有燃燈，吳婉和孩子們想必還在沉睡。

——司馬超群爲什麼要帶他到這裡來看他們？

卓東來想不通。

臥房的窗子居然是開著的，乳白色的濃霧被風吹進來之後，就變成一種淡淡的死灰色，使得這間本來很幽雅的屋子，變得好像充滿了一種說不出的陰森之意，而且非常冷，奇冷徹骨。

因爲火盆早已滅了。

一向細心的女主人，爲什麼不爲她的孩子在火盆裡添一點火？

沒有燈，沒有火，可是有風。

從陰森森灰濛濛的霧中看過去，屋子裡彷彿有個人在隨風搖動。

吊在半空中隨風搖動。

——怎麼會吊在半空中？這個人是什麼人？

卓東來的心忽然沉了下去，瞳孔忽然收縮。

他有雙經過多年刻苦訓練後而變得兀鷹般銳利的眼睛。

他已經看出了這個懸在半空中的人，而且看出這個人是用一根繩子懸在半空中的。

這個人是吳婉。

她把一根繩子打了一個死結，把這根繩子懸在樑上，再把自己的脖子套進去，把她自己打的那個死結套在自己的咽喉。

等她的兩條腿離地時，這個死結就嵌入了她的咽喉。

這就是死。

千古艱難唯一死，這本來是件多麼困難的事，可是有時候卻又偏偏這麼容易。

除了吳婉外，屋子裡還有人，一個白髮如霜的老奶娘，兩個年華已如花一般凋落的丫頭，一對可愛的孩子，有著無限遠大前程的可愛孩子。讓人看見就會從心裡歡喜。

可是現在，奶娘的頭髮已經不再發白了，丫頭們也不會再自傷年華老去。孩子也不會再讓人一看見就從心裡歡喜，只會讓人一看見就會覺得心裡有種刀割般的悲傷和痛苦。

——多麼可愛的孩子，多麼可憐。

我對不起你，所以我死了，我該死，我只有死。孩子們卻不該死的。

可是我也只有讓他們陪我死。

我不要讓他們做一個沒有娘的孩子，我也不要讓他們長大後，變成了一個像你的好朋友卓東來那樣的人。

崔媽是我的奶娘，我從小就是吃她的奶長大的，她一直把我當做她的女兒一樣。

小芬和小芳就像是我的姐妹。

我死了，她們也不想活下去。

所以我們都死了。

我不要你原諒我，只要你好好的活下去，我也知道沒有我們，你一定也會一樣活得很好的。

好冷、好冷、好冷，卓東來從未感覺到這麼冷過。

這間精雅的臥房竟是個墳墓，而他自己也在這個墳墓裡。

他的身體肌肉、血脈骨髓都彷彿已冷得結冰。

「這是怎麼回事？這是什麼時候發生的？吳婉爲什麼要死？」

「你不知道？」

「我不知道，」卓東來說：「我真的不知道。」

「他們死了至少已經有三四天，你居然還不知道。」司馬超群的聲音冰冷：「你實在把他們照顧得很好，我實在應該感激你。」

這些話就好像一根冰冷的長針，從卓東來的頭頂一直插到他腳底。

他有很多理由可以解釋。

——這幾天他一直全力在對付雄獅堂，這地方是屬於吳婉和孩子們的，他和大鏢局的人都很少到這裡來。

他沒有解釋。

這種事根本就無法解釋，無論怎麼樣解釋都是多餘的。

司馬超群始終沒有看過他一眼，他也看不見司馬臉上的表情。

「你問我，吳婉爲什麼要死？我本來也想不通的。」司馬超群說：「她的年紀並不大，身體一向很好，一向很喜歡孩子，她對我雖然並不十分忠實，卻一直都能盡到做妻子的責任。」

他的聲音出奇平靜：「可是我卻沒有盡到做丈夫的責任，所以錯的是我，不是她。」

「你也知道那件事？」

「我知道，早已知道，做丈夫的並不一定是最後知道的一個。」司馬超群說：「我也知道那件事很快就會過去的。她還是會做我的好妻子，還是會好好照顧我的孩子。」

他淡淡的接著說：「我既然決心要依照你的意思做一個了不起的大英雄，就必須付出代價。」

「所以你就故意裝作不知道？」

「是的。」司馬超群說：「因爲我若知道，就一定要殺了她，一個英雄的家裡是絕對不允許這種事發生的，我當然非殺她不可。」

司馬說：「所以我只有裝做不知道。因爲這是我的家，無論在任何情況下，我都不能把這個家毀掉。我不但要裝作不知道，而且還要她認爲我完全不知道，這個家才能保存。」

卓東來顯得很驚訝。

直到現在他才發現自己以前根本沒有完全瞭解司馬超群。他從不知道司馬超群的性格中還有這樣的一面，居然是個這麼重感情的人，遇到這種事，居然還能替別人著想。

「這種事本來是任何男人都不能忍受的，可是我已經想通了。」司馬說：「等到這件事過去，等到孩子們長大，我們還是像別的恩愛夫婦一樣，互相廝守，共度餘年。」

他忽然轉身，面對卓東來：「如果不是你逼死了她，我們一定會這樣子的。」

「我逼死了她？」卓東來聲音已嘶啞：「你認爲是我逼死了她？」

「你不但逼死了她，逼死了郭莊，而且遲早會把我也逼死的。」司馬說：「因爲你永遠都要別人依照你安排的方式活下去。」

他凝視著卓東來：「因爲你的心裡有病，你外表雖然自高自大，其實心裡卻看不起自己，所以你要我代表你，去做那些本來應該是你自己去做的事情，你要把我造成一個英雄偶像，因爲你心裡已經把我當作你的化身，所以你若認爲有人會阻礙你的計劃，就會不擇手段把他逼死。」

司馬超群說：「吳婉就是這麼樣死的，因爲你覺得她已經阻礙了你。」

卓東來沉默，沉默了很久很久。

「你剛才告訴我，你已經想了很久，想了很多事。」他問司馬：「這是不是因爲你覺得現在已經到了要下決心的時候？」

「是的。」

「你是不是已經有了決定？」

「是的。」

「你決定以後要怎麼樣做？」

「不是以後要怎麼樣做，是現在。」司馬超群說：「現在我就要你走，永遠不要讓我再見到你，永遠不要再管我的事。」

卓東來忽然變得好像站都站不穩了，好像忽然被人一棍子打在頭頂上。

「不管你要把什麼帶走都可以，但是你一定要走。」司馬超群說得斬釘斷鐵：「今天日落之前，你一定要遠離長安城。」

卓東來忽然笑了。

「我知道這些話並不是你真心要說出來的。」他柔聲說：「你受了打擊，又太累，只要好好休息一陣子，就會把這些話忘記的。」

司馬超群冷冷的看著他。

「這次你錯了，現在你就要走，非走不可。」司馬說：「你記不記得我們剛才說過的話？

殺人要及時，絕對不能讓時機錯過，這件事也一樣。」

卓東來的瞳孔又開始收縮。

「如果我不走呢？」他一個字一個字的問司馬：「如果我不走，你是不是會殺了我？」

「是的。」

司馬超群也用他同樣的口氣，一個字一個字的說：「如果你不走，我就要殺了你！」

五

天色已漸漸亮了，屋子裡卻反而更顯得陰森詭秘可怖。

因爲屋裡的光線已經讓人可以看清楚那些慘死的人。

活著時越可愛的人，死後看來越悲慘可怕。

卓東來和司馬超群面對面的站著，冷風從窗外吹進來，刀鋒般砍在他們之間。

「我本來可以走的，像我這樣的人，無論哪裡都可以去。」卓東來說：「但是我不能走。」

他的聲音也變得出奇冷靜。

「因爲我花了一生心血才造成你這麼樣一個人，我不能讓你毀在別人手裡。」卓東來又一個字一個字的說：「你知道我的爲人，有很多事我卻寧願自己做。」

「是的，我知道。」

「我們是不是一向都能彼此瞭解？」

「是。」司馬超群說：「所以我早已準備好了。」

「你準備在什麼時候？」

「準備就在此時此刻。」司馬說：「殺人要及時，這句話我一定會永遠牢記在心。」

「你準備在什麼地方？」

「就在此地。」

司馬環視屋裡的屍體，每一個屍體活著時都是他最親近的人，都有一段令他永難忘懷的感情，每一個人的死都必將令他悲痛悔恨終生。

甚至連卓東來都一樣。

如果卓東來也死在這裡，那麼他生命中最重要的一部分，也就全都死在這裡了。

「就在此地。」司馬超群說：「天下還有什麼地方比這裡更好？」

「沒有了。」卓東來長長嘆息：「確實沒有了。」

六

這個世界上有種很特別的人，平時你也許到處都找不到他，可是你需要他的時候，他一定會在你附近，絕不會讓你失望。

卓青就是這種人。

「卓青，你進來。」

卓東來好像知道卓青一定會在他附近的，只要輕輕一喚，就會出現。

卓青果然沒有讓他失望。卓青從來都沒有讓任何人失望過。

從他很小的時候就沒有讓人失望過。可是今天看他卻顯得有些疲倦，身上還穿著昨天的衣服，連靴子上的泥污都沒有擦乾淨。

平時他不是這樣子的。

平時他不管多麼忙，都會抽出時間去整理修飾他的儀表，因爲他知道卓東來和司馬超群都是非常講究這些事的人。

幸好今天卓東來並沒有注意到這些，只是簡單的吩咐。

「跪下去，向司馬大爺叩頭。」

卓青跪下去，司馬超群並沒有阻止他，眼睛卻在直視著卓東來。

「你用不著要他叩頭的。」司馬說：「我知道他是你的義子，你沒有兒子，我會讓他承繼卓家的香火，如果你死了，我一定會好好的照顧他。」

他忍不住去看自己的兒子，眼中立刻充滿悲傷和憤怒：「我至少不會像你照顧我的兒子這樣照顧他。」

「我相信，」卓東來說：「我絕對相信。」

他看著卓青叩完頭站起來：「你已經聽到司馬大爺說的話，你也應該知道司馬大爺對任何人都沒有失信過，他照顧你一定比我照顧得更好。」

「我知道。」卓青的聲音也已因感激而嘶啞：「可是我這一生都不會再姓別人的姓。」

「你也一定要記住，如果我死了，你對司馬大爺也要像對我一樣。」卓東來無疑也動了感情：「我和司馬大爺之間無論發生了什麼事，都是我和他之間的私事，你非但不能有一點懷恨的心，而且絕不能把今天你看到的事告訴任何人。」

「我知道。」卓青黯然道：「我一定會照你的意思去做，就算要我去死，我也會去。」

卓東來長長嘆息！

「你一向是個好孩子，將來一定會有出息的。」他看著卓青：「你過來，有樣東西我要留給你，不管你死活，你都要好好保存。」

「是。」

卓青走過去，慢慢的走過去，眼中忽然露出種說不出的悲傷，好像已經預見到有一件極悲慘可怕的事要發生了。

他沒有逃避，因爲他知道這是無法逃避的。

司馬超群轉過頭不再去看他們。

他已下了決心，絕不能被任何人感動，絕不能因爲任何事改變主意。

然後他就聽見了一聲非常奇怪的聲音，就好像皮革刺破時發出的那種聲音。

等他再轉頭去看時，就發現卓東來已經在這一瞬間，把一把刀刺入卓青的心臟。

卓青後退了半步就慢慢的倒了下去。

他沒有喊叫。

他蒼白的臉上也沒有一點驚訝痛苦的表情，就好像早已預料到這件事會發生。

——並不是因爲卓東來這一刀出手太快，而是因爲他早有準備，在他走過去的時候，就好像已經準備好了。

司馬超群的臉色卻已因驚訝而改變。

「你爲什麼要殺他？」司馬厲聲問卓東來：「你是不是怕我在你死後折磨他？」

「不是的。」卓東來說：「你的心胸一向比我寬大仁慈，絕不可能做這種事。」

他的聲音很平靜：「我殺他，只不過因爲我不能把他留給你。」

「爲什麼？」

「因爲他是個非常危險的人，陰沉、冷酷而危險。」卓東來說：「現在他的年紀還輕，我還可以殺他，再過幾年，恐怕連我都不是他的對手了。」

他解下身上的紫貂裘，輕輕的蓋住了卓青的屍體，他的動作就好像慈父在爲愛子蓋被一樣。

可是他的聲音裡卻全無感情。

「現在他已經在培植自己的力量，我活著，還可以控制他，如果我死了，兩三年之間他就會取代我現在的地位，然後他就會殺了你。」卓東來淡淡的說：「如果我把這麼樣一個人留在你身邊，我死也不能安心。」

他說得很平淡，平淡得就好像他只不過爲司馬超群拍死了一隻蚊子而已。

他好像並不想讓司馬超群知道，不管他對別人多麼陰險、狠毒、冷酷，他對司馬超群的情感還是真實的。

這一點確實不容任何人否認。

司馬超群的雙拳緊握，身體裡每一根血管中的血液都似已沸騰。

可是他一定要控制住自己，他絕不能再像以前那麼樣活下去。

他是個有血有肉的人，不是個傀儡。

他妻子的屍體還在樑上，他那兩個活潑可愛、聰明聽話的孩子，已經再也不會叫他爸爸了。

司馬超群的身子忽然飛躍而起，燕子般掠過屋頂下的橫樑。

他的劍在樑上。

劍光一閃，寶劍閃電般擊下。

江湖中人都知道司馬超群用的劍是一柄「千錘大鐵劍」。

千錘百煉，煉成此劍。

這柄劍下擊時的力量，也像是有一千柄大鐵錘同時擊下一樣，凌厲威猛，萬夫不當。

這柄劍長四尺三寸，重卅九斤，鑄劍時用的鐵來自九府十三州，集九府十三州的鐵中精英，千錘百煉才鑄成了這柄大鐵劍。

可是這柄劍實在太重了。

劍法以輕靈流動變幻莫測爲勝，用這麼一柄劍，在招式變化間無疑會損失很多可以在一瞬間制敵傷人的機會。

高手相搏，這種機會無疑是稍縱即逝，永不再來的。

可是司馬超群一定要用這麼樣一柄劍，因為他是司馬超群。

只有他才配用這麼樣一柄劍，也只有他才能用這麼樣一柄劍。

江湖中都知道，司馬超群天生神力，舉千鈞如舉草芥。

如果他用的不是這麼樣一柄劍，大家都會覺得很失望的。

英雄無敵的司馬超群，怎麼能讓江湖豪傑失望？

現在他從樑上取下的劍卻不是這柄可以力敵萬夫的千錘大鐵劍。萬夫可敵，卓東來不可。

多年來他們一直並肩作戰，一直是生死與共的朋友，不是仇敵。

司馬超群每一次輝煌的勝利，卓東來都是在幕後策劃的功臣。

現在的情況不同了。

司馬超群雖然從未與卓東來交手，可是他知道卓東來比他這一生中所遇到的任何一個對手都要強得多，甚至比他還要強。

他也知道有很多人都認為卓東來比他強，他準備和卓東來決一死戰時，已經準備死在卓東來的刀下了。

所以這一次他用的並不是那柄千錘大鐵劍，因為他絕不能損失任何一個可以在一瞬間制敵傷人的機會。

所以這一次他用的也是一把短劍，和卓東來的刀一樣短、一樣鋒利。

他們用的刀劍也像是他們兩個人一樣，也是從同一個爐中鍛煉出來的。

爐中燃燒著的也是同一種火，能把鐵煉成鋼，也能使人由軟弱變爲堅強。

同一個爐，同一個釜，同一種火。

誰是豆？誰是萁？

八

劍光一閃，如閃電般擊下。

這是司馬超群威震天下的「霹靂九式」中最威猛霸道的一著「大霹靂」，江湖中已不知有多少高手敗在他這一劍下。

現在他用的雖然不是他的大鐵劍，這一劍擊下時的威力雖然要差一些，可是這柄短劍的鋒利，已可彌補它力量的不足，在運用時的變化更靈活。

但是現在司馬超群還是不該使出這一劍的。

這一劍是以強擊弱的劍法，是在算準對方心已怯，力已竭，絕非自己對手時才能使出的劍法。

因爲這一劍擊出，力已放盡，如果一擊不中，就必定會被對方所傷。其間幾乎完全沒有一點選擇的餘地。

對卓東來這麼樣一個人，他怎麼能使出這一劍來？是因爲他低估了卓東來？還是因爲他對自己太有把握？

高手相爭，無論是低估了對方，還是高估了自己，都同樣是不可原諒的錯誤。

司馬超群應該明白這一點。

他既不會低估卓東來，也不會高估自己，他一向是個很不容易犯錯的人。

他使出這一劍，只不過因爲他太瞭解卓東來了。

卓東來太謹慎，無論在任何情況下，如果沒有必勝的把握，都不會出手，出手時所用的招式，也一定是萬無一失的招式。

只要對方有萬分之一的機會能傷害他，他就不會使出那一招來。

司馬超群是他自己造成的不敗的英雄，他曾經親眼看過無數高手被斬殺在這一劍下。

司馬超群這個人和「大霹靂」這一劍，在他心裡都無疑會有種巨大的壓力。

這就是他的弱點。

他的弱點，就是司馬超群的機會。

司馬超群一定要把握住這個機會，只要卓東來在他的壓力下有一點遲疑畏懼，他這一劍就必將洞穿卓東來的心臟。

高手相爭，生死勝負往往只不過是一招間的事。

因爲他們在一招擊出時，就已將每一種情況都算好了。

——天時，地利，對手的情緒和體力，都已在他們的計算中。

可是每個人都難免有錯的時候，只要他的計算有分毫之差，他犯下的錯誤就必將令他遺恨終生。

九

劍光一閃，閃電般擊下。

卓東來沒有猶疑，沒有畏縮，也沒有被閃電般的眩目劍光所迷惑。

他已經在光芒閃動中找出了這一劍的尖鋒。

劍的尖，就是劍的心。

劍勢隨著尖鋒而變化，這種變化就是這一劍的命脈。

他一刀斷了這一劍的命脈。

滿天閃動的劍光驟然消失，卓東來的刀鋒已經在司馬左頸後。

他已經完全沒有閃避招架反擊的餘力，削鐵如泥的刀鋒在一瞬間就可以割下他的頭顱。

他沒有閉上眼睛等著挨這一刀。他的眼睛裡也沒有絲毫悲痛怨仇恐懼之意。

在這一瞬間，司馬超群居然顯得遠比剛才更平靜得多。

如果他剛才一劍刺殺了卓東來，也許反而沒有此時這麼平靜。

卓東來冷冷的看著他，眼中也沒有絲毫感情。

「你錯了。」卓東來說：「所以你敗了。」

「是的，我敗了。」

「你是不是一直都很想知道，如果我們兩個人交手會有什麼樣的結果？」

「是。」

「可是我卻不想知道，」卓東來說：「我一直都不想知道。」

他的聲音裡忽然露出種說不出的哀傷，可是他手裡的刀已經砍在司馬超群的脖子上。

只有刀光一閃，沒有鮮血濺出。

這一刀是用刀背砍下去的。

然後他就走，既沒有回頭，也沒有再看司馬超群一眼。

司馬忍不住嘶聲問：「你爲什麼不殺我？」

卓東來還是沒有回頭，只淡淡的說：「因爲現在你已經是個死人。」

十六　高處不勝寒

一

二月廿五，三更前後。

長安。

遠處有人在敲更，三更。

每一夜都有三更，每一夜的三更彷彿都帶著種淒涼而神秘的美。

每一夜的三更彷彿都是這一天之中最令人銷魂的時候。

卓東來坐擁貂裘，淺斟美酒，應著遠遠傳來的更鼓，在這個令人銷魂的三更夜裡，他應該可以算是長安城裡最愉快的人了。

他的對手都已被擊敗，他要做的事都已完成了，當今天下，還有誰能與他爭鋒？

又有誰知道他心裡是不是真的有別人想像中那麼愉快？

他也在問自己。

——他既然不殺司馬，爲什麼要將司馬超群擊敗？爲什麼要擊敗他自己造成的英雄偶像？

他自己是不是也和天下英雄同樣失望？

他無法回答。

——他既然不殺司馬，爲什麼不索性成全他？爲什麼不悄然而去？

卓東來也無法回答。

他只知道那一刀絕不能用刀鋒砍下去，絕不能讓司馬超群死在他手裡，正如他不能親手殺死自己一樣。

在某一方面來說，他這個人已經有一部分融入司馬超群的身體裡，他自己身體裡也有一部分已經被司馬超群取代。

可是他相信，就算沒有司馬超群，他也一樣會活下去，大鏢局也一樣會繼續存在。

喝到第四杯時，卓東來的心情已經真的愉快起來了，他準備再喝一杯就上床去睡。

就在他伸手去倒這杯酒時，他的心忽然沉了下去，瞳孔忽然收縮。

他忽然發現擺在燈下的那口箱子已經不見了。

附近日夜都有人在輪班守衛，沒有人能輕易走進他這棟小屋，也沒有人知道這口平凡陳舊的箱子是件可怕的秘密武器。

有什麼人會冒著生命危險到這裡拿走一口箱子？

「啵」的一聲響，卓東來手裡的水晶杯已粉碎，他忽然發現自己很可能做錯了一件事，忽然想到了卓青臨死前的表情。

然後他就聽見外面有人在敲門。

「進來。」

一個高額方臉寬肩大手的健壯少年，立刻推門而入，衣著整潔樸素，態度嚴肅誠懇。

大鏢局的規模龐大，組織嚴密，每一項工作、每一次行動都有人分層負責，直接受令於卓東來的人並不多，所以鏢局裡的低層屬下能當面見到他的人也不多。

卓東來以前並沒有注意到這個年輕人，可是現在立刻就猜出他是誰了。

「鄭誠。」卓東來沉著臉：「我知道你最近爲卓青立過功，可是你也應該知道這地方不是任何人都可以隨便來的。」

「弟子知道。」鄭誠恭謹而誠懇：「可是弟子不能不來。」

「爲什麼？」

「五個月前，卓青已將弟子撥在他屬下，由他直接指揮了。」鄭誠說：「所以不管他要弟子做什麼，弟子都不敢抗命。」

「是卓青要你來的？」

「是。」鄭誠說：「來替他說話。」

「替他說話？」卓東來厲聲問：「他爲什麼要你來替他說話？」

「因爲他已經死了。」

「如果他沒有死，你就不會來？」

「是的。」鄭誠平平靜靜的說：「如果他還活著，就算把弟子拋下油鍋，也不會把他說的那些話洩露一字。」

「他要你等他死了之後再來？」

「是的。」鄭誠道：「他吩咐弟子，如果他死了，就要弟子在兩個時辰之內來見卓先生，把他的話一字不漏的說出來。」

卓東來冷冷的看著他，忽然發現這個人說話的態度和口氣，幾乎就像是卓青自己在說話一樣。

「現在他已經死了。」鄭誠說：「所以弟子不能不來，也不敢不來。」

水晶杯的碎片猶在燈下閃著光，每一片碎片看來都像是卓青臨死的眼神一樣。

卓東來無疑又想起了他臨死的態度，過了很久才問鄭誠：「他是在什麼時候吩咐你的？」

「大概是在戌時前後。」

「戌時前後？」卓東來的瞳孔再次收縮：「當然是在戌時前後。」

那時候司馬超群和卓東來都已經到了那間墳墓般的屋子裡。

那時候正是卓青可以抽空去梳洗更衣的時候。

但是，他並沒有像平常一樣去做這些事，那時候他去做的事，是只能在他死後才能讓卓東來知道的事。

卓東來盯著鄭誠。

「那時候他就已知道他快要死了？」

「他大概已經知道了。」鄭誠說：「他自己告訴我，他大概已經活不到明晨日出時。」

「他活得好好的，怎麼會死？」

「因爲他已經知道有個人準備要他死。」

「這個人是誰？」

「是你。」鄭誠直視卓東來：「他說的這個人就是你。」

「我爲什麼會要他死？」

「因爲他爲你做的事太多了，知道的事也太多了，你絕不會把他留給司馬超群的。」鄭誠說：「他看得出你和司馬已經到了決裂的時候，不管是爲了司馬，還是爲了你自己，你都會先將他置之於死地。」

「他既然算得這麼準，爲什麼不逃走？」

「因爲他已經沒有時間了，他想不到事情會發生得這麼快，他根本來不及準備。」鄭誠道：「可是你和司馬交手之前，一定要先找到他，如果發現他已逃離，一定會將別的事全都放下，全力去追捕他，以他現在的力量，還逃不脫你的掌握。」

「到那時最多也只不過是一死而已，他爲什麼不試一試？」

「因爲到了那時候，司馬的悲憤可能已平息，決心也可能已動搖，他自己還是難逃一死，你和司馬反而可能因此而復合。」

鄭誠說：「你應該知道他是什麼樣的人，這種事他是絕不會做的。」

卓東來握緊雙拳。

「所以他寧死也不願給我這個機會，寧死也不願讓我與司馬復合？」

「是的。」鄭誠說：「因爲你們兩個人合則兩利，分則兩敗，他要替自己復仇，這次機會就是他唯一的機會。」

卓東來冷笑：「他已經死了，還能為自己復仇？」

「是的。」鄭誠說：「他要我告訴你，你殺了他，他一定會要你後悔的，因為他在臨死之前，已經替你挖好了墳墓，你遲早總有一天會躺進去。」

鄭誠說：「他還要我告訴你，這一天一定很快就會來的。」

卓東來盯著他，一個字一個字的說：「可是現在我還沒有死，還是在舉手間就可以殺了你，而且讓你死無葬身之地。」

「我知道。」

「那麼你在我面前說話怎敢如此無禮？」

「因為這些話不是我說的，是卓青說的。」鄭誠神色不變：「他要我把這些話一字不漏的告訴你，我若少說了一句，非但對你不忠，對他也無義。」

他的態度嚴肅而誠懇：「現在我還不夠資格做一個不忠不義的人。」

「不夠資格？」卓東來忍不住問：「要做一個不忠不義的人，也要有資格？」

「是。」

「要有什麼樣的資格才能做一個不忠不義的人？」

「要讓人雖然明知他不忠不義，也只能恨在心裡，看到他時，還是只能對他恭恭敬敬，不敢有絲毫無禮。」鄭誠說：「若是沒有這樣的資格也想做一個不忠不義的人，那就真的要死無葬身之地了。」

卓東來又盯著他看了很久，又一個字一個字的問：「我是不是已經有這樣的資格？」

鄭誠毫不考慮就回答：「是的。」

卓東來忽然笑了。

他不該笑的，鄭誠說的話並不好笑，每句話都不好笑，任何人聽到這些話都不會笑得出來。

可是他笑了。

「你說得好，說得好極，」卓東來笑道：「一個人如果已經有資格做一個不忠不義的人，天下還有什麼事能讓他煩惱？」

「大概沒有了，」鄭誠說得很誠懇：「如果有一天我也能做到這一步，我也不會再有什麼煩惱。」

「那麼你就好好的去做吧。」卓東來居然說：「我希望你能做得到。」

他又笑了笑：「我相信卓青一定也算準了我不會殺你，現在我正好用得著你這樣的人。」

鄭誠看著他，眼中充滿尊敬，就好像以前卓青的眼色一樣。

「還有一個人，」鄭誠說：「還有一個人很可能比我更有用。」

「誰？」

「高漸飛。」

鄭誠說：「他一直在等著見你，我要他走，他卻一定要等，而且說不管等多久都沒關係，因爲他反正也沒有什麼別的地方可去。」

「那麼我們就讓他等吧。」卓東來淡淡的說：「可是一個人在等人的時候總是比較難過些的。所以我們對他不妨好一點，他要什麼，你就給他什麼。」

「是。」

鄭誠慢慢的退下去，好像還在等著卓東來問他什麼話。

可是卓東來什麼都沒有再問，而且已經閉上眼睛，彷彿已經睡著了。

在燈下看來，他的臉色確實很疲倦，蒼白虛弱而疲倦。

但是鄭誠看著他的時候，眼中卻充滿了敬畏之意，真正從心底發出的尊敬和畏懼。

因爲這個人的確是跟別人不一樣的，對每件事的看法和反應都和別人不一樣。

鄭誠退出去，掩上門，冷風吹到他身上時，他才發現自己連褲襠都已被冷汗濕透。

二

卓東來的確和任何人都不一樣。

別人一定會爲某一件事悲傷憤怒時，他卻笑了，別人一定會爲某一件事驚奇興奮時，他的反應卻冷淡得出奇，甚至連一點反應都沒有。

他知道高漸飛來了，而且正像一個癡情的少年在等候情人一樣等著他。

他也知道高漸飛劍上的淚痕，隨時都可能變爲血痕，可能是他的血，也可能是他仇敵的血。

但是他卻好像連一點反應都沒有。

桌上的箱子已經不見了，被卓青安頓在那小院中箱子的主人很可能也不見了。

卓青已經決心要報復。

如果他要替卓東來找一個最可怕的仇敵，蕭淚血無疑是最理想的一個。

君子香並不是一種永遠解不開的迷藥，如果不繼續使用，蕭淚血的功力在三兩天之內就可以完全恢復。

那時候很可能就是卓東來的死期。

除此之外，卓青還可以爲他做很多事，很多要他後悔的事。

他的賬目，他的錢財，他的信札，他的秘密，每一樣都可能被卓青出賣，對他不滿的部屬，每一個人都可能被卓青所利用。

——卓青臨死前，爲他挖好的是個什麼樣的墳墓？

如果這種事發生在別人身上，一定會用盡一切方法，在最短的時間裡去查出來。

可是卓東來什麼事都沒有做。

卓東來睡著了，真的睡著了。

他先走進他的寢室，關上門窗，在床頭某一個秘密的角落裡按動了一個秘密的樞鈕。

然後他又到那個角落裡一個暗櫃中，拿出了一個鑲著珠寶的小匣子，從匣子裡拿出一粒淡綠色藥丸吞下去，一種可以讓他無論在任何情況下，都可以安然入睡的藥丸。

他太疲倦。

在一次特別輝煌的勝利後，總是會讓人覺得特別疲倦的。

在這種情況下，唯一能使人真正恢復清醒的事就是睡眠。

生死勝負的關鍵往往就決定在一瞬間，在決定這種事的時候，一定要絕對清醒。

所以他需要睡眠，對他來說，沒有任何事比這件事更重要。

也沒有任何人比卓東來更能判斷一件事的利害輕重。

在他入睡前，他只想到了一個人。

他想到的既不是慘死在他刀下的卓青，也不是隨時都可能來取他性命的蕭淚血。

他想到的是他的兄弟，那個一生下來就死了的兄弟，曾經和他在母胎中共同生存了十個月，曾經和他共同接受和爭奪過母胎中精血的兄弟。

他沒有見過他的兄弟，他的兄弟在他的心裡永遠都只不過是個模糊朦朧的影子而已。

可是在他入睡時那一瞬朦朧虛幻間，這個模糊的影子忽然變成一個人，一個可以看得很清楚的人。

這個人彷彿就是司馬超群。

三

遠處有人在打更，已過三更。

那麼單調的更鼓聲，卻又那麼淒涼、那麼無情，到了三更時，誰也休想將它留在二更。

司馬超群記得他剛才還聽見有人在敲更的，他記得剛才聽到敲的明明是二更。

他聽得清清楚楚。

那時候他雖然已經喝了酒，可是最多也只不過喝了七八斤而已，雖然已經有了點輕飄飄的感覺，可是頭腦還是清楚得很。

他清清楚楚的記得，那時候他正在一家活見鬼的小酒鋪裡喝酒，除了他外，旁邊還有一大桌客人，都是些十八九歲的小伙子，摟著五六個至少比他們大一倍的女人在大聲吹牛。

他們吹的是司馬超群。每個人都把司馬超群捧成是個天上少有、地下無雙的大英雄，而且多多少少跟他們有點交情。

吹的人吹得很高興，聽的人也聽得很開心。

唯一只有一個人既不高興也不開心，這個人就是司馬超群自己。

所以他就拚命喝酒。

他也清清楚楚的記得，就在別人吹得最高興的時候，他忽然站起來，拍著桌子大罵：「司馬超群是什麼東西？他根本就不是個東西，根本就不是人，連一文都不值，連個屁都比不上。」

他越罵越高興，別人卻聽得不高興了，有個人忽然把桌子一翻，十來個小伙子就一起衝了過來，他好像把其中一個人的一個鼻子打成了兩個。

這些事司馬超群都記得很清楚，比最用功的小學童記千字文記得還清楚。

他甚至還記得，其中有個臉上胭脂塗得就好像某種會爬樹的畜牲的某一部分一樣的女人，就脫下腳上穿的木屐來敲他的頭。

可是以後的事情，他就全不記得了。

那時候他清清楚楚的聽見敲的是二更，現在卻已經過三更。

那時候他還坐在一家活見鬼的小酒鋪裡喝酒，現在卻已經躺了下去，躺在一個既沒有楊柳岸，也沒有曉風殘月的暗巷中，一個頭變得有平時八個那麼重，喉嚨也變得好像是個大廚房裡的煙囪，而且全身又疼又痛，就好像剛被人當作了一條破褲子一樣在搓板上搓洗過。

——那個胖女人的紅漆木屐究竟有沒有敲在他的頭上？

——他是怎麼到這裡來的？

——在這段時間裡，究竟發生了什麼事？

司馬超群完全不記得了。

這段時候竟似完全變成了一段空白，就好像一本書裡有一頁被人撕掉了一樣。

四

司馬超群想掙扎著站起來的時候，才發現這條暗巷裡另外還有一個人，正在用一種很奇怪的眼神看著他，好像正在問他。

「你真的就是那個天下無雙的英雄司馬超群？你怎麼會變成了這個樣子？」

司馬超群決心不理他，決心裝作沒有看見這個人，可是這個人卻決心一定要讓他看見，不但立刻走了過來，還攙起了他的臂。

他本來費了大力氣還無法站起，可是現在一下就站起來了，而且站得筆挺。

這個人卻還是不肯放開他，眼神裡充滿同情和哀傷：「老總，你醉了，讓我扶著你。」

這個人說：「我是阿根，老總，你難道連阿根都不認得了？」

「阿根」？這個名字好熟。

只有在他初出道時就跟著他的人才會稱他爲「老總」。

司馬忽然用力一拍這個人的肩，用力握著他的臂，開懷大笑。

「好小子，這幾年你躲到哪裡去了？娶了老婆沒有？有沒有把老婆輸掉？」

阿根也笑了，眼中卻似有熱淚將要奪眶而出。

「想不到老總居然還記得我這個賭鬼，居然還認得我這個沒出息的人。」

「你是賭鬼，我們兩個一樣沒出息。」他拉住阿根：「走，我們再找個地方喝酒去。」

「老總，你不能再喝了，」阿根說：「要是你剛才沒有把最後那半罈酒一下子喝下去，那些小王八蛋怎麼碰得到老總你一根汗毛？」

他的聲音裡也充滿悲傷：「老總，要不是因爲你喝得全身都軟了，怎麼會被那些小王八蛋揍成這樣子？連頭上都被那條胖母狗用木屐打了個洞。」

阿根說：「那些兔崽子平時只要聽到老總的名字，連尿都會被嚇了出來。」

「難道我剛才真的挨了揍？」

司馬實在有點不信，可是摸了摸自己的頭和肋骨之後，就不能不信了。

「看樣子我是真的挨了揍。」他忽然大笑：「好，揍得好，揍得痛快，想不到挨揍居然是件這麼痛快的事，好幾十年我都沒有這麼痛快過了。」

「可是老總也沒有讓他們佔到什麼便宜，也把那些小王八蛋痛打了一頓，打得就像野狗一樣滿地亂抓。」

「那就不好玩了。」司馬居然嘆了口氣：「我實在不該揍他們的。」

「為什麼？」

「你知不知道他們為什麼要揍我？」司馬說：「因為我把他們心目中的大英雄司馬超群罵得狗血淋頭，一文不值。」

他又大笑：「司馬超群為了大罵自己而被痛打，這件事若是讓天下英雄知道，不把那些王八蛋笑得滿地找牙才怪。」

阿根卻笑不出來，只是喃喃的說：「要是卓先生在旁邊，老總就不會喝醉了。」

他忽然壓低聲音問：「卓先生呢？這次為什麼沒跟老總在一起？」

「他為什麼要跟我在一起？」司馬不停的笑：「他是他，我是我，他才是真正的大英雄，我只不過是個狗熊而已，他沒有把我的腦袋砍下來當夜壺，已經很對得起我了。」

阿根吃驚的看著他，過了很久，才囁嚅著問：「難道卓先生也反了？」

「他反了？他反什麼？」司馬還在笑：「大鏢局本來就是他的，我算什麼東西？」

阿根看著他，眼淚終於流下，忽然跪下來，「咚咚咚」磕了三個響頭。

「阿根該死，阿根對不起老總。」

「你沒有對不起我，天下只有一個人對不起我，這個人就是我自己。」

「可是有些事老總還不知道，阿根寧願被老總打死，也要說出來。」

「你說！」

「這些年來，阿根沒有跟在老總身邊，只因爲卓先生一定要派我到洛陽雄獅堂去臥底，而且還要我瞞著老總。」阿根說：「卓先生知道老總一向是個光明磊落的人，這種事一向都不讓老總知道。」

「正好我也不想知道，」司馬忽然長長嘆息：「朱猛那個混小子大概也不會知道他手下究竟有多少人是卓東來派去的，他大概也跟我一樣，是個不折不扣的混蛋。」

阿根又盯著他看了半天，眼睛裡忽然有種奇怪的光芒閃動，忽然問司馬：「老總想不想去見那個混蛋？」

司馬的眼睛裡也閃出了光：「你說的是哪個混蛋？」他提高了嗓門問：「是不是跟我一樣的那個混蛋朱猛？」

「是。」

「你知道他在哪裡？」司馬又問：「你怎麼會知道的？」

他盯著阿根：「難道你也是這次跟著他來死的那八十六個人其中之一？」

阿根又跪下：「阿根該死，阿根對不起老總，可是朱猛實在也跟老總一樣，是條有血性、有義氣的英雄好漢，阿根實在不忍在這時候再出賣他了，所以阿根這次來，也已經準備陪他死在長安。」

他以頭碰地，滿面流血：「阿根該死，阿根雖然背叛了大鏢局，可是心裡從來也沒有對老總有一點惡意，否則叫阿根死了也變作畜牲。」

司馬彷彿聽得呆愣了，忽然仰面而笑：「好，好朱猛！你能要卓東來派去的奸細都死心塌地的跟著你，實在是條好漢。」

他大笑著道：「釘鞋和阿根也是好漢，比起你們來，我司馬超群實在連狗屁都不如。」

他的笑聲嘶啞而悲愴，但是他沒有流淚。

確實沒有。

五

朱猛也沒有流淚。

眼看著釘鞋為他戰死，放在他懷抱中的時候，他都沒有流淚。

那時他流的是血。

雖然是從眼中流下來的，流下的也是血。

蝶舞一定還在不停的流血，世界上已經沒有人能止住她的血。

因為從她傷口中流出來的已經不是血，而是舞者的精魂。

而舞者的精魂已化為蝴蝶。

——有誰見過蝴蝶流血？有誰知道蝴蝶的血是什麼顏色？

流血，人們為什麼總是要流血？為什麼總是不知道這是件多麼醜惡的事？

可是蝴蝶知道。

因爲她的生命實在太美麗、太短促，已經不容人再看到她醜陋的一面。

「替我蓋上被，蓋住我的腿，我不要別人看見我的腿。」

這就是蝶舞第四次暈迷前所說的最後一句話。

其實她已經沒有腿。

就因爲她已經沒有腿，所以才不願被人看見，如果還有人忍心說這也是一種諷刺，也是人類的弱點之一，那麼這個人的心腸一定已被鬼火煉成鐵石。

又厚又重的棉被蓋在蝶舞身上，就好像暴風雨前的一片烏雲忽然掩去了陽光。

蝶舞的臉上已經沒有一絲光澤、一絲血色，就像是小屋裡木桌上那盞燈油已將燃盡的昏燈一樣。

朱猛一直在燈下守著她，沒有動，沒有說話，沒有喝過一滴水，也沒有流過一滴淚。

小屋裡陰濕而寒冷。

他屬下僅存的十三個人也像他守著蝶舞一樣在守著他。他們心裡也和他同樣悲傷絕望，可是他們還活著。

——出去替他們打聽消息，採買糧食的何阿根爲什麼還不回來？

阿根回來時，司馬超群也來了。

每個人都看見阿根帶了一個人回來，一個很高大的陌生人。髮髻已亂了，衣衫已破碎，身上還帶著傷，手邊卻沒有帶武器。

可是不管怎麼樣，在這種時候，他還是不應該帶這麼一個陌生人到這裡來的。

因爲這個落魄的陌生人看來雖然已像是條正在被獵人追捕得無路可走的猛獸，但是猛獸畢竟還是猛獸，還是充滿了危險，還是一樣可以傷人的。

這個人的身邊雖然沒有帶武器，卻帶著種比刀鋒劍刃還銳利逼人的氣勢。

小屋中每個人的手立刻都握緊了他們已下定決心至死不離的大刀。

每一把刀都已將出鞘。

只有朱猛還是坐在那裡動也不動，卻發下了一道他的屬下全都無法瞭解的命令。

他忽然命令他的屬下：「掌燈、燃火、點燭。」朱猛的命令直接、簡單而奇怪，「把所有能點燃的東西都點起來。」

沒有人明白朱猛的意思，可是司馬超群明白。

他從未見過朱猛。

可是他一走進這間昏暗陰濕破舊的小屋，一看到那個就像是塊已經被風化侵蝕了的岩石般坐在大炕旁的朱猛，就知道他已經看到了他這一生中最想看見，卻從未看見過的人。

小屋裡本來只有一盞昏燈。

燈火光明都是屬於歡樂的，本來已經如此悲慘的情況，再亮的燈光也沒有用了。

可是朱猛現在卻吩咐：「把所有的燈燭火把都點起來。」

他的聲音低沉而嘶啞：「讓我來看看這位貴賓。」

燈火立刻燃起，朱猛說的話通常都是絕對有效的命令。

三盞燈、七根燭、五支火把，已足夠把這小屋照亮如白晝，也已足夠將這小屋裡每個人臉上的每一條傷痕、皺紋都照得很清楚。

因悲苦哀痛仇恨憤怒而生出的皺紋，竟似比利刃刀鋒劃破的傷痕更深。

朱猛終於慢慢的站起來，慢慢的轉過身，終於面對了司馬超群。

兩個人默默的相對，默默的相視，天地間彷彿只剩下火燄閃動的聲音。

天地間彷彿也已經只剩下他們兩個人了。

兩個滿身帶著傷痕，滿心充滿悲痛的落魄人，兩個都已徹底失敗了的人。

可是天地間還是只有他們兩個人。

當他們兩個人面對面的站在那裡時，世上別的人彷彿都已不再存在。

「你就是司馬超群？」

「你看我是不是？」

「我看你實在不像，英雄無敵的司馬超群，實在不應該像是你這麼樣一個人。」朱猛說：「但是我知道你就是司馬超群，一定是。」

「爲什麼？」

「因爲除了司馬超群外，天下再也沒有第二個人會像你這個樣子。」朱猛說：「你樣子看起來，就好像剛才一下子活活見到了八百八十八個冤死鬼。」

司馬居然同意。

「能夠一下子見到八百八十八個冤死鬼的人確實不多，可是也不止一個。」

「除了你之外還有誰？」朱猛問：「是不是還有個姓朱叫朱猛的人？」

「好像是的。」

朱猛大笑。

他的確是在大笑，他平時聽到這種話的時候一定笑的，他的笑聲有時連十里外都可以聽得到。

現在他也在笑，只不過臉上連一點笑意都沒有，笑聲連站在他旁邊的人都聽不見。

因爲他根本連一點聲音都沒有笑出來。

沒有笑聲，也沒有哭聲，別的人非但笑不出，連哭都哭不出來。

可是他們眼裡卻已有熱淚奪眶而出。

他們既不是朱猛，也不是司馬超群，所以他們可以流淚。

可以流血，也可以流淚。

他們剩下的也只有滿腔血淚。

朱猛環顧這些至死都不會再離開他的好男兒，一雙佈滿血絲的大眼中，彷彿又有鮮血將要迸出。

「這一次我們敗了，徹底敗了，」他嘶聲道：「可是我們敗得不服，死也不服。」

「我知道，」司馬超群黯然：「你們的事我已經全都知道。」

「可是我們來的時候，你並不在長安。」

「是的，那時候我不在。」司馬長嘆：「我不知道你會來得這麼快。」

「所以你單騎去了洛陽？」

「我本來想趕去單獨見你一面，把我們之間的事徹底解決。」司馬道：「由我們兩人自己解決。」

「你真的這麼想？」

「真的。」

朱猛忽然也長長嘆息：「我沒有看錯你，我就知道當時你若在長安，至少也會給我們一個機會，堂堂正正的決一死戰。」

他的聲音裡充滿悲憤：「我們本來就是來死的，要我們死在這種卑鄙的陰謀詭計中，我們死得實在不服。」

「我明白。」

「但是我並不怪你，當時你若在長安，絕不會做出這種卑鄙無恥的事來。」

「你錯了。」司馬超群肅然道：「不管當時我在不在，這件事都是我的事。」

「為什麼？」

「因為那時候我還是大鏢局的總瓢把子，只要是大鏢局屬下做的事，我都負全責。」司馬超群道：「冤有頭，債有主，這筆債還是應該由我來還。」

「今日你就是來還債的？」

「是。」

「這筆債你能還得清？」朱猛厲聲問：「你怎麼樣才能還得清？」

敬。

「還不清也要還，」司馬超群道：「你要我怎麼還？我就怎麼還。否則我又何必來？」

朱猛盯著他，他也盯著朱猛，奇怪的是，兩個人的眼中非但沒有仇恨怨毒，反而充滿了尊敬。

「你說你那時候還是大鏢局的總瓢把子，」朱猛忽然問司馬：「現在呢？」

「現在我無論是個什麼樣的人，都跟這件事全無關係。」

「爲什麼？」

「因爲你還是朱猛，我還是司馬超群。」

這個在別人眼中看來已經徹底失敗了的人，神情中忽然又露出了帝王般不可侵犯的尊嚴：

「今日我要來還這筆債，就因爲你是朱猛，我是司馬超群，這一點無論在任何情況下都不會變的。」

司馬超群說：「就算頭斷血流，家毀人亡，這一點也不會變。」

——是的，是這樣子的。

——頭可斷，血可流，精神卻永遠不能屈服，也永遠不會毀滅。

這就是江湖男兒的義氣，這就是江湖男兒的血性。

朱猛凝視著司馬超群，神情中也充滿了不可侵犯的尊嚴。

「你是我一生的死敵，你我冤仇相結已深，已不知有多少人因此而死，」朱猛說：「爲了這些屈死的冤魂，你我也已勢難並存。」

「我明白。」

「我朱猛縱橫江湖一生，揮刀殺人，快意恩仇，從未把任何人看在眼裡。」朱猛說：「只有你，你司馬超群。」

他的聲音已因激動而顫抖：「你司馬超群今日請受我朱猛一拜。」

他真的拜倒。這個永不屈膝的男子漢，竟真的拜倒在地下，拜倒在司馬超群面前。

司馬超群也拜倒。

「我拜你是個真正的英雄，是條真正的男子漢。」朱猛嘶聲的說：「可是這一拜之後，你我便將永訣了。」

他一個字一個字的說：「因爲我還是會殺你，我別無選擇餘地。」

司馬超群肅然道：「是的。人在江湖，本來就是這樣的。你我都已別無選擇餘地。」

「你明白就好。」朱猛的聲音更嘶啞：「你明白就好。」

他站起來，再次環顧他的屬下。

「這個人就是司馬超群，就是毀了我們雄獅堂的人。」朱猛說得低沉而緩慢：「就爲了這個人要造成他空前的霸業，我們的兄弟已不知有多少人慘死在街頭，連屍骨都無法安葬，我們的姐妹已不知有多少人做了寡婦，有的人爲了要吃飯，甚至已經淪落到要去做婊子。」

大家默默的聽著，淚眼中都暴出了血絲，拳頭上都凸起了青筋。

「我們每個人都曾在心裡發過毒誓，不取下他的頭顱，誓不回故鄉。」朱猛說：「就算我們全都戰死，也要化做厲鬼來奪他的魂魄。」

他指著司馬超群：「現在他已經來了，他說的話你們都已經聽得很清楚。」

朱猛道：「他是還債來的，血債一定要用血來還。」

他的目光刀鋒般從他的屬下臉上掃過：「他只有一個人，他也像我們一樣，已經眾叛親離、家破人亡，但是我們最少還有這些兄弟，我們要報仇，現在就是最好的機會，他一個人絕不是我們這些人的對手。」

朱猛厲聲道：「你們的手裡都有刀，現在就可以拔刀而起，將他亂刀斬殺在這裡。」

沒有人拔刀。

大家還是默默的聽著，甚至連看都沒有去看司馬超群一眼。

朱猛大喝：「你們爲什麼還不動手？難道你們的手都已軟了？難道你們已經忘了怎麼樣殺人？」

阿根忽然衝過來，伏倒在司馬和朱猛面前，五體投地。

「老總，我知道你跟我到這裡來，就是準備來死的。」阿根說：「老總，你求仁得仁，死而無憾，你死了之後，阿根一定會先安排好你的後事，然後再跟著你一起去。」

司馬超群大笑：「好，好兄弟。」他大笑道：「好一個求仁得仁，死而無憾。」

忽然間，「噹」的一聲響，一把刀從一個人手裡跌下來，跌落在地上。

朱猛對著這個人，厲聲問：「蠻牛，你一向是條好漢，殺人從來也沒有手軟過，現在怎麼連刀都握不住了？」

蠻牛垂下頭，滿面血淚。

「堂主，你知道俺本來做夢都想把這個人的腦袋割下來，可是現在……」

「現在怎麼樣？」朱猛的聲音更淒厲：「現在你難道不想殺他？」

「俺還是想，可是叫俺這麼樣就殺了他，俺實在沒法子動手。」

「爲什麼？」

「俺也不知道是爲了什麼？」蠻牛也跪下來，用力打自己的耳光，打得滿臉是血：「俺該死，俺是個該死的孬種，俺心裡雖然知道，可是堂主若是叫俺說出來，俺卻說不出。」

「你孬種，你說不出，我說得出。」朱猛道：「你沒有法子動手，只因爲你忽然發現咱們天天想要他命的這個人是條好漢，他既然有種一個人來見咱們，咱們也應該以好漢來對待他，咱們若是這麼樣殺了他，就算報了仇，也沒有臉再去見天下英雄。」

他問蠻牛：「你說，你心裡是不是這麼樣想的？」

蠻牛以頭碰地，臉上已血淚模糊。

朱猛刀鋒般的目光又一次從他屬下們的臉上掃過去。

「你們呢？」他問他這些已經跟著他身經百戰、九死一生，除了一條命外什麼都沒有了的兄弟們：「你們心裡怎麼想的？」

沒有人回答。

可是每個人握刀的手都受傷了。

他們雖然已失去一切，卻還是沒有失去他們的血氣、義氣和勇氣。

朱猛看著他們，一個個看過去，一雙疲倦無神的大眼中忽然又有了光，忽然仰面而說：「好，這才是好兄弟，這才是朱猛的好兄弟，朱猛能交到你們這樣的兄弟，死了也不冤。」

他轉臉去問司馬超群：「你看見了吧，我朱猛的兄弟是些什麼樣的兄弟？有沒有一個是孬種的？」

司馬超群的眼睛已經紅了，早就紅了。

但是他沒有流淚。

他還是標槍般站在那裡，過了很久，才一個字一個字的說：「朱猛，我不如你，連替你擦屁股都不配。」他說：「因爲我沒有你這樣的兄弟。」

這句話不是別人說出來的，這句話是司馬超群說出來的。

天下無雙的英雄司馬超群。

朱猛眼中卻沒有絲毫得意之色，反而充滿了悲傷，彷彿正在心裡問自己：

——我們爲什麼不是朋友而是仇敵？

這句話當然是不會說出來的，朱猛只說：「不管怎樣，你對得起我們，我們也絕不會對不起你。」他說：「只可惜有一點還是不會變的。」

他握緊雙拳：「我還是朱猛，你還是司馬超群，所以我還是要殺你。」

這也是一股氣，就像是永生不渝的愛情一樣，海可枯，石可爛，這股氣卻永遠存在。

就因爲有這股氣，所以這些什麼都沒有，連根都沒有的江湖男兒，才能永遠活在有血性的人們心裡。

朱猛又道：「你剛才也說過，這本來就是我們兩個人的事，本來就應該由我們自己解決。」

他問司馬超群：「現在是不是已經到時候了？」

「是。」

朱猛又盯著他看了很久，忽然說：「給司馬大俠一把刀。」

蠻牛立刻拾起了地上的刀，用雙手送過去，一把百煉精鋼鑄成的大刀，刀口上已經有好幾個地方砍缺了。

「這把刀不是好刀，」朱猛說：「可是在司馬超群手上，無論什麼樣的刀，都一樣可以殺人。」

「是。」司馬超群輕撫刀鋒上的殘缺處：「這把刀本來就是殺人的刀。」

「所以我只想要你答應我一件事。」

「什麼事？」

「如果你能殺我，刀下千萬不要留情。」朱猛的聲音又變爲淒厲：「否則我就算殺了你，也必將抱憾終生。」

他厲聲問司馬：「你想不想要我朱猛爲你抱憾終生？」

司馬超群的回答很明白：「我若能一刀殺了你，你絕不會看到我的第二刀。」

「好！」朱猛說：「好極了。」

刀光一閃，朱猛拔刀。

小室中所有的人都避開了，這些人都是朱猛生死與共的好兄弟。

可是他們都避開了。

人生自古誰無死，死，死有什麼了不起？但是男子漢的尊嚴和義氣，卻是絕對不容任何人損傷的。

朱猛橫刀向司馬：「我若死在你的刀下，我的兄弟絕不會再找你。」

他說：「朱猛能死在司馬超群的刀下，死亦無憾。」

可是他還是忍不住要回頭去看蝶舞一眼，這一眼也許就是他最後一眼。

——我若死在你的刀下，只希望你能替我照顧她。

這句話也是不會說出來的，朱猛只說：「你若死在我的刀下，我一定會好好照顧你的妻子兒女。」

「我的妻子兒女？」司馬超群慘笑：「我的妻子兒女恐怕只有等我死在你的刀下後，才能去照顧他們了。」

朱猛心沉。

直到現在他才發覺司馬的悲傷痛苦也許遠比他更重、更深。

但是他已拔刀。刀已橫。

心也已橫了。

生死已在一瞬間，這個世界上恐怕已經沒有任何事能阻止他們這生死一戰。

但是就在這時候，就在這一瞬間——

「朱猛。」

他忽然聽見有人在呼喚，聲音彷彿是那麼遙遠，那麼遙遠。

可是呼喚他的人就在他身邊。一個隨時都可以要他去爲她而死的人。

一個他在夢魂中都無法忘記的人。

去者已去，此情未絕；
為君一舞，化作蝴蝶。

朱猛沒有回頭。

他的刀已在手，他的死敵已在他刀鋒前。他的兄弟都在看著他。他已不能回頭，他已義無反顧。

「朱猛，」呼喚聲又響起：「朱猛。」

那麼遙遠的呼喚聲，又那麼近。

那麼近的呼聲，又那麼遠，遠入浪子夢魂中的歸宿。

浪子的歸宿遠在深深的、深深的傷痛中。

朱猛回頭。

又是「噹」的一聲響，朱猛回頭，回頭時刀已落下，回頭時蝶舞正在看著他。

她看見的只有他，他看見的也只有她。

在這一瞬間，所有的人都已不存在，所有的事也都已不存在了。

所有的一切恩怨、仇恨、憤怒、悲哀都已化作了蝴蝶。

蝴蝶飛去。

六

蝴蝶飛去又飛來，是來？是去？是人？是蝶？

「朱猛、朱猛，你在不在？」

「我在，我在，我一直都在。」

他在。

寶刀不在，雄獅不在，叱吒不可一世的英雄也已不在。

可是他在。

只要她在，他就在。

「朱猛，我錯了，你也錯了。」

「是的，我是錯了。」

「朱猛，我爲什麼總是不明白你心裡是怎麼樣對我的？你爲什麼總是不讓我知道？」蝶舞說：「你爲什麼總是不讓我知道你是多麼喜歡我？我爲什麼總是不讓你知道我是多麼需要一個喜歡我的人？」

沒有回答，有些事總是沒有回答的，因爲它根本就沒有答案。

「朱猛，我要死了，你不要死。」蝶舞說：「我可以死，你不可以死。」

她的聲音就如霧中的遊絲。

「我已不能再爲你而舞了，但是我還可以爲你而唱。」蝶舞說：「我唱，你聽，我一定要唱，你一定要聽。」

「好，你唱，我聽。」

沒有了。

沒有人，沒有怨，沒有仇恨，除了她要唱的歌聲，什麼都沒有了。

於是她唱。

「寶髻匆匆梳就，鉛華淡淡妝成；
青煙紫霧罩輕盈，飛絮遊絲無定。
相見不如不見，有情何似無情；
笙歌散後酒初醒，深院月斜人靜。」

遊絲漸走更遠更停。

她唱，她已唱過。

她停。

天地間所有的一切都已停止，至少在這一瞬間都已停止。

人間已不再有舞，也不再有歌，人間什麼都已不再有。連淚都不再有。

只有血。

朱猛癡癡的站在那裡，癡癡的看著她，忽然一口鮮血吐了出來。

十七　一劍光寒

一

二月二十六。

長安。

高漸飛在等。

鄭誠告訴他：「卓先生暫時還不能見你，但是他說你可以在這裡。」

小高微笑：「我會等的。」他的笑容溫和平靜：「我可以向你保證，你一定從來都沒有見過像我這麼樣會等人的人。」

「哦？」

「因爲我比誰都有耐性，也許比一個八十歲的老頭子還有耐性。」小高說：「我從前住在深山裡，有一次爲了等著看一朵山茶開花，你猜我等了多久？」

「你等了多久？」

「我足足等了三天。」

「然後你就把那朵花摘下來插在衣襟上？」

「我沒有，」小高說：「等到花開了，我就走了。」

「你等了三天，就爲了要看花開時那一瞬間的情況？」

鄭誠自己也是個很有耐性的人，而且好像能夠明白小高的意思。

「不管你在等的是什麼，通常都不會沒有目的。」他對小高說：「你雖然沒有把那朵花摘下來，可是你的目的一定已達到，而且你的目的絕不是僅僅爲了要看一朵山茶花開而已。」

「我會有什麼別的目的？」

「一朵花也是一個生命，在那朵花開的那一瞬間，也就是生命誕生的時候。」鄭誠說：「一個生命在天地孕育中誕生，其中變化之精微奇妙，世上絕沒有任何事能比得上。」

他凝視著小高：「所以我想你那三天時間並沒有虛耗，經過那次觀察後，你的劍法一定精進不少。」

小高吃驚的看著他，這個長著一張平平凡凡的四方臉的年輕人，遠比他看起來的樣子聰明得多。

「等人更不會沒有目的，你當然也不會等到卓先生一來就走的。」鄭誠淡淡的問小高：「你這次的目的是什麼？」

他不讓小高開口，又說：「這個問題你用不著回答我，我也不想知道。」

「這是你自己問我的，爲什麼又不要我回答，又不想知道？」

「因爲一個人知道的事越少越好。」

「你既然根本不想知道，爲什麼又要問？」

「我只不過在提醒你，我既然會這麼說，卓先生一定也會這麼想的。」

鄭誠說：「等到卓先生問你這個問題時，你最好有一個很好的理由回答他，而且能夠讓他滿意，否則你最好就不要再等下去了。」

他很嚴肅而誠懇：「讓卓先生覺得不滿意的人，現在還能夠活著的並不多。」

說完了這句話，他就走了，他並不想等著看小高對他說的這句話有什麼反應。

可是走到門口，他又回過頭：「還有件事我忘了告訴你。」

「什麼事？」

「卓先生還吩咐過我，你要什麼，就給你什麼，不管你要什麼都行。」

「他真的是這麼樣說的？」

「真的是。」

小高笑了，笑得非常愉快：「那就好極了，真的好極了。」

二

卓東來召見鄭誠時，已經接近正午。鄭誠完全看不出他和平時有什麼不同的地方，就在昨天一日間發生的那些悲慘而可怕的事，看來就好像跟他連一點關係都沒有，卓青已經做出些什麼事來報復他？他也絕口不問。

他只問鄭誠：「高漸飛是不是還在等？」

「是的，他還在等。」鄭誠說：「但是他要的東西我卻沒法子完全替他找到。」

「他要的是什麼，連你都找不到？」

「他要我在一個時辰裡替他準備二十桌最好的酒菜，而且限定要長安居和明湖春兩個地方的廚子來做。」鄭誠說：「他還要我在一個時辰裡，把城裡所有的紅姑娘都找來陪他喝酒。」

「你替他找來了多少？」

「我只替他找來七十三個，其中有一大半都是從別的男人被窩裡拉出來的。」

卓東來居然笑了笑。

「在那個時候，被窩裡沒有男人的姑娘，也就不能算紅姑娘了。」他說：「這件事你辦得已經很不錯，今天早上我們這地方一定很熱鬧。」

「的確熱鬧極了，連鏢局裡會喝酒的弟兄們，都被他拉去陪他喝酒。」鄭誠道：「他一定要每個人都好好的爲他慶祝一番。」

「慶祝？慶祝什麼？」卓東來問：「今天有什麼值得他慶祝的事？」

「他沒說。」鄭誠道：「可是我以前聽說過，有很多人在知道自己快要死的時候，都會這樣做的。」

卓東來沉思著，瞳孔忽然又開始收縮，過了很久才說：「只可惜我知道他暫時還死不了。」

三

酒已醉，客已散，前面的花廳和走廊上，除了散滿一地斷釵落環，腰帶羅襪，和幾個跌碎了的鼻煙壺和胭脂盒外，還有些讓人連想都想不到的東西，好像特地要向主人證明，他們的確都已醉了。

他們的主人呢？

主人不醉，客人怎麼能盡歡？

小高就像是個死人一樣，袒著肚子躺在一張軟榻上，可是等到卓東來走到他面前時，這個死人忽然間就醒了，忽然嘆了口氣。

「你爲什麼總是要等到曲終人散才來？難道你天生就不喜歡看到別人開心的樣子？」

卓東來冷冷的看著他，淡淡的說：「我的確不喜歡，醒眼看醉人，並不是件很有趣的事……」

他盯著小高的眼睛：「幸好你還沒有醉，醉的是別人，不是你。」

小高的眼睛裡連一點酒意都沒有。

「我看得出你還很清醒，」卓東來說：「比三月天的兔子還清醒。」

小高笑了，大笑。

「你沒有看錯，確實沒有看錯。」他大笑道：「你的眼睛簡直比九月天的狐狸還利。」

「你要別人醉，自己爲什麼不醉？」

「因爲我知道狐狸遲早會來的。」小高說：「有狐狸要來，兔子怎麼能不保持清醒？」

「如果狐狸來了，兔子再清醒也沒有用的。」

「哦？」

「如果知道有狐狸要來，兔子就應該趕快逃走才對。」卓東來笑道：「除非這個兔子根本就不怕狐狸！」

「兔子怎麼會不怕狐狸？」

「因爲牠後面還有一根槍，這根槍已經對準了狐狸的心，隨時都可以刺進去。」

「槍！」小高眨了眨眼：「哪裡來的槍？」

卓東來笑了笑：「當然是從一口箱子裡來的，一口失而復得的箱子。」

小高不笑了，眼睛也不再眨，而且露出了一種從心裡就覺得很佩服的表情。

「你已經知道了？」他問卓東來：「你怎麼知道了？」

「你以爲我知道了什麼？」卓東來說：「我只不過知道這個世界上有種人，如果吃了別人一次虧，就一定會想法子加十倍去討回來，我只不過知道蕭淚血恰巧就是這種人，而且恰巧找到了你。」

他又笑了笑：「我知道的只不過如此而已。」

小高又盯著他看了半天，嘆了口氣。

「這已經不是如此而已了，已經夠多了。」他嘆息著道：「難怪蕭淚血告訴我，能夠和卓先生談生意，絕對是件很愉快的事，因爲有些事你根本不必說出來，他已經完全知道。」

卓東來的微笑彷彿已變為苦笑：「可惜我自己還不知道自己究竟已知道了多少？」

「你知不知道這次是蕭淚血要我來的？」小高自己回答了這問題：「你當然已經知道，而且你一定已經知道他要我來跟你談的絕不是什麼好事。」

「不好的事也有很多種，」卓東來問：「他要你來談的是哪一種？」

「大概是最不好的一種。」小高又在嘆息：「如果不是因為我欠他一點情，這種事連我都不願意來跟你談。」

「你錯了！」卓東來居然又在微笑：「這一點你錯了。」

「哪一點？」

「在某一方面來說，最好的事往往都是最不好的事，所以在另一方面來說，最不好的事本來就是最好的事。」卓東來說：「人間事往往就有很多皆如是。」

他又解釋：「如果蕭先生根本就不要人來跟我談，卻在夜半無人時提著他的那口箱子來找我，那種事才是最不好的一種。」

「所以不管他要我來跟你談的是什麼事，你都不會覺得不太愉快？」

「我不會。」

「那就好極了。」

可是小高的表情卻忽然變得很嚴肅，仿效著卓東來的口氣，一個字一個字的說：「他要我來接替司馬超群的位置，來接掌大鏢局的令符，當大鏢局的總局主。」

這句話說出來，無論誰都認為卓東來一定會跳起來的。

但是他連眼睛都沒有霎一霎，只淡淡的問小高：「這真是蕭先生的意思？」

「是的。」

小高反問卓東來：「你的意思呢？」

卓東來連考慮都沒有考慮，就簡單的說出了兩個字：

「很好。」

「很好？」小高反而覺得很驚訝：「很好是什麼意思？」

卓東來微笑，向小高鞠躬。

「很好的意思就是說，現在閣下已經是大鏢局的第一號首腦，已經坐上大鏢局的第一把交椅了。」

小高怔住。

卓東來對他的態度已經開始變得很恭敬。

「從今以後，大鏢局屬下的三十六路好漢，已經全部歸於你的統轄之下，如果有人不服，卓東來願爲先鋒，將他立斬於刀下。」

他用他那雙暗灰色的眼睛正視著小高：「可是從今以後，你也是大鏢局的人了，大鏢局唯你馬首是瞻，你也要爲大鏢局盡忠盡力，大鏢局的困難，是你的困難，大鏢局的仇敵，也就是你的仇敵。」

小高終於吐出口氣。

「我明白你的意思。」

小高苦笑：「本來我還不明白你爲什麼會答應得這麼快，現在我總算明白你的意思了。」

「事情本來就是這樣子的，正如寶劍的雙鋒一樣。」卓東來的聲音嚴肅而平靜：「要有所收穫，就必需付出代價。」

他的聲音忽然變得有些嘶啞：「我想你一定也知道司馬超群曾經付出過什麼樣的代價。」

「你呢？」小高忽然問他：「你付出過什麼？」

卓東來笑了笑。

「我付出過什麼?我又得到什麼？」他的笑容中竟然充滿傷感：「這個問題我恐怕不能回答你，因爲我自己也不知道。」

這句話也不是謊話，而且說得確實有點傷感，甚至連小高都開始有點同情他了。

幸好卓東來立刻恢復了岩石般的冷靜，而且立刻提出了一個比刀鋒更尖銳的問題。

「我願意擁立你爲鏢局之主，我也願意爲你效忠效力。我相信我們彼此都已經很瞭解，這樣做對我們都有好處！」他問小高：「可是別人呢？」

「別人？」

「大鏢局屬下的三十六路人馬，沒有一個是好惹的角色，要他們誠心擁戴你爲總瓢把子，很不是件容易事。」

他又問小高：「你準備怎麼做？」

「你說我應該怎麼做？」

「先要有威，才能有信，有了威信，才能號令群雄，才能讓別人服於你。」卓東來說：「你身居此位，當然要先立威。」

「立威？」小高問：「要怎麼樣立威？」

「現在司馬和我已決裂，他已經負氣而去，不知去向。」

「我知道。」

「不但你知道，我相信還有很多別的人也知道了。」卓東來說：「卓青臨死之前，一定不會忘記派人把這個消息傳出去。」

「只要能夠報復你，而且是他能夠做到的事，我相信他連一件都不會忘記做的。」

小高說：「我也相信他能做到的事一定很不少。」

「的確不少。」

「所以你聽到蕭先生要我來接掌鏢局，連一點反對的意思都沒有。」小高苦笑：「因為你也很需要我來幫你收拾殘局。」

這一點卓東來居然也不否認。

「現在我們的情況的確不太穩定，蕭先生想必也很明白這種情況，所以才會要你來。」卓東來說：「蕭先生和我之間彼此也很瞭解，也算準我絕不會拒絕的。」

他盯著高漸飛，一個字一個字的說：「在這種情況你要立威，當然要用最直接有效的法子。」

小高也在盯著他，過了很久，才一個字一個字的問：「你是不是要我殺朱猛來立威？」

「是的。」

「這就是你的條件？」

「不是條件，而是大勢。」卓東來冷冷的說：「大勢如此，你我都已別無選擇的餘地。」

高漸飛霍然站起，走到窗口。

窗外積雪未溶，天氣卻已晴了，大地仍然是一片銀白，天色卻已轉爲湛藍。遠方忽然有一片白雲飛來，忽然停下，又忽然飛去。

也不知道過了多久，卓東來才輕輕的嘆息。

「我瞭解你們，你和朱猛都是江湖人，重應諾而輕生死，因爲，生死之間本來就只不過是彈指間的事。」他說得很誠懇：「所以你們萍水相逢，惺惺相惜，便能以生死相許。」

他的嘆息聲中的確有些感慨：「在那些根本就不知道『朋友』爲何物的君子先生眼中看來，你們也許根本就不能算朋友，但是我瞭解你們。」

卓東來說：「所以我也瞭解，要你去殺朱猛，的確是件很悲哀的事，不僅是你的悲哀，也不僅是他的，而是我們大家共有的悲哀。」

小高無語。

「所以我也希望你能瞭解一件事。」卓東來說：「你不去殺朱猛，也一樣有人會去殺他的，他不死在你手裡，也一樣會死在別人手裡。」

「爲什麼？」

「秦失其鹿，天下共逐之，司馬超群失去了他的地位，情況也一樣。」卓東來說：「所以朱猛的頭顱，現在已成爲大鏢局屬下三十六路豪傑逐鹿的對象。」

他又解釋：「因爲朱猛也是一世之雄，而且是大鏢局的死敵，大鏢局中無論誰能取下他的頭顱，都可以藉此立威於諸路英豪間，取司馬之位而代之。」

卓東來說：「其中最少有三個人有希望。」

「你怕他們！」

「我怕的不是他們。」

「那麼你自己為什麼不取而代之？」

「因為你。」卓東來說：「我也不怕你，可是再加上蕭先生，天下無人能敵。」

這次他說的也是實話。

「以前我不殺朱猛，是為了要將他留給司馬，而這次我不殺朱猛，是為了要將他留給你。」卓東來說：「與其讓別人殺了他，就不如讓他死在你手裡了，反正他遲早都已必死無疑。」

小高霍然轉身，盯著他，眼中佈滿血絲，臉上卻連一絲血色都沒有。

「你剛才說的那三個人，現在是不是也到了長安？」小高問卓東來。

「很可能。」

「他們是誰？」

「是一口無情的劍、一柄奪命的槍，和一袋見血封喉的暗器。」卓東來說：「每一種都有資格列入天下最可怕的七十件武器之中。」

「我問的是他們的人，不是他們的武器。」

「他們的人都是殺人的人，在長安都有眼線，都能在一兩個時辰中找到朱猛。」卓東來說：「你只要知道這些就已足夠。」

「你為什麼不說出他們的名字？」

「因為你知道他們的名字之後，很可能會影響到你的鬥志和心情。」

「我們能不能在他們之前找到朱猛？」

「你不能，我能。」

「朱猛此刻在哪裡？」

「在我的掌握中。」卓東來悠然道：「他一直都在我的掌握中。」

四

暮雲四合，群山在蒼茫的暮色中，朱猛也在，在一抔黃土前。

一抔新堆起的黃土，墓上的春草猶未生，墓前石碑也未立，因爲墓中的人可能已化作蝴蝶飛去。

墓中埋葬著的也許只不過是一段逝去的英雄歲月，和一段永遠不會消逝的兒女柔情而已。

但是朱猛仍在。司馬仍在。

所以他們之間糾纏錯綜的恩怨情仇也仍在，他們之間這個結本來就是任何人都解不開的。

暮色漸深。

朱猛癡癡的站在那裡，已不知站了多久，他僅存的十餘兄弟癡癡的看著他，誰也不知道他心裡是什麼滋味？誰也不知道他的兄弟們心裡是什麼滋味。

但是他們自己心裡都知道，如果人生真的如戲，如果他的這一生也只不過是一齣戲而已，那麼這齣戲無疑已將到落幕的時候。

無論這齣戲多麼慘烈悲壯轟動，現在都已將到了落幕的時候。

蝶舞只不過先走了一步，他們卻還要把最後這段路走完。

不管多艱苦都要走完，他們只希望能把仇人的血灑滿他們的歸途。

朱猛終於轉過身，面對著他這班生死與共的兄弟，用他那雙滿佈血絲的大眼看著他們，從他們臉上一個人、一個人看過去，在每個人的臉上都停留了很久，就好像看過這一眼後，就永遠不會再見了。

然後他才用沙啞的聲音說：

「人生從來也沒有永遠不散的筵席，就算兒子跟老子，也總有分手的時候，現在就已經到了我們分手的時候。」

他的兄弟們臉色已變了，朱猛裝作看不見。

「所以現在我就要你們走，最好分成幾路走，不要超過兩人一路。」朱猛說：「因爲我要你們活下去，只要你們還有一個人能活下去，雄獅堂就還有再起的希望。」

沒有人走，沒有人動。

朱猛跳起來，嘶聲大吼。

「我操你們的祖宗，你們難道沒聽見老子在說什麼？你們難道希望雄獅堂的人都死盡死光死絕？」

還是沒有人動，也沒有人開口。

朱猛用力抽下了腰上一條巴掌寬的皮板帶，往他們衝了過去。

「你們不走，你們要死，好，老子就先把你們活活抽死在這裡，免得惹老子生氣。」板帶抽下，一板帶一條青紫，一板帶一條血痕。

可是他這些既不知死活、也不知疼痛的兄弟們，只是閉著嘴，咬著牙，連一動都不動。

司馬超群遠遠的站著，遠遠的看著，好像連一點感覺都沒有。

可是他的嘴已經有一絲鮮血沁出。

他的牙齒咬得太緊，已咬出了血。

起了風，不知道在什麼時候忽然颳起了風。颳在人身上好像小刀子一樣的那種冷風。

朱猛的手終於垂落。

「好！你們要留下來陪我一起死，我就讓你們留下來。」他厲聲說：「可是你們一定要記住，不管我跟司馬超群這一戰是誰勝誰負，都跟你們一點關係都沒有，你們絕不能動他。」

司馬超群忽然冷笑。

「沒有用的，不管你想用什麼法子來感動我都沒有用的。」

「你說什麼？」朱猛嘶聲問：「你在說什麼？」

「我只不過想要你明白，現在我雖然已經家破人亡，也絕不會故意成全你，故意讓你殺了我，讓你拿我的頭顱去重振你的聲威，重振雄獅堂。」司馬超群的聲音也已完全嘶啞：「你若想要我頸上這顆人頭，還是要拿出真功夫來。」

「放你娘的狗屁。」朱猛暴怒：「誰想要你故意放老子這一馬？老子本來還把你當作一個人，誰知道你放的卻是狗屁。」

「好，罵得好。」司馬仰面而笑：「你有種就過來吧！」

朱猛本來已經準備撲過去，忽然又停下，那種雷霆般的暴怒居然也忽然平息，忽然用一種很奇怪的表情看著司馬超群，就好像他是第一次看到這個人一樣。

「你怎麼不敢過來了？」司馬又在挑釁：「難道你只有膽子對付你自己的兄弟？難道『雄獅』朱猛竟是個這樣的孬種！」

朱猛忽然也笑了，仰面狂笑。

「好，罵得好，罵得真他娘的好極了！」他的笑聲如猿啼：「只可惜你這麼樣做也沒有用的。」

「你在說什麼？」司馬超群還在冷笑：「你放的是什麼屁！」

這次朱猛非但沒有發怒，反而長長嘆息：「司馬超群，你是條好漢。我朱猛縱橫一生，從未服人，卻已經有點佩服你。」他說：「可是你若認爲我朱猛只不過是條不知好歹的莽漢而已，你就錯了，你的意思我還是明白的。」

「你明白什麼？」

「你用不著激我去殺你，也用不著用這種法子來激我的火氣。」朱猛說：「我雖然已經垮了，而且爲了一個女人，就變得像白癡一樣失魂落魄，變得比死了親娘還傷心。」

他忽然用力一拍胸膛：「可是只要我朱猛還有一口氣在，就一定會拚到底的，用不著你來激我，我也會拚到底。」

「哦？」

「朱猛頸上這顆人頭也不是隨便就會讓人拿走的，也不會成全你。」朱猛厲聲道，「可是我也不要你來成全我。」

他以大眼逼視司馬：「今日你我一戰，生死勝負本來就沒有什麼關係，我根本就沒有放在心上，可是你若有一點意思要成全我，」朱猛的聲音更慘厲：「只要你有一點這種意思，你司馬超群就不是人生父母養的，就是個狗養的雜種，只要你讓了我一招一式，我就馬上死在你面前，化爲厲鬼也不饒你。」

司馬超群看著他，看著他那雙佈滿血絲的大眼，看著這位雖然已形銷骨立，卻仍有雄獅般氣概的人，過了很久之後才說：「好，我答應你，無論如何，今日我都會放盡全力與你決個死戰。」

朱猛也正看著他，看著這個曾經被當世天下英豪捧在天上，而今卻已落入泥塗的英雄偶像，忽然仰天長嘆：「你我今世已注定爲敵，我朱猛但願能有來生而已，但願來生我們能交個朋友，不管今日這一戰是誰勝誰負，誰生誰死都如此。」

五

風更冷。

遠山已冷，青塚已冷，人也在冷風中，可是胸中卻都有一股熱血。

這股熱血是永遠冷不了的。

因爲這個世界上還有一些人胸中有這麼樣一股永遠冷不了的熱血，所以我們心中就應該永無畏懼，因爲我們應該知道，只要人們胸中還有這一股熱血存在，正義就必然常存。

這一點必定要強調，因爲這就是義的精神。

暮色也更深了。

司馬超群和朱猛兩個人在暮色中看來，已經變得只不過是兩條朦朧模糊的人影而已。可是在這些熱血沸騰的好漢們眼中看來，這兩條朦朧模糊的人影，卻遠比世上任何一個人的形像都要鮮明強烈偉大得多。

因爲他們爭的並不是生死榮辱、成敗勝負。

他們將世人們不能捨棄的生死榮辱都置之度外，他們只不過是在做一件他們自己認爲自己必須要做的事。

因爲這是他們做人的原則。

頭可斷、血可流，富貴榮華可以棄如敝屣，這一點原則卻絕不可棄。

——他們這麼樣做，是不是會有人認爲他們太愚蠢？

——如果有人認爲他們太愚蠢，那種人是種什麼樣的人？

六

朱猛肅立，與司馬超群肅然對立，生死已決定於一瞬間。

奇怪的是，排斥激盪於他們兩個人之間的那一股氣並不是仇恨，而是一股血氣。

朱猛忽然問：「近十年來，你戰無不勝，從未遇過對手，你克敵時用的是不是一口千錘大鐵劍？」

「是。」

「你的劍呢？」

「劍不在，可是我的人在。」司馬超群說：「你要戰的並不是我的劍，而是我的人，所以只要我的人在，就已足夠。」

「你要來跟我拚生死決勝負，爲什麼不帶你的劍來？」

「因爲我赤手也一樣可以搏殺獅虎。」

朱猛慢慢的把他的板帶繫在腰上，也只剩下一雙空拳赤手。

「我朱猛一生縱橫江湖，快意恩仇，無信無義、無廉無恥的小人已不知有多少被我刺殺於刀下。」他說：「我殺人時用的通常都是一柄大掃刀。」

「你的刀呢？」

「刀在。」朱猛說：「我的刀在。」

他伸出手，就有人把他那柄能在千軍萬馬中取敵帥首級的大掃刀送了來。

「好刀。」司馬超群大聲說：「這才是殺人的刀。」

「這的確是把殺人的好刀。」朱猛輕撫刀鋒：「只不過這把刀殺的一向都是小人，不是英雄。」

刀在他的手裡。

他左手握刀柄，右手拗刀鋒，「崩」的一聲響，一柄刀仍在他手裡，卻已被拗成兩截。

斷刀化為飛虹，飛入更深更濃更暗更遠的暮色中，飛不見了。

朱猛的聲音雖然更嘶啞，幾乎已不能成聲，可是豪氣仍在：「司馬超群可以用一雙赤手搏殺獅虎，我朱猛又何嘗不能？」

他緊握雙拳，他的拳如鐵，司馬超群的一雙鐵拳也利如刀鋒。

「你遠來，你是客。」司馬說：「我不讓你，可是你應先出手。」

「好！」

聽到朱猛說出這一個「好」字，蠻牛就知道自己快要完了。

七

「蠻牛」是個人，是條好漢。

但是他有的時候長的就像是條牛一樣，牛一樣的脾氣，牛一樣的倔強，比野牛還野，比蠻牛還蠻，一身銅筋鐵骨，簡直就像是條鐵牛。

可惜這條鐵牛的心，卻像是瓷器做的，碰都碰不得，一碰就碎了。

所以他一直都坐得最遠。

別人都站著，他坐著，因爲他怕自己受不了。

有很多事他都受不了。

他最受不了那種出賣朋友的小人，碰到那種人，他隨時都可以用他唯一的一條命去拚一拚。

他也受不了那種對朋友太夠義氣的人，因爲碰到這種人，他也隨時都會把自己唯一的一條命拿去賣給他。毫無條件的賣出去，絕不後悔。

所以他一聽見朱猛說「好」，一看見朱猛一拳擊出，他就知道自己快要完了。就好像釘鞋看見朱猛已經站到小高身旁的情況一樣。除了死之外，他已經沒有第二條路好走。

他只希望能夠在臨死之前看到朱猛擊倒司馬超群，只希望在臨死之前還能跟隨著朱猛，到大鏢局去跟卓東來拚一拚。

只要能做到這一點，老天爺就是待他不薄了，他自己也已死而無怨。

千古艱難唯一死，他現在已經準備死了，這一點要求應該不算過分。

可惜老天爺偏偏不肯答應他。

就在他看到朱猛彷彿又回復了往日的雄風，揮動鐵拳，著著搶攻時，忽然有一條黑色的絞索輕輕柔柔的從後面飛來，套住了他的咽喉。

蠻牛想掙扎反抗呼喊時，已經太遲了。

絞索已經收緊，嵌入了他的喉結，他只覺得全身的力量忽然消失，全身的肌肉忽然鬆弛，所有的排洩物忽然同時流出。

這時候朱猛和司馬猶在苦戰，別的人正在聚精會神的看著他們這一戰，沒有人知道他已經死了，也沒有人回過頭來看一眼。

於是這麼樣一條鐵牛般的好漢，就這樣靜悄悄的離別了人世。

他死得實在比釘鞋更慘。

八

高手相爭，往往是一招間的事，生死勝負往往就決定在一瞬間。

司馬和朱猛這一戰卻不同。

這一戰打得很苦。

他們都已很疲倦，不但心神交瘁，而且精疲力竭。

那些本來在瞬息間就可以致人於死的招式，在他們手裡已經發揮不出原有的威力來。

有時候司馬明明一掌就可以將朱猛擊倒的，可是一掌擊出後，力量和部位都差了兩分。

朱猛的情況也一樣。

看著兩位叱吒江湖不可一世的當世英雄，如今竟像兩條野獸般作殊死之鬥，實在是件很悲哀的事。

奇怪的是，朱猛的那些兄弟們竟連一點反應都沒有。

有時朱猛被一掌擊倒，再掙扎著爬起，他們也完全沒有反應，竟似完全無動於衷。

他們都被對方擊倒過，只要倒下去之後還能站起來，被擊倒也沒有什麼了不起。

可是這一次司馬倒下去時，眼中卻忽然露出種說不出的恐懼，忽然在地上翻身一滾，滾過去抱住了朱猛的腿。

這一招絕不是英雄好漢所用的招式。

司馬超群縱橫一生，從未用過這樣的招式，朱猛也想不到他會用出來。

所以他一下子就被拖倒，兩個人同時滾在地上，朱猛的火氣已經上來了。「砰」的一拳，擂在司馬的後背上。

司馬卻還是緊緊抱住他不放，卻用一種很奇怪的聲音在他耳邊低聲說：「你的兄弟們大概已經全都死了。可是我們一定要裝作不知道。」

朱猛大驚，正想問：「爲什麼？」

他沒有說出一個字，因爲他的嘴已經被司馬堵住，又在他耳邊說：「我們還要繼續拚下去，讓別人以爲我們已經快要兩敗俱傷，同歸於盡了。」

朱猛並不是只會逞匹夫之勇的莽漢。

他也是老江湖了，也已在這一瞬間，發現了情勢的變化。

他的兄弟們雖然還在那裡，可是每個人的脖子都已軟軟的垂下。

他已經嗅到一種令人從心裡作嘔的惡臭。

就在他們苦戰時，已經有人在無聲無息中，拗斷了他這些兄弟的咽喉。

他這些身經百戰的兄弟，真會如此輕易就死在別人手裡？

朱猛不信，不能相信，也不願相信。

可是他全身都已涼透。

司馬居然乘機一翻，壓在他身上，揮拳痛擊他的軟脅和肋骨。

可是他打得並不重，聲音更輕。

「不管我們究竟是敵是友，這一次要聽我的話，否則你我都死不瞑目。」

「你要我怎麼樣？」

「我們走，一起走。」司馬超群道：「我說走的時候，我們就跳起來一起走。」

忽然有人笑了。

一個陰陽怪氣的聲音說：「小司馬果然還有點兒聰明，只可惜對朱猛還是沒有用的。」

這個人陰惻惻的笑道：「世上只有殺頭的朱猛，沒有逃走的朱猛。」

司馬忽然跳起來，輕叱一聲：「走！」

九

夜，寒冷而黑暗，就算是一個目力經過嚴格良好訓練的人，都很難看得清近在咫尺的樹木和岩石，當然更無法分別路途和方向。

何況這裡根本沒有路。

一個人如果已經走到沒有路的地方，通常就是說這個人已經到了無路可走的時候了。

司馬超群在喘息，他的肺部雖然幾乎已將爆裂，卻還是盡量抑制著自己的喘息聲。

他全身的每一根骨骼、每一塊肌肉都好像已擺在屠夫的肉案上，在被人用小刀切割。

朱猛的情況也不比他好。兩個人肩靠著肩，站在這一片荒寒的黑暗中，不停的喘息著，雖然聽不見獵人的弓弦和腳步聲，卻已經可以感覺到野獸負傷後還在被獵人追捕時，那種絕望的沉痛與悲傷。

「你知道剛才那個人是誰？」

「我知道。」司馬說：「他們來的不止一個人，其中的任何一個也許都已經足夠對付我們。」

朱猛冷笑：「想不到天下無雙的司馬超群也會說出這種洩氣話。」

「這不是洩氣話，」司馬說：「這是實話。」

朱猛沉默，過了很久才黯然說：「是的，這是實話。」他的聲音裡充滿悲傷：「司馬已非昔日之司馬，朱猛已經不是以前那個朱猛了，否則怎麼會被人像野狗般追得無路可走？」

「我明白你的意思，你本來寧死也不會逃走的，世上只有殺頭的朱猛，沒有逃走的朱猛。」司馬超群說：「可是你爲什麼要把你這顆大好頭顱，送給一個卑鄙無恥的小人？爲什麼要讓他提著我們的頭顱，去換取他的聲名榮耀美酒高歌歡唱？」

「我也明白你的意思。」朱猛厲聲道：「就算是我們要把這顆頭顱送人，也要選一個值得我們送的人，絕不能送給卓東來。」

黑暗中忽然有人在鼓掌。

「你說得對，說得對極了。」

又是那個陰陽怪氣的人，又是那種陰惻惻的笑聲：「這麼好的兩顆頭顱，怎麼能送給卓東來那種大壞蛋？我看你們不如還是送給我吧。」

他的笑聲忽遠忽近，忽左忽右，讓人根本聽不出他這個人究竟在哪裡。

朱猛的全身都已僵硬。

這個人不是卓東來，卻比卓東來更可怕，朱猛這一生中，還沒有遇到過輕功如此可怕的人。

他簡直不能相信，世上竟有人能練成這般鬼魅般飄忽、來去自如的輕功。

可是他很快就又恢復了鎮定，因為他已經聽見司馬超群的耳語：「說話的不是一人，是孿生兄弟兩個。」司馬超群說：「只要我們能沉住氣，他們也不敢輕舉妄動的，所以我們絕不能讓他看出我們的虛實。」

就在這個時候，他們兩個人的臉被照亮了，臉上的每一根皺紋、每一道傷痕、每一種表情都被照亮了。

最少有三十盞巧手精製的孔明燈，三十道強烈的燈光從四面八方照過來，照在他們身上。

就在這一瞬間，他們的身子已經站得筆直，臉上已經全無表情。

他們雖然還是看不見對方的人在哪裡，可是他們也沒有讓對方看出他們的疲乏傷痛和恐懼。

兩個身經百戰，百煉成鋼的人，兩條永不屈服的命，無論誰想要他們頸上的人頭都很不容易。

燈光雖亮，遠方的黑暗仍然是一片黑暗。

司馬超群忽然笑了笑。

「公孫公孫，別來無恙？」他微笑著道：「我一向知道你們都是很知道好歹的人，如果我成全了你們，成就了你們的霸業，你們一定會把我們這具沒有頭的屍體好好安葬，每到春秋祭日，一定會以香花美酒供奉在我們的墳前。」

黑暗中又立刻響起了掌聲和笑聲：「你說得對，說得對極了。」

這一次笑聲從左右兩邊同時響起來的，然後就有兩個人從左右兩邊，同時由黑暗中走入了燈光可以照得到的地方。

兩個看起來完全不同的人。

一個頭戴珠冠，腰束玉帶，帶上懸長劍，劍上綴寶玉，衣著華麗如貴公子。

另一個卻好像是個乞丐，手裡拄著根長木杖的跛足乞丐。

可是如果你仔細去看，這兩個人的身材容貌卻是完全一樣的。

——公孫公孫。

——孿生兄弟。

朱猛忽然想起了兩個人，兩個他本來一直認爲完全沒有關係的人。

——總領關東二十七大寨，鐘鳴鼎食，飲食起居比王侯貴公更講究的「富貴公子」公孫寶劍。

——浪跡天涯，三餐不繼，經常醉臥在溝渠中，連丐幫都不肯收留的公孫乞兒。

沒有人知道他們是兄弟，而且是孿生兄弟。

既然是親生的兄弟，爲什麼要讓其中一個錦衣玉食，另一個卻自甘貧賤？

朱猛還沒有想通這種道理，卻想到了另外兩個人。

他忽然想到了司馬超群和卓東來。

——卓東來爲什麼要將司馬超群捧成天下英雄的偶像？

這其中的道理，既複雜又簡單，雖簡單卻複雜，非但朱猛在一時間想不通，別人也同樣想不通。

可是朱猛總算想通了一點。

如果司馬超群也不知道他們是孿生兄弟，一定也會認爲公孫寶劍是天下無雙的輕功高手，聽到那種鬼魅般的笑聲後，一定也會被他們震懾，就好像朱猛自己剛才的情況一樣。

現在朱猛已明白，那只不過是一種煙幕而已。

在金吾不禁的元宵夜，皇宮大內中施放的煙火也是這樣子的，看來輝煌燦爛，千變萬幻，如七寶樓台，如魚龍曼衍。

其實卻都是假的、空的，在一瞬間就化作了虛無空假，空假虛無。

但是它卻掌握了那一瞬間的輝煌光彩。

在某些人心目中，能掌握這一瞬間的輝煌，就已足永恆。

如果說人生本如逆旅，那麼在這悠悠不變的天地間，「一瞬」和「永恆」又有什麼區別？所以他們之中有一個人寧願爲另一個人去犧牲，而且毫無怨尤。

唯一的問題是——

真正被犧牲的是誰？真正得到滿足的又是誰？

這問題朱猛非但更想不通，現在的情況也不容他再想這些事。

他聽到司馬超群正在對公孫兄弟說：

「其實我早就知道兩位會來的。」司馬仍在微笑：「多年之前，兩位就已想將我驅出大鏢局，只不過一直沒有把握而已，沒有把握的事，兩位自然不會做的，所以才會等到今日。」

他忽然嘆了口氣：「可是我實在想不到兩位怎麼會來得如此快。」

「你應該想得到的。」

公孫寶劍說：「像今日這樣的機會，我已等了很久。」

「你怎麼會知道機會已經來了？」

「我當然知道。」

「你幾時知道的？」司馬超群說：「我知道你的馬廄中不乏千里良駒，可是就算你能日行千里，最快也要窮四五日之力才能趕來這裡。」

他問公孫寶劍：「難道你在五天之前，就已算準了會有昨日之事發生？難道你在五天之前，就已算準了我會和卓東來反目成仇，拔刀相對？」

「你有沒有想到過，也許我在大鏢局中也有臥底的人？」

「我想到過，可是那也沒有用的。」

「爲什麼沒有用？」

「因爲五天之前，連我自己都沒有想到會有今日，別人怎麼會知道？」

「卓東來呢？」

「他也想不到的。」司馬的聲音中已有了傷感：「直到我拔刀之前，他還不信我真的會拔刀。」

「哦？」

「就算那時他已想到，也不會告訴你。」

「哦？」

「我與他數十年交情，雖然已毀於一瞬間，可是當今世上，還是沒有人比我更瞭解他。」司馬說：「就算他要出賣我，也不會賣給你。」

「爲什麼？」

「因爲你還不配。」司馬超群淡淡的說：「在卓東來眼中，閣下兩兄弟加起來還不值一文。」

他又嘆了口氣：「所以，我實在想不通你怎麼能在今日趕到這裡，除非你真的有那種未卜先知的本事。」

公孫乞兒忽然也嘆了口氣：「我雖然沒有未卜先知的本事，可是我已經想到了。」

公孫寶劍立刻問他的兄弟：「你想到了?你想到了什麼？」

「我忽然想到你實在也應該跟我一樣，多到江湖中來走動走動的。」

「爲什麼？」

「因爲你如果也跟我一樣老奸巨猾，你就會明白他的意思了。」

「他是什麼意思？」

「他的意思只不過是要我們多陪他聊聊天，說說話。」公孫乞兒道：「因爲他的膽已喪，氣已餒，力已竭，正好利用我們陪他說話的時候恢復恢復元氣，等我們出手時，說不定還可以招架一兩下子。」

他搖頭嘆息：「不到黃河心不死，不見棺材不掉淚，不等到腦袋真的被砍下來時，我們的小司馬是絕不會死心的。」

司馬超群忽然笑了，朱猛也笑了，兩個人居然同時大笑。

「你說得對，說得對極了。」

朱猛大笑著向乞兒招手：「來來來，你趕快過來，越快越好。」

「你要我過去？」

「因爲朱大太爺已經看上你這個老奸巨猾的小王八羔子了，很想把老子這個腦袋送給你，只看你有沒有本事能拿得走。」

司馬超群大笑著拍了拍他的肩。

「好！這個小王八羔子就給你，那個比他大一點的王八羔子歸我。」

「好！就這麼樣。」朱猛的笑聲豪氣如雲：「若是憑咱們兩個還對付不了這兩個小王八蛋，那麼咱們不如趕快去買塊豆腐來一頭撞死。」

兩個人併肩而立，縱聲大笑，什麼叫「生」？什麼叫「死」？都被他們笑得滾到一邊去了。

公孫兄弟的臉色沒有變。

有些人的臉色永遠都不會變的，臉上永遠都不會有什麼新表情。

他們兄弟就是這種人，只不過公孫乞兒又嘆了口氣，嘆著氣問他的兄弟：「你有沒有聽見那位仁兄說的話？」

「我聽見了。」

「那位仁兄是誰？」

「好像是雄獅堂的朱猛。」

「不會吧，不會是朱猛吧？」公孫乞兒說：「雄獅堂的朱猛是條恩怨分明的好漢，和大鏢局的小司馬一直是不共戴天的死敵，現在他們兩個人怎樣會忽然變得穿起一條褲子來了？」

朱猛忽然用力握住司馬超群的臂，沉聲問：「那乞兒說的話你可曾聽到？」

「我聽得很清楚。」

「乞兒說的話雖然總帶著些乞兒氣，卻也一語道破了你我今日的處境。」朱猛說：「你我本是一世之死敵，誰能想得到今日竟成爲同生共死的朋友？」

「我們已經是朋友？」

「是的。」朱猛大聲道：「從今日起，你我不妨將昔日的怨仇一筆勾銷。」

司馬大笑。

「好，好極了！」

「你我一日爲友，終生爲友。」朱猛厲聲道：「只要我朱猛不死，如違此約，人神共殛。」

司馬超群只覺胸中一陣熱血上湧：「你放心，我們都死不了的。」

這股熱血就像是一股火燄，又燃起了他們的豪氣，連他們生命中最後一分潛力都已被引發燃燒。

因爲他們已經知道，他們在這個世界上並不寂寞。

因爲他們至少還有一個朋友，一個同生共死，生死不渝的朋友。

人生至此，死有何憾？

兩個人互相用力一握對方的手，只覺得這股熱血已帶一股神奇的力量，自胸中奔瀉而出，連臉上都煥發出輝煌的光彩。

公孫兄弟的臉色卻變了。

朱猛與司馬同時轉身，以背靠背。

「你們來吧。」司馬超群厲聲道：「不管你們有多少人，都一起來吧！」

夕陽已沒於西山，英雄已到了末路，公孫兄弟本來已將他們當作釜中的魚、砧上的肉。

可是現在，這兄弟兩人卻不約而同後退了兩步。

現在他們才知道，英雄雖然已至末路，仍然還是英雄，仍然不可輕侮。

這時候天色更暗了，彷彿已到了黎明前，最黑暗的那段時候。

無邊無際的黑暗中，忽然響起了一陣淒冷的簫聲，一個哀婉柔美的少女聲音，伴著簫聲曼聲唱起了一曲令人永難忘懷的悲歌。

歌聲是從哪裡來的？

在一個如此寒冷黑暗的晚上，如此荒涼肅殺的深山裡，怎麼會有人唱這曲令人心碎的悲歌？

十八　英雄不死

一

二月二十七日。

長安城外，荒野窮山。

距離天亮還有段時候，天地間仍是一片黑暗。

在數十盞孔明燈照射下的光影外，有兩條人影隨著歌聲如幽魂般出現，一人抱琵琶，一人吹洞簫。

人影朦朧，歌聲悽婉，在餘光反映中，依然可以分辨出他們就是那一夜，在長安居第一樓樓頭賣唱的盲目白頭樂師，伴著他的依然是那個讓人一看見就會心碎的瞎眼小女孩。

他們怎麼會忽然在這裡出現？是不是有人特地要他們到這裡來唱這曲悲歌？

「寶髻匆匆梳就，

鉛華淡淡妝成，

青煙紫霧罩輕盈，
飛絮遊絲無定。」

春蠶已死，絲猶未盡。蠟炬已殘，淚猶未乾。
朱猛滿臉的熱血與豪氣，忽然間就已化成了無定的游絲。
因為他又看見了一個人。

黑暗中忽然又有一個人出現了，就像是夢中蝴蝶的幽靈，以輕紗蒙面，穿一身蟬羽般的輕紗舞衣。
舞之飄起。

「相見不如不見，
有情恰似無情；
笙歌散後酒初醒，
庭院月斜人靜。」

舞衣飄飄如蝴蝶，舞者也如蝴蝶。
朱猛沒有流淚，朱猛已無淚。甚至熱血都似已流乾了。
他知道她不是蝶舞，可是她的舞卻又把他帶入了蝴蝶的夢境。似真非真，似幻非幻。

究竟是真是幻？

是真又如何？是幻又如何？如此短暫的生命，如此珍貴的感情，又何必太認真？

就讓它去吧！什麼事都讓它去吧！隨蝴蝶而去，去了最好。

他知道現在無論誰都可以在拔劍間將他刺殺，可是他已經不在乎。

他已經準備放棄一切。

司馬超群卻不讓他放棄，歌聲仍在歌，舞者仍在舞，司馬超群忽然貓一般撲過去，要把這隻蝴蝶撲殺在他的利爪下。

舞者非但沒有閃避，反而迎了上去，以一種無比輕盈的舞姿迎了上去，先閃過了他這一擊，忽然在他耳邊輕輕說出了兩個字。

沒有人聽得見她說的是兩個什麼字，可是每個人都看到了司馬超群的變化。

「同同。」

這就是她說的那兩個字，兩個完全沒有任何意義的字。

「同同。」

無論誰聽到這兩個字都不會有任何反應的，可是對司馬超群來說，這兩個字卻像是一道忽然自半空中擊下的閃電。

就在這一瞬間，他所有的動作忽然停止，他的身體四肢也忽然僵硬，眼中忽然充滿了驚訝與恐懼，不由自主的一步步往後退。

「同同。」

這兩個字就像是某種神秘的魔咒，在一瞬間就已攝去了司馬超群的魂魄。

為什麼會這樣子？

一個誰也不知道她是誰，也不知道她是從哪裡來的舞者，兩個任何人聽起來都認為毫無意義的字，為什麼能讓司馬超群變成這個樣子？

沒有人能解釋這件事，可是另外一件事卻是每個人都能看得出來的。

——司馬超群和朱猛都已經完了，他們的頭顱在轉瞬間，就將要被人提在手裡。

瞎眼的白頭樂師，雖然什麼都看不出，可是他的樂聲裡也已隱隱有了種蒼涼的肅殺之意。

天地間忽然充滿了殺機，連燈光都變得蒼白而慘烈，照在司馬和朱猛蒼白的臉上，也照亮了公孫寶劍握劍的手。

寶劍已將出鞘，人頭已將落地。

慘烈的燈光忽然閃了閃，閃動的燈光中，彷彿忽然又閃起了一道比燈光更慘烈的光芒。

光芒一閃而沒，一劍穿胸而過。

公孫寶劍掌中的劍猶未出鞘，已經被一柄劍釘在地上。

這柄劍並不是忽然從天外飛來的，是一個人飛身刺過來的。

只不過這個人和這柄劍都來得太快了，人與劍彷彿已化為一體。

這一劍是這個人飛身刺過來的？抑或這個人是乘著這一劍飛過來的？

沒有人能分得出，也沒有人能看清楚。

可是這個人大家都已看得很清楚。

一眼看過去，這個人就好像是少年時的司馬超群，英挺，頎長，風神秀朗，氣概威武，穿一身剪裁極合身、質料極高貴，色彩極鮮明的衣裳，發亮的眼睛中充滿自信。

一眼看過去，幾乎沒有人能認得出他就是昔日那個落拓江湖的無名劍客高漸飛。

二

樂聲已斷，舞已停，舞者蜷伏在地，彷彿再也不敢抬頭去看這種殺人流血的事。

小高拔出了他的劍，秋水般的長劍上沒有一絲鮮血，只有一點淚痕。

公孫乞兒吃驚的看著這個人和這柄劍，掌中的長棍雖然已擺出了長槍刺擊之勢，卻已沒有勇氣刺出去。

朱猛和司馬超群居然還癡癡的站在那裡，好像什麼事都沒有看見。

公孫乞兒忽然大喝：「人呢？你們這些人難道都死光了，爲什麼都不過來？」

光影外一個人用一種很溫和的聲音道：「這一次你說得對，你的人的確都已死光了，提燈的都已換上了我的人。」

一個人著華衣，擁貂裘，背負著雙手，施施然自黑暗中走了過來。走路的姿態安詳而優雅，沒有人能看得出他會是個跛足的殘廢。

公孫乞兒臉色變了：「卓東來，是你！」

「是我，當然是我。」

卓東來悠然道：「只有我才會用你對付別人的法子對付你，朱猛的屬下是怎麼死的，你的屬下也是怎麼死的；你要怎麼樣殺人，我也要怎麼殺你。」

他微笑：「你也應該知道我做事一向公平得很。」

公孫乞兒身子忽然向前滑出，長棍以丹鳳式直刺卓東來的眉目。

長棍向前飛刺而出時，棍已離手，他的人已向後翻起，凌空一個鷂子翻身，就已到了光影外，眼看就要沒入黑暗中看不見了。

這種反應之快、應變能力之強，正是他一生中經驗武功和智慧的精華累積。

只可惜他還是慢了一點。

他的身子翻躍時，就已看到有一道耀眼劍光驚虹般飛起，忽然間就已到了他們面前，森寒的劍光，刺得他連眼睛都張不開了。

等到他能夠張開眼時，已經看不到這道劍光，只看見了一段劍柄，就像忽然從他身子裡長出來的一樣，長在他的胸膛上。

直到他的身子像石塊般跌在地上時，他還在看著這段劍柄，眼中充滿了驚訝與恐懼，好像還不明白他自己的胸膛上，怎麼會忽然多出這麼段劍柄來。

可是他已經知道這柄劍的劍鋒在哪裡了。

劍鋒已齊根沒入他的胸膛。

脫手一劍，一擊致命。

「好快的劍，好快的出手！」卓東來向小高躬身示敬：「就只憑這一劍之威，已經足夠統領大鏢局了。」

「統領大鏢局？」

朱猛彷彿忽然自夢中驚醒，慢慢的轉過身，用一雙目眶似已將裂的大眼看著小高。

「現在你已經統領了大鏢局？」

小高沉默。

「好，好一個高漸飛！」朱猛大笑：「現在你果然已漸漸飛起來了。」

他的笑聲如裂帛。

「你若是來取我頸上這顆頭顱的，你只管拿去。」朱猛嘶聲而笑：「我早就想把它送給人了，送給你總比送給別人好。」

小高沒有笑，也沒有反應，就在這短短數日之間，他就已將自己訓練成一個岩石般的人，甚至連臉上都沒有絲毫表情。

朱猛大喝：「你爲什麼還不過來，還在等什麼？」

「我不急，你何必急？」小高淡淡的說：「我願意等，你也應該可以等的。」

他忽然轉身面對司馬超群：「你當然更應該知道我在等什麼？」

過了很久，司馬才慢慢的抬起頭，就好像第一次看到這個人一樣，就好像已經將過去所有的人和事都已完全忘記。

又過了很久，他才用一種很奇怪的聲音問小高。

「你在等什麼？」

「等著算你我之間的一筆舊賬。」

「好，很好。」司馬超群的聲音中竟似帶著種說不出的悲傷：「現在的確已經到了該算賬的時候，人欠我的，我欠人的，現在都該算清了。」

「以你現在的情況，我本不該逼你出手。」高漸飛冷冷的說：「可是上次你擊敗我時，我的情況也並不比你現在好多少。」

司馬超群居然笑了笑。

「我根本沒有怪你，你又何必說得太多？」

「等一等。」

朱猛忽然又大喝：「難道你現在就已忘了你我之約？」

司馬超群沉下了臉。

「你最好走遠些，這是我跟高漸飛兩個人的事，誰要來插手，我唯有一死而已。」

卓東來輕輕的嘆了口氣。

「英雄雖然已到末路，畢竟還是英雄。」他說：「朱堂主，你也是一世之英雄，你也應該知道他的想法，爲什麼要讓他一世英名掃地？」

他連看都不再看朱猛一眼，走過去拔起了公孫乞兒胸膛上的劍。

劍上還是沒有血，只有一點淚痕。

卓東來以左手的拇指與食指捏住劍尖，將劍柄往高漸飛面前送過去。

「這是你的劍。」

小高並沒有伸手去接劍。

「我知道這是我的劍，但是我也知道他沒有劍。」

「他沒有，你有。」

小高笑了。

「不錯，他沒有，我有，現在的情況好像就是這樣子的。」

卓東來淡淡的說：「這個世界上原來就有很多事都是這樣子的。」

「我明白了。」小高說：「你的意思我已經完全明白了。」

他終於伸出手。

他的手終於握住了他的劍柄。

就在這一瞬間，他臉上的笑容忽然消失，眼中忽然露出殺機。

就在這一瞬間，他已將這柄劍刺了出去。

劍尖距離卓東來的胸膛絕不會超過一尺，劍尖本來就對準了他自己的心臟。他居然只用兩根手指捏住，居然將劍柄交給了別人。

沒有人能犯這種錯，犯了這種錯的人，必定都已死在別人劍下。

卓東來也不能例外。

在這種情況下，他根本已完全沒有防避招架的餘地。

高漸飛一直在等，等的就是這麼樣一個機會。

他的眼睛一直在盯著卓東來的臉，因爲他做的每一件事都是爲了在等這一刹那。

劍鋒刺入卓東來心臟時的一刹那。

——在這一刹那間，他的臉上會有什麼樣的表情？

卓東來的臉上連一點表情都沒有。

因為每一件事都在他預料之中，這一劍刺來時，他的身子已隨著後退。

劍勢不停，再往前刺。

他再往後退。

這一劍已用盡全力，餘力綿綿不絕。

他再退。

劍尖還是被他用兩根手指捏住，還是和他的胸膛保持著同樣的距離。

小高停下。

他停下來時衣裳已濕透。

卓東來冷冷的看著他，用一種既溫和又冷淡的聲音對他說：「這一次實在辛苦了你。」卓東來說：「為了要等這麼樣一個機會，你的確費了很多心機，出了很多力，你實在已經做得很好了，我實在應該讓你殺了我的。」

他的聲音中並沒有什麼譏誚之意，因為他說的也只不過是件事實而已。

「可是我一定要你知道，要殺我這麼樣一個人，並不是件容易事，我不能讓你得之太易。」卓東來說：「何況你就算殺了我也沒有用的。」

高漸飛一直在聽。

他只有聽。

此時此刻，每個人都只有聽卓東來一個人說，除了他之外，別人能說什麼？

他忽然說出一句話，讓每個人都吃了一驚。

「如果你殺了我，你也死定了。」卓東來對小高說：「如果你那一劍真刺入了我胸膛，就在那一瞬間，你也必死無疑，而且很可能比我死得還快。」

「是的。」

小高忍不住問：「你是不是說如果我那一劍刺殺了你，我死得反而會比你還快？」

卓東來一向是個很少說謊的人，可是這一次他說的話，卻實在很難讓人相信。

「爲什麼？」

「因爲我知道世上最少有五種暗器是的確能見血封喉，能夠在一瞬間就致人於死。」卓東來說：「江湖中最少有三個人會使用這一類的暗器。」

「哦？」

「最重要的一點是，我也知道這三個人之中，已經有一個人到了這裡，已經用那五種暗器之中的一種對準了你的背。」

卓東來說：「如果你那一劍刺了我胸膛，那時一定會高興極了，得意極了，無論誰在那種時候都難免會疏忽大意的，你也不會例外。」

這無疑也是事實。

「就在你最高興、最得意的時候，你就會忽然覺得後背上好像被蟲子咬了一口。」卓東來說：「你就會忽然倒了下去，你倒下去時心跳就已停止，那時候我大概還沒有死。」

小高的背上已經在流冷汗。

卓東來悠然說：「可是現在你已經可以放心了，因為現在我還沒有死，他大概暫時還不敢出手，因為這個人也跟我們一樣，一向不太願意做沒有把握的事。」

「這個人是誰？」

「你想要知道這個人是誰，就得先想通三件事。」卓東來對小高說。

「三件什麼事？」

「第一，公孫兄弟怎麼能未卜先知，在五天前就已知道大鏢局裡要發生這麼重大的變化，及時趕來這裡？」卓東來說：「第二，這位以輕紗蒙面的舞者是從哪裡來？司馬超群本來要為朱猛殺了她，為什麼聽她說了兩個字就退了下去，而且好像變了一個人？」

小高想不通，兩件事都想不通。

卓東來又點醒他：「其實這兩件事也可以算做一件事！就好像一間屋子雖然有兩個門，可是只要用一把鑰匙就可以打開了。」

小高苦笑：「可惜我沒有這把鑰匙，我也不知道要到哪裡去找。」

「鑰匙通常都在活人身上，人死了，就用不著帶鑰匙了。」卓東來淡淡的說：「可是你要找這把鑰匙，卻不妨到死人身上去找。」

「這個死人是誰？」

「公孫兄弟既然能未卜先知，他們能及時趕來，當然是有人要他們來的。」卓東來問：「可是又有什麼人能在五天之前，就已算準我與司馬三十年的交情會毀於一瞬之間呢？」

他自己回答了這個問題：「只有一個人。」卓東來說：「我與司馬反目，就是為了這個人。」

「這個人是個死人？」

「是的，本來應該是個死人的。」卓東來說：「她知道她死了之後，司馬一定不會放過我，因為她活著的時候就已經在我們之間擺下了一把毒刀。」

小高的眼睛裡忽然間發出了光，忽然問卓東來：

「一個女人難道能把另外一個女人扮成自己，難道能瞞得過她自己的丈夫？」

「如果她活著，當然瞞不過。」卓東來說：「可是如果她已死了幾天，情況就不同了。」

他說：「一個人死了幾天之後，肌肉已扭曲僵硬，容貌本來就會改變，如果她是被吊死的，改變得當然更多、更可怕，無論什麼人都會被她瞞過去的。」

小高嘆了口氣：「一個人回家時如果驟然發現自己的妻子兒女都已慘死，無論對什麼事大概都不會看得太清楚了。」

卓東來又一個字一個字的問：「如果他忽然又發現她的妻子並沒有死，他會變得怎麼樣？」

「這時候他大概就會忽然變得好像是另外一個人了。」

小高又長聲嘆息：「這究竟是為了什麼呢？一個女人怎麼能狠得下這種心，怎麼能做得出這種事情來？」

「這個世界上本來就有種人是什麼事都做得出的，不管他是男、是女都一樣。」卓東來說：「你想不通，只因為你不是這種人。」

「你呢？」小高問卓東來，「你是不是這種人？」

「我是。」

三

司馬超群慘白的臉上已全無血色，連朱猛看了都為他難受得要命。

那銷魂的舞者卻仍伏在地上，就好像根本沒有聽見卓東來在說什麼。

卓東來冷冷的看著她：「其實我並不怪你，因爲我們本來就是同一種人。」卓東來說：「你當然也早已看出來，大鏢局有三個人一直和我不對的，也只有他們三個人能對付我，所以你早就在暗中和他們暗通聲息，所以現在你才能把他們及時找來。」

舞者無語。

「你這麼樣做，只不過是爲了保護你自己而已。」卓東來說：「我本來絕對不會因此而對你下毒手的，只可惜你走錯了一步。」

他的聲音竟忽然又變了，又用他那種獨特的語調一個字一個字的說：「不管你爲什麼，你都不應該這麼樣對司馬超群。」

從外表看起來，卓東來並不是一個兇暴惡毒的人，可是每當他用這種口氣說話的時候，無論誰聽見都會覺得毛骨悚然，不寒而慄。

最瞭解他的當然還是司馬超群。

每次他聽見他用這種口氣對一個人說話時，那個人等於已經判了死刑。

「你不能動她！」

司馬忽然縱身一掠，用自己的身子擋在那神秘的舞者之前，厲聲道：「不管她做了什麼，我都不怪她，這些年來，一直是我對不起她，就算我死在她手裡，我也不許你動她毫髮。」

卓東來的臉色忽然變了，瞳孔忽然收縮，忽然大吼：「小心！」

他的警告還是遲了一步。

地上的舞者已躍起，悽聲而呼：「你要死，你就去死吧！」

呼聲中，三點寒星暴射而出，飛擊司馬的背。

卓東來用左腳勾倒司馬，以右掌橫切小高的軟脅，小高撤劍柄，卓東來用一直捏住劍尖的左手將長劍一帶，劍柄已到了他右手裡。

這幾個動作幾乎都是在同一刹那間完成的，快得令人不可思議。

可惜他又遲了一步。

司馬的身子雖然被勾倒，三件暗器中雖然有兩件打歪了，其中還是有一件打入了他左肩下的臂。

卓東來連考慮都沒有考慮，揮手一劍削出，劍光一閃間，已經將司馬這條手臂通肩削了下來。

蝮蛇噬手，壯士斷腕。

小高也知道暗器中必有劇毒，要阻止毒性蔓延，要救司馬的命，這是唯一的法子。

但他卻還是要問自己——如果他是卓東來，能不能在這一瞬間下得了這種決斷，是不是能下得了手？

劍風盪起了舞者蒙面的輕紗，露出了她的臉。

吳婉。

這個神秘的舞者果然是吳婉。

四

斷臂落下，鮮血飛濺，司馬超群的身子卻仍如標槍般站在那裡，屹立不倒。

劍光又一閃，直取吳婉。

司馬竟用一隻沒有斷的手，赤手去奪卓東來的劍鋒。

「你不能動她。」司馬的聲音淒慘嘶啞：「我說過，不管我死活，你都不能動她。」

他的臂已斷，氣卻未斷。

卓東來這一劍竟似被他這股氣逼住了，再也無法出手。

「吳婉，我還是不怪你，」司馬說：「你走吧。」

吳婉看著他，用一種沒有人能形容的眼神看著她的丈夫。

「是的，我要走了，」她輕輕的說：「我本來就應該走了。」

可是她沒有走。

她忽然撲過去，抱住了他，把她的臉貼在他的斷臂上。用她的臉阻住了他傷口流出來的血。

血流在她臉上，淚也已流下。

「可是我這一生已經走錯了一步，已經不能再錯。」吳婉說：「這一次我絕不會再走錯的。」

她已經選好了她要走的路。

唯一的一條路。

卓東來手中的劍仍在。

吳婉忽然緊抱著她的丈夫，向劍尖上撞了過去，劍鋒立刻刺入了她的後背，穿過了她的心臟，再刺入司馬的心臟。

這柄劍本來就是無比鋒利的寶劍。

這一劍就穿透了兩顆心。

「同同，」吳婉呻吟低語：「同同，我們總算是同年同月同日同時死的，總算死在一起了。」

這就是她這一生中說的最後一句話。

「寶劍無情，英雄無淚。」

司馬超群還是標槍般站在那裡，還是沒有流淚。

他至死都沒有倒下，他至死都沒有流淚。

五

英雄的淚已化作碧血。

劍上卻仍然沒有血，只有一點淚痕，可是現在連這一點神秘的淚痕，都彷彿已被英雄的碧血染紅了。

劍仍在卓東來手裡，卓東來在凝視著劍上的淚痕。

他沒有去看司馬，也沒有去看吳婉。

他的眼中更不會有淚。

可是他一直都在癡癡的看著這一點淚痕，就像忽然發現了這一點淚痕中，有一種神秘而邪惡的力量，所有的不幸都是被它造成的。

也不知過了多久，他忽然說：「今天來的三個人，真正可怕的並不是公孫兄弟，而是第三個人。」

卓東來的聲音冰冷。

「這個人本來是不該死的，因爲他太聰明、太厲害，他的暗器和易容術都很少有人能比得上他，如果他剛才悄悄的走了，我也許會裝作不知道的，因爲我以後一定還會用得到他。」

「他還沒有走？」

「他沒有走，」卓東來說：「因爲他自己也知道他已做錯了一件事，我已經不會讓他走了。」

他忽然轉身，面對那白頭盲眼的老樂師，一個字一個字的說：「計先生，難道你真的以爲我認不出你來了？」

白頭樂師一直站在燈光與黑暗之間的第一片朦朧中，光也朦朧，人也朦朧。

那個梳著辮子的小女孩，也一直抱著琵琶站在他身邊，蒼白的臉上既沒有悲傷之色，也沒有恐懼之意，也不知道是因爲她根本什麼都看不見，還是因她已經完全麻木。

白頭樂師一隻手持洞簫，一隻手扶著她的肩，臉上也連一點表情都沒有。

「計先生，」卓東來又對他說：「三星奪命，兩步易形，一計絕戶，計先生，你的易容之術的確高明，你的手段更高。」

白頭樂師居然開口說話了，居然說：「多謝誇獎，多謝多謝。」

「計先生，你要吳婉來作蝶舞之舞，在一瞬間就把雄獅堂的朱堂主和司馬超群兩個人的鬥志全都毀了。」卓東來說：「這一著你做得真高。」

「多謝多謝。」

「白頭的樂師伴著他楚楚動人的小孫女賣唱於街頭，誰也不會仔細去看這個瞎了眼的白髮老翁。所以你就扮成了他，帶著他的孫女到這裡來，用盲者的歌來掩飾、襯托吳婉的舞，用她的舞來吸引別人的注意。」

卓東來說：「那位白頭樂師的容貌雖然沒有人會去分辨，他的簫聲遠非你的簫聲能及，這是大家都可以分辨得出的。」卓東來說：「只不過在當時那種情況下，也沒有人會去注意這一點了。」

「你說得對，」計先生居然承認：「我的想法確實是這樣子的。」

「計先生，你實在是位人才，了不起的人才，我一直都很佩服。」

卓東來溫和客氣的語聲忽然又變了，又用那種獨特的口氣說：「可是你實在不應該把你的絕戶針交給吳婉的，這件事你實在做錯了。」

計先生嘆了口氣，用一種充滿了悲傷與後悔的聲音，嘆息著說：「我承認我錯了，雖然我從未想到吳婉會用它去對付司馬，但司馬卻已因此而死。我早就應該想到卓先生一定會把這筆賬算在我身上的。」

「也許你當時只想到要別人的命，卻忘了那也是你自己防身護命的利器。」

計先生也承認。

「不管怎麼樣，我都不該把那筒針拿去給別人的。」他又嘆了口氣，用一種耳語般的聲音告訴卓東來：「幸好我自己還有幾筒。」

他的聲音很低，就好像在對一個知心的朋友，敘說他心裡的秘密。

卓東來一定要很注意的去聽才能聽得到。

就在他聽的時候，計先生的絕戶針已經打出來了，分別從他的雙手衣袖和他手裡那管洞簫裡打出來，這三筒針已足夠將卓東來所有的退路全部封死。

一筒三針，已足追魂奪命，何況是三筒？

何況它的針筒和機器都是經過特別設計的，速度也遠比世上大多數暗器快得多。

可惜卓東來更快。他根本沒閃避，但是他手上的劍已劃出了一道光芒耀眼的圓弧。劍氣激盪迴旋，就好像渾水中，忽然湧出的一個力量極強大的漩渦。

九點寒星在一刹那間就已被這股力量捲入了這個漩渦，等到劍光消失時，三筒針也不見了。

計先生的心也沉了下去。

高漸飛是學劍的人，已經忍不住要大聲稱讚。

「好劍法！」

卓東來微笑著說：「你的劍也是把好劍，好極了。」

他忽然又轉臉去問計先生：

「剛才我說話的時候也是個好機會，你爲什麼不乘機把你剩下的那筒針打出來？」

計先生的手握緊，握住了滿把冷汗。

「你怎麼知道我還有兩筒針，你連我有幾筒針都知道？」

「你的事我大概都知道一點。」卓東來說：「大概比你想像中還要多一點。」

計先生又開始嘆息。

「卓先生，你的確比我強，比所有的人都強，你的確應該成功的。」他黯然道：「從今以後，我絕不會再叛你。」

「從今以後？」卓東來彷彿很詫異：「難道你真的認爲你還有『以後』？」

計先生的臉色沒有變，一個人經過易容後，臉色是不會變的。

可是他全身上下的樣子都變了，就像是一條驟然面對仙鶴的毒蛇一樣，變得緊張而扭曲。

「你要我怎麼樣？」他問卓東來：「隨便你要我怎麼樣都行。」

卓東來點了頭。

「我也不想要你怎麼樣，只不過要你做一件最簡單的事而已。」他說：「這件事是人人都會做的。」

計先生居然沒有發現他的瞳孔已收縮，居然還在問他：「你要我去做什麼事？」

卓東來一個字一個字的說：「我要你去死。」

死，有時的確是件很簡單的事。

計先生很快就死了，就在卓東來掌中的劍光又開始閃起光芒時，他就死了。

劍光只一閃，就已刺入了他咽喉。

高漸飛又不禁出聲而讚：「好劍法，這一劍好快。」

卓東來又微笑：「你的劍也是把好劍，比我想像中更好，我好像已經有點捨不得還給你了。」

五

朱猛一直沒有動，而且一直很沉默。

他本來絕不是這樣的人，司馬的死本來一定會讓他熱血沸騰，振臂狂呼而起。

他沒有動，就因爲司馬的死忽然讓他想起了許多事，每件事都像是桿長槍一樣，刺入了他的心。

——吳婉爲什麼要這麼樣做？是爲了報復？還是爲了保護自己？

一個人自己做錯了事，卻將錯誤發生的原因歸咎到別人身上，自己心裡非但沒有悔疚，反而充滿了仇恨，反而要去對別人報復。這種行爲本來就是人類最原始的弱點之一。

一個人爲了自己做錯了事，而去傷害別人來保護自己，這種心理也是一樣的。

自私，就連聖賢仙佛都很難勘破這一關，何況凡人？

但是朱猛的想法卻不同。

他忽然想到吳婉這樣做很可能只不過是因爲深愛司馬，已經愛得身不由己，無可奈何了。

愛到了這種程度，愛成了這種方式，愛到終極時，就是毀滅。

所以她就自己毀了，不但毀了自己，也要毀滅她所愛的。

司馬能瞭解這一點，所以至死都不怨她。

蝶舞呢？

在卓東來命令他的屬下夜襲雄獅堂時，蝶舞爲什麼要逃走？寧可被卓東來利用也要逃走？

她爲了「愛」而走的？還是爲了「不愛」而走的？

如果她也像吳婉深愛司馬一樣愛朱猛，卻認爲朱猛對她全不在乎，她當然要走。

如果她根本不愛朱猛，當然更要走。

可是她如果真的不愛，爲什麼又要對朱猛那麼在乎？爲什麼要死？

不愛就是恨，愛極了也會變成恨，愛恨之間，本來就只不過是一線之別而已。

究竟是愛是恨？有誰能分得清？這種事又有誰能想得通？

朱猛忽然狂笑。

「司馬超群，你死得好，死得好極了。」他的笑聲淒厲如猿啼：「你本來就應該死的，因爲你本來就是個無可救藥的呆子。」

等他笑完了，卓東來才冷冷的問：「你呢？」

「我比他更該死。」朱猛說：「我早就想把頭顱送給別人，只可惜別人不要，卻要我死在你手裡，我死得實在不甘心。」

小高忽然大聲道：「你死不了的。」

他一步就竄了過來，和朱猛並肩而立，用力握住了朱猛的臂：「誰要動他，就得先殺了我。」

卓東來看看小高，就好像在看著一個被自己寵壞了的孩子一樣，雖然有點生氣，卻還是充滿憐惜。

「不管你怎麼對我，我一直都沒有動你，你要我死的時候，我也沒有動你。」卓東來說：「我相信你已經應該明白我的意思了。」

小高不能否認！

「我當然明白，」他說：「你要把我造成第二個司馬超群。」

卓東來黯然嘆息。

「他是我這一生中唯一的朋友，不管他怎麼樣對我，我對他都沒有變。」

「我相信。」

「你信不信我隨時都可以殺了你？」

「你的武功劍法之高，我的確比不上，你有心計，天下更無人能及。」高漸飛說：「你剛才說那位計先生是個了不起的人才，其實真正了不起的並不是他，而是你，誰也不能不佩服。」

他盯著卓東來，忽然也用卓東來那種獨特的口氣，一個字一個字的說：「可是你就算殺了我也沒有用的，我就算死也不能讓你動朱猛。」小高說：「何況我還有一股氣，只要我這股氣還在，你還未必能勝得了我。」

一股氣？

這一股氣是一股什麼樣的氣？是正氣？是俠氣？是勇氣？是義氣？還是把這幾種氣用男兒的血性混合成的一股血氣？

卓東來的瞳孔又漸漸開始收縮。

「我也不能不承認你的確有一股氣在。」他問小高：「可是你的劍在哪裡？」

「在你手裡。」

「在我手裡，就是我的了。」卓東來又問：「你還有沒有劍？」

「沒有。」

卓東來笑了：「你沒有，我有。」

有劍在手，劍已出鞘。

劍是一柄吹毛斷髮的利器，手也是一雙可怕的手，甚至比劍更可怕。

這雙手殺過人後，非但看不見血，連一點淚痕都沒有。

「如果你一定要這麼樣做，你就這麼樣做吧。」卓東來說：「也許這就是你的命運，一個人的命運是誰也沒法子改變的。」

他這個人、他這雙手、他這把劍，確實可以在一瞬間決定一個人的生死和命運。

朱猛忽然又仰面而笑：「大丈夫生有何歡，死有何懼？這兩句話的意思，我朱猛直到今日才總算明白了。」他的笑聲漸低：「高漸飛，我朱猛能交到你這個朋友，死得總算不冤，可是你還年輕，你犯不著為我拚命。」

說到這裡，他忽然用腳尖挑起公孫寶劍落在地上的那把劍，一手抄住，曲臂勾在他的後頸上，只要他的手一用力，他的人頭就要落地。

但是他的手已經被小高握住，又用另一隻手握住了劍鋒，「叮」的一聲響，一柄劍已被他從劍鍔處齊柄拗斷。

朱猛瞧著他厲聲問：「你為什麼不讓我死？」

「你為什麼要死？」

「因為我要你活下去。」朱猛說：「我本來早就應該死的，我死了後，你就用不著再去跟卓東來拚命，我也可以算死得其時，死而無憾，也不算白活了這輩子。」

「你錯了。」高漸飛說：「現在你是死是活已經與我們今日這一戰全無關係，不管你是死是活，這一戰已勢在必行。」

「為什麼？」

「因為現在卓東來已經不會放過我。」高漸飛說：「我若不死，他就要死在我手裡，若是我此刻就能殺了他，就絕不會饒他活到日出時。」

他用力握緊朱猛的手：「你剛才說的兩句話也錯了，大丈夫既生於世，要活，就要活得快快樂樂，要死，也要死得有價值。」高漸飛說：「現在你若死了，只不過白白陪我送給別人一條命而已，死得實在一文不值。」

卓東來忽然笑了笑：「他說得對，等他死了，你再死也不遲，為什麼要急著把這條命送出去？難道你以為我會謝謝你？」

朱猛的手放鬆了，小高卻把他的手握得更緊。

「今日我若不死，我不但要助你重振雄獅堂，而且還要整頓大鏢局。」小高說：「我們來日方長，還大有可為，只要我們還活著，就千萬不要輕言『死』字。」

卓東來又嘆了口氣：「這句話他也說得對，人活著為什麼要死？為什麼要把自己的性命看得如此輕賤？」他嘆息著說：「只可惜到了非死不可的時候，誰都難免一死，無論誰都不能例外。」

他看著小高，瞳孔已收縮。

「現在你就已到了非死不可的時候。」卓東來說：「因為你又做錯一件事。」

「什麼事？」

「你剛才不該將那柄劍拗斷的。」卓東來說：「如果有劍在手，你大概還可以抵擋我三十招，可是現在，我在十招間就能取你的性命。」

這句話他剛說完，就聽見一個人用一種冷淡而高傲的聲音說：「這一次錯的恐怕是你了。」

六

曙色漸臨，使得燈光漸感黯淡，荒山間已有一陣乳白色的晨霧升起。

迷霧中，忽然出現了一個霧一般不可捉摸的人，手裡還提著口比他這個人更神秘的箱子。

「蕭淚血，是你。」

「是我。」蕭淚血冷冷淡淡的說：「你大概以爲我已經不會來了，因爲你對你的君子香一定很有把握。」他說：「其實你也應該知道，像這樣的君子通常都是不太可靠的。」

卓東來長長嘆息：「蕭淚血，蕭先生，你爲什麼總是要在不該出現的時候出現呢？」

「大概因爲我天生就是這種人吧！」

「我不喜歡這種人，很不喜歡。」卓東來的聲音已恢復冷靜：「我以前也曾遇到過這種人。」

「現在他們是不是都已死在你手裡？」

「是的。」

「你是不是想激我出手？」

「是。」

卓東來面對霧中的人影，居然完全沒有一點畏懼之意。

「我說過，如果到了非死不可的時候，誰也逃不過的。」他的聲音聽來居然也和蕭淚血一樣，一樣冷淡而高傲：「可是我也相信，你自己恐怕也未必有把握能斷定，今日究竟是誰要死在誰手裡？」

朱猛吃驚的看著他，就好像從來都沒有看見過這個人一樣。

因爲他從來都沒有想到卓東來是這麼樣一個人，這麼驕傲。

因爲他也不知道一個人的內心如果充滿了自卑，往往就會變成一個最驕傲的人。

何況卓東來的手裡還有「淚痕」。

有的人相信命運，有的人不信。

可是大多數人都承認，冥冥中確實有一種冷酷而無情的神秘力量，這個世界上確實有些無法解釋的事竟是因爲這種力量而發生的。

——寶劍初出，已經被神鬼共嫉，要將鑄劍者的一個親人作爲這柄劍的祭禮，一定要用這個人的鮮血，才能洗掉鑄劍者滴落在劍上的淚痕，才能化去這柄劍的暴戾凶煞之氣。

鑄劍的蕭大師無疑是個相信命運的人，所以他才會在劍上流下那點淚痕。

蕭淚血呢？

他相信不相信呢？

霧中的人還是像霧一般不可捉摸，誰也猜不出他的心事。

但是他卻忽然問小高：「高漸飛，你的劍還在不在？」

「不在了，我已經沒有劍。」小高說：「我沒有，他有。」

「這就是你的靈機。」蕭淚血說：「你失卻你的劍，是你的運氣，你拗斷那柄劍，是你的靈機。」

「靈機？爲什麼是我的靈機？」高漸飛說：「我不懂。」

「因爲我只肯將我的破劍之術傳給沒有劍的人。」蕭淚血說：「你的手裡如果還有劍，如果你沒有拗斷那柄劍，我也不肯傳給你。」

「傳給我什麼？破劍之術？」小高還是不懂，「什麼叫破劍之術？」

「天下沒有破不了的劍法，也沒有折不斷的劍，更沒有不敗的劍客。」蕭淚血說：「如果你用的兵器和招式適當，只要遇到使劍的人，你就能破其法、折其劍、殺其人，這就叫破劍之術。」

他的聲音彷彿也充滿一種神秘的力量。

「二十年前，我將天下使劍的名家都視如蛇蠍猛獸。可是現在，我卻已將他們視如糞土。」蕭淚血說：「現在他們在我眼中看來，都已不堪一擊了。」

他忽然又問小高：「高漸飛，你的靈機還在不在？」

「好像還在。」

「那麼你過來。」

「卓東來呢?」

「他可以等一等，我不會讓他等多久的。」

七

卓東來看著小高走過去，非但沒有阻攔，而且連一點反應都沒有，就好像他很願意等，等小高練成那種破劍之術。

可惜他一定練不成的，卓東來告訴自己：就算蕭淚血真的有破劍之術，也絕不是短短片刻間就可以練得成的。

可是他們兩個人之間，也許的確有種神秘而不可解釋的關係存在，能夠使他們的心靈溝通。

也許小高真的能用那一點靈機領會到破劍之術的奧秘。

卓東來雖然一直在安慰自己，心裡卻還是感到有一種巨大的壓力。

因爲他對蕭淚血這個人一直都有種無法解釋的恐懼，總覺得這個人好像天生就有一種能夠克制他的能力——一種已經被諸神諸魔祝福詛咒過的神秘能力，一種又玄妙又邪惡的能力。

蕭淚血已經打開了他的箱子。

這時候天已亮了，旭日剛剛升起，東方的雲堆中剛剛有一線陽光射出。

就在這一瞬間，只聽見「格，格，格，格」四聲聲響，蕭淚血手裡已經出現了一件神奇的武器。

自東方照射過來的第一線陽光，也就在這一瞬間，剛好照在這件武器上，使得它忽然閃起一種又玄妙、又邪惡的光彩。

沒有人見過這種武器，也沒有人知道它究竟有什麼巧妙之處。可是每個看到它的人，都會感覺到它那種奇妙而邪惡的力量。

卓東來的眼睛裡忽然也發出了光。

也就在這一瞬間，他心裡忽然也有一點靈機觸發，忽然間就已經想到了一個十拿九穩的法子，絕對可以在瞬息間將高漸飛置之死地。

他的身體裡忽然間就充滿了信心和力量，一種他從來未曾有過的巨大力量，連他自己都被震撼。

這種感覺就好像忽然也有某種神靈，帶著對生命的詛咒降臨到他身上。要借他的手，把一個人從這個世界上徹底消滅。

這口箱子裡本來就好像鎮著個勾魂奪命的惡鬼，只要箱子一開，就一定有一個人的性命會被奪走，也被鎖入這口箱子裡，萬劫不復。

卓東來一向不信神鬼仙佛，可是他相信這件事，就正如他相信這個世界上，的確有某種人類無法解釋的力量存在。

因爲現在他自己也已經感覺到這種力量。

蕭淚血已經把手裡的武器交給了小高。

「現在你不妨去吧，去把卓先生的命帶回來。」他說：「這件武器至今還沒有在世上出現過，以後恐怕也不會再出現了。」

蕭淚血的聲音也像是來自幽冥的惡咒：「因爲上天要我創出這件武器，就是爲了要用它來對付卓先生的，它出現的時候，就是卓先生的死期，不管它在誰的手裡都一樣，都一樣能要他的命。」

八

密密的雲層又遮住了陽光，連燈光也已熄滅，天色陰沉，殺機已動，連神鬼都無法挽回。

高漸飛已飛鳥般掠過來。

卓東來的眼睛針子般盯著他手裡的武器，忽然大聲把手裡的「淚痕」向小高擲了過去。

「這是你的劍，我還給你。」

沒有人能想得到他這一著，小高也想不到。

這柄劍已跟隨他多年，始終都在他身邊，已經變成他生命中極重要的一部分，甚至可以說已經變成他身體的一部分，已經和他的骨肉血脈結成一體。

所以他連想都沒有想，就接下了這柄劍——用他握劍的手接下了這柄劍，就好像已經完全忘記他這隻手裡，本已經握住了一件破劍的武器。

在這一瞬間，他好像已經完全沒有思想，完全不能控制自己。

因爲一個有理性的人只有在這種情況下，才會做出這麼愚蠢的事。

卓東來笑了。

現在小高又有了劍，可是破劍的武器卻已經被他奪在手裡。

他是個智慧極高的人，眼睛也比別人利，蕭淚血說的話又太多了一點，讓他有足夠的時間把這件形式構造都極奇特的武器看得很清楚，而且已經看出了這件武器確實有很多地方可以克制住對手的劍，甚至已經看出了運用它的方法。

無論他的對手是誰都一樣。

只有蕭淚血這樣的人，才能創出這樣的武器，只有卓東來這樣的人，才能把這麼樣一件事做得這麼絕。

這兩個看來完全不同的人，在某些方面意見卻完全相同，就連思想都彷彿能互相溝通。

朱猛的臉色慘變。

他想不到小高會做出這麼笨的事，以後的變化卻讓他更想不到。

高漸飛忽然又飛鳥般飛掠而起，抖起了一團劍花，向卓東來刺了過去。

他本來不該先出手的，可是他一定要在卓東來還沒有摸清這件武器的構造和效用時，取得先機。

他無疑也低估了卓東來的智慧和眼力。

耀眼的劍光中彷彿有無數劍影閃動，可是劍只有一柄。

這無數道劍影中，當然只有一招是實。

卓東來一眼就看出了哪一著是實招，對這種以虛招掩護實招的攻擊技術，他遠比世上大多數人都瞭解得多。

他也看出了這件武器上最少有四五個部分的結構，都可以把對方的劍勢封鎖，甚至可以乘勢把對方的劍奪下來，然後再進擊時就是致命的一擊了。

但是他並不想做得這麼絕。

對於運用這件武器的技巧，他還不純熟，爲什麼不先借小高的劍來練習練習？

他已經有絕對的把握，可以隨時要小高的命。

所以他一點都不急。

小高的劍刺來，他也把掌中的武器迎上去，試探著用上面的一個鉤環去鎖小高的劍。

「叮」的一聲，劍與鉤相擊，這件武器竟突然發出了任何人都料想不到的妙用，突然竟有一部分結構彈出，和這個環鉤配合，就好像一個鉗子一樣，一下子就把小高的劍鉗住。

卓東來又驚又喜，他實在也想不到這件武器竟有這麼大的威力。

讓他更想不到的是，小高的這柄劍竟然又從這件武器中穿了出來。

這本來是絕對不可能的事。

構造這麼複雜巧妙的武器，怎麼可能讓對方的劍從中間穿過來？

難道這件武器的結構，本來就故意留下了一個剛好可以讓一柄劍穿過去的空隙？小高故意讓自己的劍被鎖住，就是爲了要利用這致命的一著？

卓東來已經不能去想這件事了。

就是這電光石火般的一刹那間，小高的劍已刺入了他的心口，只刺入了一寸七分，因爲這柄劍只有這麼長。

可是這麼長就已足夠，一寸七分剛好已經達到可以致命的深度，剛好刺入了卓東來的心臟。

——這件武器本來就是特地創出來對付卓東來的。

——因爲只有卓東來才能在那片刻間看出這件武器的構造，只有卓東來才會用自己掌中的劍去換這件武器，別的人非但做不到，連想都想不到。

——不幸的是，卓東來能想到的，蕭淚血也全都先替他想到了，而且早已算準了他會這麼做。

——這件武器本來就是蕭淚血特地佈置下的陷阱，等著卓東來自己一腳踏進去。

現在卓東來終於明白了。

「蕭淚血，蕭先生，我果然沒有看錯，你果然是我的凶煞，我早就算準我遲早要死於你手。」他慘然道：「否則我怎麼會上你這個當？」

蕭淚血冷冷的看著他：「你記不記得我說過，無論這件武器在誰手裡，都可以致你於死地，就算在你自己手裡也一樣！」他的聲音更冷漠：「你應該知道我說的一向都是實話。」

卓東來慘笑。

他的笑震動了他的心脈，也震動了劍鋒，他忽然又覺得心頭一陣刺痛，因爲劍鋒又刺深了一分，他的生命距離死亡也只有一線了。

小高輕輕的把這柄劍拔了出來，那件武器也輕輕的從劍上滑落。

雲層忽又再開，陽光又穿雲而出，剛好照在這柄劍上。

卓東來看著這柄劍，臉上忽然露出恐懼之極的表情。

「淚痕呢？」他嘶聲問：「劍上的淚痕怎麼不見了？難道我……」

他沒有說出這個讓他死也不能瞑目的問題。

——難道他也是蕭大師的親人？難道他那個從未見過面的父親就是蕭大師？所以他一死在劍下，淚痕也同時消失？

——抑或是鬼神之說畢竟不可信，劍上這一點淚痕忽然消失，只不過因爲此刻剛好到了它應該消失的時候？

沒有人能回答這問題，也許那亭中的老人本來可以回答的，只可惜老人已死在卓東來手裡。

蕭淚血要去問這個老人的，也許就是這件事，如果老人將答案告訴了他，他也許就不會將卓東來置之於死地。

可惜現在一切都已太遲了。

卓東來的心脈已斷，至死都不明白這究竟是怎麼回事。

這樣的結局，豈非也是他自己造成的？

九

在陽光下看來，劍色澄清如秋水，劍上的淚痕果然已消失不見。

高漸飛癡癡的看著這柄劍，心裡也在想著這些事。

他也不明白。

也不知道過了多久，他才想到要去問蕭淚血。

蕭淚血卻不在，卓東來的屍體和那件武器也已不在。

朱猛告訴小高：「蕭先生已經走了，帶著卓東來一起走的。」他心裡無疑也充滿震驚和疑惑：「這究竟是怎麼回事？」

小高遙望著遠方，遠方是一片晴空。

「不管這是怎麼回事，現在都已經沒關係了。」小高悠悠的說：「從今而後，我們大概也不會再見到蕭先生。」

燈光已滅，提燈的人也已散去，只剩下那個瞎了眼的小女孩，還抱著琵琶站在那裡。

陽光雖然已普照大地，可是她眼前卻仍然還是一片黑暗。

高漸飛心裡忽然又覺得有種說不出的感傷，忍不住走過去問這個小女孩。

「你爺爺呢？你爺爺還在不在？」

「我不知道！」

她蒼白的臉上完全是一片空白，什麼都沒有，連悲傷都沒有。

可是無論誰看到她，心裡都會被刺痛的。

「你的家在哪裡？」小高又忍不住問：「你有沒有家？家裡還有沒有別的親人？」

小女孩什麼話都沒有說，卻緊緊的抱住了她的琵琶，就好像一個溺水的人，抱住了一根浮木一樣。

——難道她這一生中唯一真正屬於她所有的就是這把琵琶？

「現在你要到哪裡去？」小高問：「以後你要幹什麼？」

問出了這句話，他就已經在後悔。

這句話他實在不該問的，一個無親無故、無依無靠的小女孩，怎麼會想到以後的事？她怎麼能去想？怎麼敢去想？你讓她怎麼回答？

想不到這個永遠只能活在黑暗中的小女孩，卻忽然用一種很明亮的聲音說：「以後我還要唱。」她說：「我要一直唱下去，唱到我死的時候爲止。」

十

默默的看著被他們送回來的小女孩抱著琵琶走進了長安居，小高和朱猛的心裡也不知是什麼滋味？

「我相信她一定會唱下去的。」朱猛說：「只要她不死，就一定會唱下去。」

「我也相信。」

小高說：「我也相信如果有人不讓她唱下去，她就會死的。」

因爲她是歌者，所以她要唱，唱給別人聽。縱然她唱得總是那麼悲傷，總是會讓人流淚，可是一個人如果不知道悲傷的滋味，又怎麼會瞭解歡樂的真諦？又怎麼會對生命珍惜？

所以她雖然什麼都沒有，還是會活下去。

如果她不能唱了，她的生命就會變得毫無意義。

「我們呢？」

朱猛忽然問小高：「我們以後應該怎麼樣做？」

小高沒有回答這句話，因爲他還沒有想出應該怎麼樣回答。

可是他忽然看見了陽光的燦爛，大地的輝煌。

「我們當然也要唱下去。」高漸飛忽然挺起胸膛大聲說：「雖然我們唱的跟她不同，可是我們一定也要唱下去，一直唱到死。」

歌女的歌，舞者的舞，劍客的劍，文人的筆，英雄的鬥志，都是這樣子的，只要是不死，就不能放棄。

朝陽初升，春雪已溶，一個人提著一口箱子，默默的離開了長安古城。

一個沉默平凡的人，一口陳舊平凡的箱子。

全書完

古龍精品集 70

英雄無淚（全）

作者： 古龍
發行人：陳曉林
出版所：風雲時代出版股份有限公司
地址：10576台北市民生東路五段178號7樓之3
電話：(02) 2756-0949　　傳真：(02) 2765-3799
封面原圖：明人出警圖（原圖為國立故宮博物館典藏）
封面影像處理：風雲編輯小組
執行主編：劉宇青
行銷企劃：林安莉
業務總監：張瑋鳳
出版日期：古龍80週年紀念版2019年1月
ISBN：978-986-146-935-5

風雲書網：http://www.eastbooks.com.tw
官方部落格：http://eastbooks.pixnet.net/blog
Facebook：http://www.facebook.com/h7560949
E-mail：h7560949@ms15.hinet.net
劃撥帳號：12043291
戶名：風雲時代出版股份有限公司

風雲發行所：33373桃園市龜山區公西村2鄰復興街304巷96號
電話：(03) 318-1378　　傳真：(03) 318-1378
法律顧問：永然法律事務所 李永然律師
北辰著作權事務所 蕭雄淋律師

行政院新聞局局版台業字第3595號 營利事業統一編號22759935

定價：240元

國家圖書館出版品預行編目資料

英雄無淚 ／古龍著. -- 再版. --臺北市：
風雲時代, 2012.10
面； 公分
ISBN: 978-986-146-935-5（平裝）
857.9　　101018259